Della stessa autrice in edizione Garzanti:
Uno splendido disastro
Il mio disastro sei tu
Un disastro è per sempre
Uno splendido sbaglio
Una meravigliosa bugia
Un magnifico equivoco
Un'incredibile follia
L'amore è un disastro
Un indimenticabile disastro
Il disastro siamo noi
Un disastro perfetto
Sei il mio danno
Il primo istante con te

JAMIE MCGUIRE

L'ULTIMO DISASTRO

Traduzione di
ADRIA TISSONI

Garzanti

Prima edizione: ottobre 2017
Prima ristampa: novembre 2017
Nuova edizione: giugno 2018
Prima ristampa: ottobre 2018
Seconda ristampa: maggio 2019

Per essere informato sulle novità del Gruppo editoriale Mauri Spagnol visita:
www.illibraio.it

Traduzione dall'inglese di
Adria Tissoni

Titolo originale dell'opera:
A Beautiful Funeral

ISBN 978-88-11-14975-0

Printed in Italy

www.garzanti.it

L'ULTIMO DISASTRO

A Lisa Hadley,
il tuo volto sorridente e il tuo animo generoso
mi ricordano perché faccio quello che faccio.

1.

THOMAS

Mi sedetti sul freddo divanetto nella stanza d'ospedale di Liis. Le pareti dipinte di colori contrastanti, azzurro e marrone, e l'arredo minimalista ricordavano più un boutique hotel che un reparto maternità. La mia futura moglie era splendida, stesa comodamente nel letto in cui aveva partorito nostra figlia Stella, ora accoccolata contro il suo petto. Riposavo per la prima volta dopo diciassette ore. Rilassai le spalle e feci un lungo sospiro. Dormire poco o niente non era mai stato un problema per me, ma vedere la donna che amavo più di qualsiasi altra cosa al mondo soffrire tanto, e a lungo, mi aveva distrutto.

Liis era sfinita. Benché fosse più bella che mai, vedevo i suoi occhi cerchiati di viola, e non sapevo se offrirmi di tenere la bambina o aspettare che fosse lei a chiedermelo.

Osservarle serenamente abbracciate era confortante ma anche sconvolgente. Stella era la nuova vita che avevamo creato, la combinazione perfetta di due persone un tempo estranee. Avrebbe avuto pensieri e sentimenti suoi e, dato che era nostra figlia, ferme convinzioni. Mentre poppava assonnata dal seno di Liis, immaginai come sarebbe stata la sua vita.

Alla fine vinse l'impazienza. «Liis», dissi.

Quasi avesse capito, Stella smise di succhiare e gettò indietro la testa, la bocca aperta. Liis sorrise e si sistemò con cura la bambina sulla spalla.

«Posso pensarci io», aggiunsi.

Le diede lievi colpetti sulla schiena intercalati a massaggi.

Il corpicino della piccola sussultò, quando un ruttino quasi impercettibile ruppe il silenzio della stanza buia.

Restai deluso. Liis sorrise, fece una risatina sommessa e avvicinò le labbra ai ciuffi scuri e morbidi che spuntavano sulla testa di Stella.

«Prima o poi dovrai lasciarla», sussurrai. Avevo tenuto mia figlia solo per pochi, brevi istanti prima che la portassero via per pesarla, misurarla e prenderle le impronte dei piedi. Dopo l'avevano restituita a Liis per mezz'ora, togliendogliela di nuovo per il primo bagnetto.

«Diventerà più facile, giusto? Condividere, intendo», fece lei, scherzando solo in parte.

«Spero di no», risposi con un sorriso stanco. «Capisco che l'hai appena riavuta, ma posso cambiarla io e cullarla finché non si addormenta.»

Rifletté sulla proposta e annuì. Liis, negoziatrice come sempre.

Mi alzai e attraversai la stanza per prendere mia figlia. Mentre la portavo verso la culla, il respiro di Liis divenne regolare. Persino nel file dell'FBI che la riguardava si citava la sua capacità di schiacciare un pisolino ogniqualvolta fosse possibile, soprattutto qualche ora prima di un blitz. La testa le ricadde di lato. Pochi secondi dopo aver accettato di passarmi il testimone, era sprofondata nell'oblio.

Liis si sentiva più a suo agio quando aveva il controllo della situazione, ma, benché riluttante, sapevo che si fidava di me. Ero l'unico a cui avrebbe affidato il suo cuore, soprattutto ora che batteva al di fuori di lei, in quell'esserino perfetto che aveva reso completa la nostra famiglia. C'erano voluti quasi dieci anni di allusioni e tentativi di convincimento per indurla anche solo ad accettare l'idea. Liis era felicemente sposata con il Bureau e non lo tradì finché non seppe che sarebbe arrivata Stella.

La piccola mi guardò: i suoi occhi azzurri mi fissarono meravigliati. Mentre la pulivo e le mettevo il pannolino, mi scrutò incuriosita in volto. Cercando di non storcere il naso, le parlai con dolcezza. La avvolsi in una morbida coperta color avorio e le dissi quanto fossimo contenti del suo arrivo, finalmente. Però, per essere un esserino perfetto, aveva combinato proprio un bel disastro!

Allungò il collo e io le sorrisi cullandola tra le mie braccia nude. La mia giacca sportiva, la camicia bianca e la cravatta erano appese alla poltrona reclinabile. Canottiera bianca e pantaloni grigi della tuta non erano di certo un abbigliamento da ufficio, elegante, ma prendermi cura di qualcuno che era più piccolo di me mi faceva tornare undicenne, quando, a stento capace di tenere puliti la mia T-shirt e i miei jeans bucati, lavavo facce e sederi. Adesso non vedevo l'ora di tornare a casa per farmi una doccia e stare insieme alle mie due donne preferite, con la barba di tre giorni, i pantaloni della tuta e la mia maglietta preferita dei Rolling Stones.

In corridoio ci fu una breve zuffa, seguita da un vago trambusto al di là della porta. Udii un coro sommesso di voci scontente e insistenti. Mi misi tra Liis e la porta e mi girai piazzandomi tra chiunque fosse fuori e mia figlia.

Un'infermiera entrò, scarmigliata e un po' scossa.

«Tutto bene?» le chiesi restando in allerta. Con la coda dell'occhio notai che Liis era sveglia e pronta a reagire.

«Ehm, sì», disse lei bloccandosi quando notò il nostro atteggiamento. «Tutto a posto qui?»

«Cos'era quella confusione?» domandò Liis.

«Oh», rispose l'infermiera infilandosi un paio di guanti accanto al suo letto. «Ho dovuto lottare per entrare nella sua stanza. Quegli agenti non scherzano.»

Allora Liis si rilassò e io mi sedetti sulla poltrona a dondolo, scostando la coperta di Stella per verificare che stesse bene.

«Il direttore vuole che riprenda a lavorare ASAP», affermò Liis appoggiandosi al cuscino.

«Escluso», replicai.

A dire il vero, se il direttore avesse potuto fare a modo suo, Liis avrebbe partorito in ufficio. Stavamo per chiudere il nostro caso più importante, e lei era la traduttrice e l'analista più fidata di Quantico. Conducevo le indagini da undici anni, cioè da più di metà del tempo che avevo trascorso al Bureau. Il mio fratello minore, Travis, lavorava sotto copertura ma a un certo punto, quando la merda era volata alta e sua moglie Abby si era trovata in pericolo, lui aveva eliminato Benny Carlisi e alcuni dei suoi uomini. Abby ci aveva passato tutte le informazioni che possedeva su suo padre, Mick, l'ennesima pedina di Benny, permettendoci di arrivare incredibilmente vicini a risolvere il caso. Il vice di Benny, il suo figlio maggiore Angelo, stava per essere catturato e tutti volevano che l'operazione si concludesse bene.

Io e Liis avevamo passato ore nell'ufficio del direttore a spiegargli la nostra nuova situazione familiare: i rischi ora erano molto più alti, e tutti e tre volevamo più che mai mettere la parola fine.

«La porterò con me in ufficio. Sarà il direttore a cambiarle i pannolini», scherzò Liis.

«Guarda che potrebbe prenderti sul serio», risposi con un sorriso malizioso.

L'unica che non si divertiva era l'infermiera. «È possibile che gli agenti... che so... mi guardino in faccia e si ricordino di me tra un'ora? Le perquisizioni stanno diventando pesanti.»

Io e Liis ci scambiammo un'occhiata ma non rispondemmo. Capivamo la sua frustrazione, ma il direttore non era l'unico a sapere che eravamo stati noi a consegnare alla giustizia metà delle cosche di Las Vegas. La morte di Benny aveva messo tutti in agitazione. Eravamo i due agenti dell'FBI a capo delle indagini, con una figlia appena nata, e uno degli uomini di Benny era sotto custodia, pronto a testimoniare. Ci avevano già preso di mira due volte, quindi il Bureau non voleva correre rischi. Da quando Liis aveva iniziato ad avere il pancione, c'erano agenti che seguivano ogni nostra mossa.

«Stella può anche abituarsi a due agenti speciali come genitori», dissi dandomi una spinta con i piedi. La poltrona dondolò lievemente, accompagnata da un cigolio. Mi tornò alla mente quando cullavo Travis da piccolo, ancora con il pannolino addosso. Lo rividi scarmigliato, le gambette sottili e la striscia appiccicosa attorno alla bocca, segno che il nonno era passato: arrivava con cinque lecca lecca in tasca e se ne andava sempre con uno solo, intatto. I miei fratelli mangiavano i dolciumi, con papà che dormiva in camera, ubriaco, mentre io controllavo che non giocassero in mezzo alla strada. Avevo smesso di essere bambino quando la mamma era morta.

L'infermiera annuì, ma intuii dalla sua espressione che non capiva. Prima di andarsene, osservò Stella con uno sguardo di pietà. Piantai i piedi per terra bloccando la poltrona. La piccola si agitò e le diedi alcuni colpetti sulla schiena, assorto nei miei pensieri. L'avevamo amata prima ancora che nascesse, a casa l'aspettavano una cameretta tutta nuova e splendente e uno scaffale pieno di libri. Che qualcuno provasse pena per nostra figlia, non mi era mai passato per la testa. Noi eravamo in grado di affrontare qualsiasi cosa il Bureau ci avesse messo davanti, ma ora mi chiesi in che modo questo avrebbe avuto ripercussioni su di lei.

«Hai chiamato tuo papà?» domandò Liis.

«Prima.»

«Gli altri?»

«Ho chiesto a papà di aspettare domani. Non mi va di passare l'intera giornata al telefono.»

Liis si appoggiò al cuscino e chiuse gli occhi. «A me non sarebbe venuto in mente di farlo, presumo perché sono figlia unica», mormorò prima di addormentarsi.

Mi misi un panno spesso sulla spalla e sostenni la testa di Stella mentre la appoggiavo sul mio petto. Mi dondolai di nuovo. Con quel cigolio ritmico sentii le palpebre farsi sempre più pesanti e mi accorsi che il respiro di Liis era diventato più profondo.

Avvicinai la guancia ai capelli morbidi di Stella. Era così innocente e vulnerabile, e Liis sapeva bene quanto me in che mondo malvagio l'avessimo fatta nascere. Era nostro dovere proteggerla.

Guardai la mia fidanzata dormire e poi la mia giacca che copriva la fondina da spalla. Due Sig Sauer 9 mm d'ordinanza erano là, ben nascoste, pronte per ogni evenienza. Sapevo che Liis ne aveva messa una anche nella borsa della bambina. Continuai a dondolarmi appoggiando la testa e cercando di rilassare i muscoli contratti del collo. Anche quando Stella si addormentò e la sistemai nella culla, non potei impedire alle mie orecchie di registrare ogni rumore proveniente dal corridoio: il distributore di bibite, gli ascensori, le infermiere che controllavano le pazienti nelle altre stanze; i bambini che piangevano, gli agenti che bisbigliavano, il sistema di ventilazione che si attivava. A differenza di Liis, non riuscivo a dormire neanche se lo desideravo.

Presi la caraffa dell'acqua e me ne versai un bicchiere. Avrei dormito quando si fosse svegliata. La posta in gioco era troppo alta. Neppure gli agenti fuori avrebbero difeso Stella altrettanto strenuamente, quindi uno di noi doveva restare sempre sveglio.

Il finestrino era schizzato di pioggia quando controllai per la terza volta la borsa della bambina e preparai il seggiolino. L'infermiera ci guardava molto interessata, probabilmente le era arrivata voce degli agenti armati messi a guardia della nostra stanza per tutta la notte e dei due nuovi che ci erano stati assegnati per accompagnarci a casa quel mattino.

Liis teneva Stella con un braccio e con l'altra mano firmava le carte di dimissione. Era mamma da meno di quarantott'ore ed era già esperta. Le sorrisi finché non mi fece cenno di prendere la bambina. Mi avvicinai cercando di controllare l'euforia all'idea che toccasse a me tenere quella tenera creaturina.

Presi Stella tra le braccia e feci i pochi passi che mi separavano dal seggiolino posato per terra. «Merda», sibilai tentando di infilare la bambina sotto la maniglia e di collocarla nell'angusto spazio come se fosse il pezzo di un puzzle. Lei non si mosse mentre armeggiavo con la cintura di sicurezza a cinque punti, gli spallacci imbottiti e il cuscino dietro la testa.

«Thomas», esclamò Liis con una risatina. «È a posto. Se non stesse comoda, te lo direbbe.»

«Ne sei sicura?» chiesi voltandomi a guardarla. In ogni fase importante della nostra relazione mi stupivo sempre perché, proprio quando pensavo che fosse impossibile, Liis diventava ancora più bella. Il giorno in cui eravamo andati a vivere insieme a San Diego, il giorno in cui mi aveva detto che stavamo aspettando Stella, quello in cui mi ero trasferito in Virginia e ogni volta che vedevo il suo ventre farsi un po' più tondo e le sue guance un po' più piene – sentivo quasi di averla imbrogliata convincendola a sposarmi. Mentre aveva le doglie, poi quando partoriva e anche adesso, seduta dritta con un'aria stanca ma straordinariamente felice nel sole del mattino, la madre di mia figlia era ancora una volta più bella che mai.

«Che c'è?» rise.

«Lo sai che c'è.» Mi alzai prendendo con cura il seggiolino.

Appena Liis le fece cenno, l'infermiera accostò la sedia a rotelle. Lei si alzò, scontenta di tante attenzioni, ma quella era la procedura dell'ospedale, e Liis amava scegliere le sue battaglie.

Con addosso una camicia blu e un paio di pantaloni grigi premaman, si lasciò spingere dall'infermiera verso la porta. Gliela aprii e salutai le agenti Brubaker e Hyde.

Vedendole, Liis non poté trattenere un sorriso di compiacimento. «Sai cosa sto pensando, vero?»

«Che le donne guidano e sparano meglio, perciò sei contenta della nostra scorta?»

«Esatto», fece lei.

Anche Brubaker sorrise.

Dopo che ebbi sistemato Stella in macchina e aiutato Liis a salire sul sedile posteriore della nostra Suburban, mi misi al volante segnalando alle agenti che potevamo partire. Brubaker ci precedette in un Tahoe nero, Hyde ci seguì in un veicolo identico. Alzai gli occhi al cielo. «Vogliono annunciare a tutti che ce ne stiamo andando o pensano che la mafia sia stupida?»

«Non lo so», rispose Liis chinandosi in avanti a guardare nello specchietto laterale.

«Tutto a posto?» domandai.

«Finora.»

«Cosa c'è?» le chiesi notando una certa preoccupazione nel suo sguardo.

«Ancora non lo so.»

Le diedi un colpetto affettuoso sul ginocchio. «Andrà tutto bene, mamma.»

Allungò il collo. «Ti prego, non facciamo come quelle coppie che si chiamano a vicenda mamma e papà.»

Restai perplesso. «E come farà allora Stella a imparare a chiamarci?»

Liis sospirò. Era una rara concessione. «D'accordo. Solo... fallo in sua presenza, non in pubblico.»

«Sì, signora», dissi sorridendo divertito.

Lei si appoggiò allo schienale apparentemente rilassata, ma io sapevo che non era così. Continuò ad allungarsi in avanti per scrutare nello specchietto retrovisore, abbassando poi lo sguardo su Stella.

«Come sta?» chiesi.

«Ci serve uno di quegli specchi da mettere sul sedile per poterla vedere nel retrovisore, nel caso ci fosse soltanto uno di noi in macchina.»

«Me lo sono già annotato», la rassicurai.

Chiuse gli occhi per mezzo secondo per spalancarli di colpo poco dopo e riprendere a guardare nello specchietto, trasformandosi all'istante da neomamma stanca in agente dell'FBI. «Berlina bianca, quattro auto più indietro. Corsia di sinistra.»

Scrutai dietro. «Vista.» Toccai la radio che avevo sulle ginocchia. «Ci seguono. Una berlina bianca. Corsia di sinistra.»

«Ricevuto», rispose Hyde.

Brubaker lo comunicò via radio. Avevamo fatto appena tre chilometri quando ci informarono che avrebbero mandato altri mezzi; tuttavia, poco prima che ci raggiungessero, la berlina imboccò un'uscita.

«Assicurati che qualcuno la segua», affermò Liis.

«Non preoccuparti», risposi cercando di restare calmo. «Hanno tutto sotto controllo.»

Lei deglutì sforzandosi di restare impassibile. Essere genitori costituiva un ulteriore problema di sicurezza che non avevamo preventivato. Sapevo che una parte di lei avrebbe voluto tallonare gli occupanti, prenderli, interrogarli e rinchiuderli da qualche parte, lontano dalla nostra nuova e fragile famiglia. Però, per quanto smaniasse per agire da agente, il desiderio di proteggere nostra figlia prevalse.

Nei restanti quindici minuti di viaggio andò tutto liscio, ma non ci fu possibile goderci il ritorno a casa come tanti altri neogenitori. Mentre toglievamo il seggiolino, le agenti si misero di guardia. Hyde e Brubaker si guardavano attorno, parlando di tanto in tanto nelle radio. Scendemmo, salutammo i vicini e salimmo i gradini d'ingresso. Nell'ombra del portico ripescai le chiavi e aprii la porta.

Hyde mi sfiorò l'avambraccio. «Signore, prima vorrei dare un'occhiata, se non le spiace.»

«Certo», dissi scostandomi.

Solo due giorni prima sarei stato io a passare in rassegna la casa. Avrei lasciato Liis con le agenti per controllare ogni stanza, ogni ripostiglio, dietro ogni porta e sotto ogni letto prima che entrasse la mia fidanzata incinta. Ma ora il mio posto era accanto a lei, dove avrei potuto proteggere nostra figlia. In meno di quarantott'ore era cambiato tutto.

Hyde aprì la porta ed estrasse l'arma. Impugnava la Glock come se fosse un prolungamento del braccio e attraversò l'atrio così silenziosamente che non udii i suoi passi.

«Io ero così brava?» chiese Liis.

«Di più!»

«Non raccontarmi balle, Maddox.»

«Mai, agente Lindy.»

Dopo qualche minuto Hyde tornò rimettendo l'arma nella fondina. «Tutto a posto, signore.»

«Grazie», dissi seguendo Liis all'interno.

Quando superò la soglia, lei fece un profondo sospiro sentendosi già più tranquilla.

Portai il seggiolino con Stella nella cameretta e lo posai con delicatezza per terra. Liis l'aveva arredata scegliendo tonalità di grigio, grigio-azzurro, beige e corallo, senza un solo fiocco né disegni di ballerine. Aveva deciso di crescerla il più possibile in un ambiente neutro dal punto di vista del genere, questo prima ancora che nascesse. Nell'angolo vicino alla culla c'era una sedia a dondolo rivestita di stoffa color avorio, su cui era posato un cuscino quadrato con la sagoma blu di una volpe.

Slacciai la cintura di sicurezza, sollevai la bambina e la adagiai nella culla. Sembrava minuscola tra le pareti del suo lettino nuovo di zecca.

Era tutto nuovo: la moquette, il tappeto etnico, il disegno di una volpe dei cartoni animati da dodici per diciotto sul comodino, le tende, la pittura sui muri. Fino a quel momento la stanza era rimasta bella e immacolata, ma vuota. Adesso era piena del nostro amore per la piccola a cui apparteneva.

Dopo aver osservato Stella per un attimo, io e Liis ci scambiammo uno sguardo.

«E adesso?» bisbigliò.

Regolai la telecamera e le feci cenno di seguirmi in corridoio. Alzai le spalle.

«E questo gesto che significa?» chiese.

«Significa che non lo so. Tornando a casa mi aspettavo confusione e pianti. Sai... tutte quelle cose terribili che vedi nei film.»

Liis sorrise e si appoggiò allo stipite. «È perfetta, vero?»

«Mi riservo il giudizio fino alle due di notte o alla prima volta in cui mi farà la cacca in mano.»

Mi diede scherzosamente una gomitata e io la baciai sulla tempia.

«Credo che mi stenderò per un po'», disse allungandosi verso il monitor.

Lo afferrai per primo dalla cassettiera. «Lo tengo io. Tu riposa.»

Si sollevò sulle punte dei piedi, mi baciò sull'angolo della bocca e mi accarezzò la guancia. «Sono così felice, Thomas. Non avrei mai creduto di potermi sentire così. È difficile da spiegare.»

Le sorrisi. «Non c'è bisogno. So perfettamente come ti senti.»

Liis si incamminò lentamente in corridoio verso la nostra stanza lasciando la porta socchiusa di una decina di centimetri.

Sogghignai tra me andando in cucina. Lì aprii la lavastoviglie per togliere i piatti che Liis aveva appena messo a lavare quando le si erano rotte le acque.

Il telefono mi ronzò nella tasca dei pantaloni, lo presi e lo accostai all'orecchio. «Maddox.» Mi avvicinai alla finestra e scostai le tende. Mi si fermò il cuore.

«Non dirà sul serio», affermai. Ascoltai mentre il direttore mi dava istruzioni che mi fecero gelare il sangue nelle vene. «Il piano è lasciare che mi sparino?»

«Hanno già sparato a Travis.»

«Cosa? Sta bene?» chiesi con i capelli dritti in testa.

«Solo un graffio sul braccio e qualche livido. Lo hanno buttato fuori strada con la macchina.» Il direttore si schiarì la voce, imbarazzato all'idea di quello che stava per dire. «Miravano a Abby.»

Buttai giù la bile che mi era salita in gola. «Come lo sa?»

«Travis guidava il suo SUV. Nel veicolo del killer c'erano le foto di tutti i bersagli facili, Abby compresa...»

«Per bersagli facili intende...»

«I membri della tua famiglia, Thomas. Mi dispiace molto.»

Espirai cercando di restare calmo. Se avevano le loro foto, i Carlisi avevano scoperto Travis da un po'. Stavano sorvegliando la mia famiglia abbastanza da vicino da fotografare i miei parenti. Questo spiegava l'interrogatorio di Travis a Las Vegas. Avevamo creduto che a causa di un suo errore fosse stato smascherato, sequestrato e picchiato perché parlasse; in realtà era stato tutto pianificato. «Li hanno localizzati?»

Il direttore tacque. «Il SUV della moglie di Travis è finito contro un albero a una discreta velocità. Sono tornati per finire il lavoro ma non se ne sono più andati. Adesso la famiglia Carlisi ha tre uomini in meno. Bobby il Pesce. Nikko il Mulo. Vito Carlisi.»

«Il figlio di Benny. Questo significa che ai Carlisi restano solo due possibili successori.» Benny aveva avuto sette figli di cui solo tre maschi. Il maggiore, Angelo, era il suo vice, e gli altri due lo seguivano nella gerarchia. Benny apparteneva alla vecchia scuola secondo secondo la quale solo i maschi avrebbero ereditato il suo impero illegale. Speravo che, se fossero rimasti senza un vice, tutto quello che Benny aveva costruito si disgregasse.

«Ci ha pensato Travis», affermò il direttore.

«Ovviamente.» Mi rilassai. Quello che si sarebbe potuto trasformare in un casino spaventoso andava in realtà a nostro vantaggio. Avrei dovuto saperlo. Quando qualcuno attaccava Travis, lui faceva sempre in modo che non si ripetesse più. Anche se si trattava dei tre migliori sicari della famiglia Carlisi.

«Il più giovane dei ragazzi Carlisi, Vincenzo, e due soldati sono stati individuati in una Nissan Altima. In questo momento stanno venendo da te. Ormai sapranno già della morte di Vito.»

«Stanno venendo qui? Ora?» esclamai voltandomi a guardare la cameretta di Stella. «Ed eventuali proiettili vaganti? O deviati? Li lasceremo passare davanti a casa mia con la mia compagna e mia figlia dentro? Mi sembra un piano approssimativo, signore.»

«Riesci a escogitarne un altro nei prossimi otto minuti?»

Mi incupii. «No, signore.»

«Hyde metterà Liis e Stella al sicuro nel retro della casa con i giubbotti antiproiettile. È la nostra unica possibilità. È una tua decisione, naturalmente, ma...»

«Capisco, signore.»

«Ne sei sicuro?»

«Ha ragione. Bisogna fare così. Guadagneremo tempo.»

«Grazie, agente Maddox.»

«Grazie, direttore.»

La porta della camera si socchiuse e con la coda dell'occhio vidi Liis appoggiata allo stipite con il cellulare all'orecchio. Avevano chiamato anche lei.

«Ma siamo appena... non possono sapere...» Sospirò. «Capisco. Certo, e sono d'accordo ma... sì, signore. Capisco, signore.» Mi guardò con le lacrime agli occhi schiarendosi la voce prima di parlare di nuovo. «La consideri una cosa fatta, signore.»

Il telefono le cadde di mano e il suo sguardo si fece assente. Attraversai di corsa la stanza per prenderla tra le braccia. Volevo essere delicato ma mi rendevo conto che la stavo stringendo troppo forte.

«Non posso credere che stia succedendo», disse, la voce attutita contro il mio petto. Mi conficcò le dita nella schiena.

«Se ci fosse qualsiasi altro modo...» iniziai a dire.

«Travis sta bene?» domandò. Era già stata aggiornata, ne ero sicuro, ma doveva sentirlo da me. Non le avrei indorato la pillola perché era una neomamma, e lei lo sapeva.

«È un po' ammaccato. Ma loro hanno tre scagnozzi in meno.»

Rise e sollevò il mento, gli occhi spalancati e lucidi quando capì. «Dovrò dirlo io a loro, vero? Dovrò essere io a farlo.»

Esitai, in preda a sentimenti conflittuali. Non volevo sottoporla a quella prova. Aggrottai la fronte. «I Carlisi ne manderanno altri, Liis. So che le probabilità sono minime... Ma devi.»

Scosse la testa. «Non posso. Io...»

Strinsi i denti cercando di mantenere il controllo ed essere forte per lei. Le presi il viso tra le mani. «Andrà bene. Puoi farcela.»

Il suo petto si infossò quando buttò fuori l'aria. «Come posso fare a tutti una cosa del genere?» Si toccò la fronte scuotendo incredula la testa.

«Facciamo il nostro dovere. Come sempre.»

Liis guardò verso la cameretta. «Ma stavolta c'è molto di più in gioco.»

Guardai l'ora e sospirai. «Devo fare le valigie e alcune telefonate.»

Strinse le labbra e annuì. «Ti do una mano.»

Stella cominciò ad agitarsi e a quel punto persi ogni controllo. «È troppo. Non è giusto che ti lasci qui sola con lei. Non ha neanche un giorno e tu qui, sola...»

Mi abbracciò. «Non sarò sola.»

La strinsi tra le braccia annusando l'odore dei suoi capelli, memorizzando la morbidezza della sua pelle. «Non posso... Non posso dirle addio», mormorai. Più volte mi ero ritrovato con il cuore spezzato, ma quella era una vera tortura. Ero già innamorato della minuscola bimba che dormiva nella culla, lasciarla sarebbe stata la cosa più difficile che avessi mai fatto.

«Allora non farlo.»

Assentii e sgattaiolai nella cameretta. Guardai Stella che respirava tranquilla, tutta fasciata, intenta a sognare felice quello che sognano i neonati: il battito del cuore di Liis, la mia voce attutita. Mi chinai e premetti le labbra sui suoi folti capelli scuri. «Ci vediamo presto, tesoro mio. Papà ti vuole bene.»

Attraversai la stanza e presi il giubbotto antiproiettile. Me lo infilai mentre Liis mi guardava affranta, poi cacciai alcuni abiti e articoli da toilette in una borsa e presi il telefono componendo il numero di Trenton. Mi sforzai di mantenere un tono noncurante quando gli dissi di aspettarci prima del previsto. In meno di cinque minuti avevo fatto tutto quello che potevo per prepararmi.

«Chi c'è là fuori?» domandò Liis quando chiusi la telefonata con mio fratello.

«Dustin Johns e Canton», risposi indossando una giacca leggera.

«Brent Canton?» chiese per conferma. Quando annuii, sospirò sollevata. Erano i migliori cecchini del Bureau.

«Sarà meglio che non sbaglino», disse brusca.

«Non sbaglieranno», replicai. Me lo augurai. Stavo mettendo la mia vita nelle loro mani. Abbracciai Liis, la tenni stretta e la baciai sperando che non fosse l'ultima volta. «Quando ci rivedremo ti chiederò di sposarmi, e stavolta dirai di sì.»

«Fa' che ci rivedremo», rispose.

Hyde aprì la porta d'ingresso. «Trenta secondi, signore.»

Le risposi con un cenno, afferrai le chiavi dell'auto e mi voltai a guardare Liis un'ultima volta prima di chiudere la porta alle mie spalle.

2.

TAYLOR

«Coraggio, amico. Scommetto che alla fine del turno la troverai a casa», affermò Jubal guardandomi piegare i panni.

«Da quando se n'è andata, lo dici a ogni turno», brontolai, scuotendo un paio di pantaloni cargo d'ordinanza blu navy. Si stavano scolorendo.

Quando Falyn faceva il bucato, riusciva chissà come a farli apparire nuovi di zecca per mesi. Io preparavo la cena e portavo fuori l'immondizia, lei si occupava del bucato e dei piatti. Con i bambini facevamo a turno: il fatto che Hollis e Hadley fossero arrivati a quattro mesi di distanza l'uno dall'altra era quasi come aver avuto due gemelli. Uno bloccava le gambette che scalciavano e prendeva una salvietta umida mentre l'altra puliva e metteva il pannolino nuovo. Io portavo Hollis a calcio, lei Hadley a volley. Per nove anni avevamo funzionato come una macchina bene oliata. Avevamo persino perfezionato la tecnica per litigare: lo scoppio di rabbia, la negoziazione, il sesso conciliatorio. Ora che se n'era andata, non avevo nessuno con cui fare compromessi, nessun bambino da gestire, nessuna cena per quattro da preparare. Da due mesi, da quand'era tornata a Colorado Springs con i bambini, mi facevo il bucato da solo e i miei pantaloni si erano già ridotti a uno schifo. Una ragione in più per sentire la sua mancanza.

Li misi su una gruccia e li appesi nell'armadio. Da quattro anni non andavo più sui monti a scavare trincee tagliafuoco. Essere a casa soltanto per sei mesi all'anno era controproducente per il matrimonio, perciò avevo appeso la mia ascia pulaski al chiodo e accettato un lavoro a tempo pieno nel dipartimento dei vigili del fuoco della città.

Ma in fondo quello che facevo non contava. Falyn non era felice.

«Ai bambini piace la nuova scuola?» domandò Jubal.

«No.»

Sospirò. «Mi chiedevo se sia dura per Hollis. Sono rimasto stupito che tu gliel'abbia lasciato portar via.»

«Dividerli? No», risposi scuotendo la testa. «Inoltre lei è sua madre. Lo è sempre stata. Non sarebbe stato giusto giocare ora la carta... biologica.»

Jubal annuì. «Vero.» Mi diede un colpetto sulla spalla. «Sei un brav'uomo, Taylor.»

«Non abbastanza.» Aggrottai la fronte.

Il mio cellulare squillò. Lo sollevai e lui annuì, intuendo che avevo bisogno di privacy. Tornò nella zona giorno e io sfiorai il display con il pollice accostando il telefono all'orecchio.

«Ciao tesoro», dissi.

«Ciao.» Falyn si imbarazzava davanti ai termini affettuosi, come se non dovessi più averla a cuore perché mi aveva lasciato.

La verità era che avevo provato a urlare, ad arrabbiarmi. L'avevo implorata, supplicata, avevo persino fatto i capricci, ma tutto questo era solo servito ad allontanarla ulteriormente. Adesso ascoltavo di più e perdevo meno le staffe, cosa che i miei fratelli avevano imparato a fare da tempo. E avevano ancora la moglie accanto.

«Stavo proprio pensando a te», affermai.

«Ah sì?» fece. «Ho chiamato perché... Hollis ha qualche problema. Oggi ha fatto a pugni.»

«A pugni? Sta bene?»

«Certo che sta bene. Gli hai insegnato a difendersi. Ma è diverso. Arrabbiato. Grazie a Dio era l'ultimo giorno prima delle vacanze, altrimenti lo avrebbero sospeso. Però potrebbe ripetersi. Taylor, penso...» Sospirò. Sembrava persa quanto me, ed era un dolore ma anche un sollievo non essere l'unico in quello stato. «Penso di aver fatto uno sbaglio.»

Trattenni il fiato sperando che finalmente dicesse che sarebbe tornata a casa. Non importava perché. Una volta che avesse lasciato Colorado Springs, avrei potuto mettere a posto le cose.

«Speravo... Forse...»

«Sì? Voglio dire, sì. Qualsiasi cosa sia.»

Silenzio di nuovo. Quando taceva, era come morire mille volte. La sua voce diceva tutto. Sapeva che chiamandomi riaccendeva le mie speranze, ma quella conversazione riguardava i bambini, non me. Non noi. «Speravo che non ti dispiacesse darmi una mano a trovare una casa in affitto a Estes. Tu hai più contatti di me in quel campo. Sarà difficile trovare un appartamento con tre stanze. I bambini sono troppo grandi per dividere la camera.»

Mi sedetti sul letto con la sensazione che mi avessero tolto tutta l'aria dal corpo. «Non potresti semplicemente... tornare a casa? Le stanze dei bambini sono pronte. È un ambiente familiare. Sarei felice che tornassi. Vorrei che lo facessi. Per te non comporterebbe altro, e avresti un posto tutto tuo. Io dormirò sul divano.»

Dall'altra parte ci fu un lungo silenzio. «Non posso, Taylor.» Aveva un'aria stanca. La sua voce era più profonda del solito, esausta.

In passato l'avevo già supplicata. Avrei solo scatenato un'altra lite. Qui si parlava dei nostri figli. Dovevo mettere da parte noi due. «Falyn... torna a casa con i bambini. Troverò io un appartamento.»

«No. Sono io quella che se n'è andata. Mi cercherò una sistemazione.»

«Baby...» iniziai a dire. Sentivo il suo disagio al telefono. «Falyn. La casa è tua. Informerò la scuola che l'anno prossimo torneranno.»

«Davvero?» chiese con la voce rotta.

«Sì», dissi sfregandomi la nuca. «Non ha senso che io stia in quella casa enorme tutto solo e tu con i bambini costretta in un appartamento.»

«Grazie.» Tirò su con il naso. «I bambini saranno così felici!»

«Bene.» Mi sforzai di sorridere. Non sapevo perché. Non poteva vedermi. «Bene, sono contento.»

Fece un sospiro di sollievo, e il rumore di qualcosa che

sfregava contro il telefono mi fece supporre che si stesse asciugando le lacrime. «Okay allora. Io, ehm... comincio a fare i bagagli.»

«Ti serve una mano? Lascia che ti aiuti.» L'appartamento che aveva trovato a Colorado Springs era arredato, quindi non ci sarebbero stati tanti mobili pesanti da portar via, ma io smaniavo per rimettere in funzione la nostra macchina bene oliata.

«No, possiamo farcela. Non abbiamo molto. Non c'è niente di troppo pesante.»

«Falyn, lascia almeno che aiuti i bambini. Non li vedo da due settimane.»

Rifletté per un istante tirando di nuovo su con il naso. La immaginai soppesare i pro e i contro. Ormai meditava più a lungo sulle sue scelte, prendeva le decisioni solo dopo aver avuto maggiori informazioni, cosa che anch'io avrei dovuto fare. Mi aspettavo quasi che dicesse che ci avrebbe pensato e mi avrebbe richiamato, invece rispose. «Okay.»

«Okay?»

«Pensavo di dirlo stasera ai bambini. Vuoi esserci quando lo farò? Non so se questo li manderà in confusione...»

«Ci sarò», risposi senza indugio. Su certe cose non era il caso di pensare tanto.

Chiudemmo la telefonata e buttai giù il groppo che mi si era formato in gola. Non avevo osato dirle quello che desideravo. Mi ero trattenuto, nella speranza che, quando fosse stata qui, avremmo capito cosa non aveva funzionato. Stavolta le avrei promesso di non farle troppe pressioni e di non correre troppo, le avrei dimostrato che ero cambiato.

Strinsi il telefono con entrambe le mani e lo tenni contro la fronte, ripetendomi di restare calmo e di non rovinare tutto. Non c'è niente di più terribile che essere il peggior nemico di te stesso. Anche quando volevo fare la cosa giusta era una lotta. Avevo sempre vissuto lasciandomi trasportare dalle emozioni, e chi mi stava vicino subiva i contraccolpi, vedeva la pressione che mi saliva e si trasformava, anche se solo per pochi secondi, in rabbia. Con il passare degli anni – non ero cresciuto né avevo imparato o fatto sforzi per migliorare – Falyn riusciva sempre meno a perdonarmi, e non potevo biasimarla.

«Hai finito di parlare?» chiese Jubal. Sollevai la testa e annuii, faticando non poco a nascondere la sofferenza. Il comandante aveva passato tutta la mattina in riunione con i colleghi di pari grado, il capo e il consiglio comunale... Il tutto per causa mia.

«Taylor?» disse quando gli passai davanti.

«Sì?» Mi voltai irritato a guardarlo. Aveva interrotto la mia preparazione psicologica per quello che sarebbe accaduto nell'ufficio del comandante.

«Devi prendere in mano quel caratteraccio e imbrigliarlo un po' prima di entrare là dentro. Già così sei in guai abbastanza grossi. Non la riavrai di certo, senza un lavoro.»

«Non importa. Da quando mi ha lasciato non mi è andato bene niente.»

Jubal fece una smorfia, senza scomporsi minimamente davanti alla mia sfacciata autocommiserazione. «Se smettessi di buttare via tanto tempo a dare colpe agli altri, potresti liberarti la mente e il cuore, e pensare a una soluzione.»

Riflettei sulle sue parole e annuii facendo un profondo respiro. Aveva ragione, come sempre.

Il comandante era al telefono quando bussai ed entrai. Sollevò l'indice e mi indicò una delle due sedie arancione davanti alla scrivania.

Mi sedetti, intrecciai le mani sul ventre e presi a muovere la gamba nervosamente. L'ufficio non era cambiato molto da quando era subentrato lui; sui muri c'erano le stesse fotografie e nelle bacheche di sughero, fermati da puntine, i soliti volantini. La pannellatura rivelava l'età dell'edificio, come del resto la moquette macchiata e i mobili consunti. Le uniche cose diverse erano una foto in cornice sul tavolo, l'uomo che sedeva al di là di esso e la targa con il nome.

COMANDANTE TYLER MADDOX

«Hai chiamato?» domandai quando posò il ricevitore. Presi la foto di noi con papà. Eravamo tutti in piedi fianco a fianco, abbracciati e felici. Thomas sembrava quasi fuori posto, senza tatuaggi, con i capelli più lunghi e più chiari, e gli occhi verde nocciola rispetto ai nostri, marrone cacca.

«Chiunque guardasse questa foto penserebbe che Thomas sia il figlio di un altro. Solo chi ci conosce sa che assomiglia alla mamma», commentai.

Fece una smorfia. «So che me lo hai già detto ma ripetimelo, Taylor. Dimmi che non sapevi chi era quando lo hai picchiato.»

Cercai di non mettermi sulla difensiva, ma mi era difficile trattenermi quando mio fratello mi chiedeva di spiegare perché avessi steso il figlio del sindaco dopo che aveva toccato il sedere di mia moglie in un bar. Tyler sapeva bene quanto me che avrebbe fatto lo stesso. I Maddox non consideravano l'importanza di qualcuno prima di metterlo al suo posto.

«Il sindaco è arrivato qui solo un paio d'anni fa», dissi. «Come facevo a sapere chi era quell'imbecille di suo figlio?»

Tyler non si rasserenò affatto. «Questo non è solo un gran casino, Taylor. Stavolta non so come tirarti fuori.»

Mi allungai in avanti appoggiando i gomiti sulle ginocchia. «Stavolta? Ti comporti come se lo facessi in continuazione. Penso che sia stato un dare e avere.»

Lui incurvò le spalle. «D'accordo allora, ora tocca a me, e in questo caso mi hai fottuto. Ho le mani legate.»

«Forse quel figlio di puttana non avrebbe dovuto palpare il culo a mia moglie.»

Tyler si appoggiò allo schienale sbuffando per l'impazienza. «È inciampato.»

Strinsi i denti e, per non saltargli addosso al di là del tavolo, mi aggrappai con forza ai braccioli, tanto che le nocche mi divennero bianche. «Non ripetermi le sue bugie del cavolo, Tyler. L'ho visto con i miei occhi, e anche metà della squadra. Jubal, Zeke, Sugar, Jew, Cat e Porter hanno tutti messo a rischio il loro lavoro per garantire per me. Sapevano che il sindaco voleva che mentissero.»

Lui mi guardò in cagnesco per un minuto, ma a poco a poco la sua espressione si addolcì. «Lo so. Scusa.»

«Allora... cosa? Ho chiuso?» domandai.

«Abbiamo chiuso.»

Inarcai le sopracciglia. «Che intendi? Non possono farlo, cazzo. Com'è possibile?»

«*Non* lo hanno fatto. Stamattina ho rassegnato le dimissioni. A quanto pare è l'ultimo giorno per entrambi.»

Sentii un peso sul petto e sbuffai, incredulo. «Mi stai prendendo per i fondelli?»

Scosse la testa. «Abbiamo cominciato insieme. Ce ne andiamo insieme, giusto?»

Sentii le lacrime bruciarmi gli occhi. Ricordavo come si era sentito fiero quando gli era giunta voce della sua promozione, come lo era stata Ellie, e quanto quella sera avevamo festeggiato, felici. Era il migliore per quell'incarico. Si prendeva cura dei ragazzi come faceva con me. «Non te lo meriti. Hai lavorato sodo per questo posto.»

Tyler si alzò e girò attorno alla scrivania. Mi tese la mano e, quando la afferrai, mi tirò su. «È solo un posto. Tu sei mio fratello.»

Mi abbracciò e io lasciai cadere la fronte sulla sua spalla. Mi tesi nello sforzo di trattenere tutto il risentimento e il dolore che avevo provato da quando Falyn se n'era andata e che provavo ora per aver perso il lavoro, cercando di impedire che esplodessero in uno scoppio incontrollabile di emozioni.

«Credo che ora potremo smettere di mentire a papà e diventare davvero assicuratori.» Mi mise un braccio attorno al collo e con le nocche dell'altra mano mi sfregò la sommità della testa. «Dai. Ce la caveremo. Andiamo a dirlo ai ragazzi.»

«Ehi, ehm...» iniziai a dire. «Dovrò trovare presto qualcos'altro.»

«Perché?»

«Falyn torna qui con i bambini.»

Tyler restò a bocca aperta, fece un passo indietro e mi diede un pugno sul braccio. «Sul serio, fratello? È fantastico!»

Spostai il peso sull'altra gamba incrociando le braccia al petto. «I bambini non stanno bene a Colorado Springs. Le ho detto di prendere la casa.»

«Oh.»

«Quindi sono in cerca di un appartamento.»

Fece una smorfia. «Non è la buona notizia che pensavo.»

«Idem.»

Mi posò una mano sulla spalla. «Vuoi venire da noi?»

«No», risposi. «Grazie comunque.»

«Voi due vi amate. Troverete il modo di risolvere le cose.»

Guardai per terra, scosso dai brividi. «Se mi ama, allora perché mi ha lasciato?»

A quel punto Tyler tacque e mi affondò le dita nella pelle. «Siamo dei pazzi scatenati. Quelle donne hanno dimostrato di avere le palle ad amarci. E... a volte bisogna perderle per trovare il coraggio di diventare la persona che si meritano di avere.»

Buttai fuori tutta l'aria che avevo in corpo come se Tyler mi avesse dato un pugno. Accettare verità di quel genere era come fare harakiri.

«Solo... non dire a nessuno che torna. Voglio provare a parlarle un po' prima che il figlio del sindaco lo scopra. Quell'arrogante pezzo di merda.»

«Non può rubarti la moglie, Taylor. Lei non lo vuole.»

Feci una smorfia. «Non vuole neppure me.»

«Balle, e lo sai. A un certo punto ci siamo tutti fatti un esame e abbiamo capito che le nostre mogli si stavano stancando delle nostre stronzate. Ci siamo rimessi in riga, e ora le cose vanno bene. Tu sei solo arrivato con un giorno di ritardo.»

«Più o meno», brontolai mentre entravamo nel soggiorno del nostro alloggio.

Ci fermammo poco prima della fila più vicina di poltrone. Erano tutte occupate dai ragazzi del nostro turno. Avevano fatto parte, come noi, delle squadre specializzate di montagna. Quante volte avevamo aspettato insieme che suonasse l'allarme per assaporare l'adrenalina e il potere di combattere qualcosa di inarrestabile, di disumano... e di vincerlo.

Tyler mi guardò e indicò con un cenno la squadra. Strinsi i denti e fissai per terra. La vergogna e la sensazione di aver tradito la mia seconda famiglia erano insopportabili.

Jubal si raddrizzò con un lampo negli occhi. «Caspita, non ci credo.»

«Io...» Prima che potessi finire, l'allarme risuonò attraverso ogni altoparlante dell'edificio. Aspettammo che l'operatrice, Sonja, ci comunicasse il luogo e il tipo di incendio.

«L'allarme è partito da un dispositivo al magazzino Hickory, 200 North Lincoln Avenue. Possibili occupanti.»

«All'interno?» chiesi. «È vuoto da anni.»

«Per la miseria, no, non lo è!» esclamò Jubal. «Circa cinque anni fa la famiglia Hickory lo ha subaffittato alla Marquis Furniture. È pieno di mobili.»

«Ci serviranno l'autoscala e le due autopompe più grandi. L'autobotte tenetela in stand by!» ordinò Tyler. Mi diede una pacca sulla spalla. «Vieni con me. È l'ultima volta.»

Aggrottai la fronte. «Ho detto a Falyn che stasera l'avrei raggiunta a Colorado Springs per aiutare i bambini a fare i bagagli.»

Sorrise comprensivo. «Non c'è problema. Risolvi quel pasticcio, così la smetterai di frignare, d'accordo?»

Sorrisi a malincuore guardando il mio gemello afferrare il casco da comandante, la giacca e le chiavi prima di affrettarsi verso lo spiazzo ambulanze dov'era parcheggiato il suo furgone.

Il resto dei ragazzi lo seguì dirigendosi alle autopompe e all'ambulanza. Rimasi solo e sentii la mascella contrarsi. C'era qualcosa che non andava.

«Maledizione, Tyler», dissi sottovoce correndo a prendere la mia roba. Indossai l'attrezzatura, afferrai il casco e spalancai la portiera del furgone nel momento stesso in cui mio fratello faceva retromarcia.

Mi guardò perplesso quando mi allacciai la cintura di sicurezza. «Cosa fai, idiota? Va' da tua moglie.»

«È l'ultima volta, come hai detto tu», risposi appoggiandomi allo schienale e assumendo la mia aria determinata.

Lui diede gas guidando la squadra verso la periferia della città a una velocità tale che in un battibaleno ci lasciammo dietro il suono ossessionante delle sirene. Era già in contatto radio con gli altri comandanti che sarebbero arrivati sul posto e con l'operatrice per far chiudere tutte le vie di accesso e di uscita. Sapevamo bene che al magazzino avremmo trovato l'inferno, eppure notai un lampo di nervosismo negli occhi di mio fratello. Aveva la mia stessa brutta sensazione.

I freni del furgone stridettero e le gomme affondarono nella ghiaia quando rallentò davanti all'edificio. Il lato sud dell'imponente struttura di tre piani era quasi avvolto dalle fiamme. Abbassai il finestrino e anche a trenta metri di distanza sentii il calore sul viso. Le fiamme si levavano in cielo allungando le loro dita luminose, deformi, e divoravano acciaio e legno che avevano resistito per cinque generazioni al clima impietoso del Colorado.

Tyler si chinò in avanti, appoggiandosi al volante per vedere meglio. Fu costretto a urlare per farsi sentire al di sopra del rombo di quel mostro arancione. «È una brutta bestia!» Chiamò via radio l'operatrice confermando la richiesta di bloccare tutte le strade di accesso al magazzino. La pressione dell'acqua sarebbe già stata un problema, non ci serviva che il traffico schiacciasse le manichette.

Per la prima volta davanti a un incendio, ebbi un terribile presentimento. Lo dissi a Tyler.

Sbuffò. «Dacci un taglio, fratellone. Sei troppo cattivo per morire.»

Guardai il fuoco. «Me lo auguro. Non abbraccio mia moglie da tre mesi.»

3.

TYLER

«Brucerà per giorni», commentai tirando la maniglia della portiera.

«Sarà meglio che chiami Falyn», disse Taylor. «Che le dica che stasera non arriverò.»

Eravamo scesi tutti e due dal furgone e ci trovavamo ai lati opposti del cofano. Puntai il dito nella sua direzione. «Non provarci. Conterremo questa brutta bestia, dopo andrai ad aiutare i miei nipotini e porterai la tua famiglia a casa.»

Taylor guardò l'orologio affrettandosi verso l'autopompa nove. «Ho due ore!»

Osservai il magazzino e urlai a mio fratello: «Non lo spegneremo, ma possiamo dargli una bella lezione!».

Jubal e Sugar erano già all'opera, stavano trascinando una manichetta al piano principale mentre Zeke e Cat erano fuori, di rinforzo. Jubal aveva preso una termocamera per localizzare il fuoco ed eventuali persone all'interno del magazzino.

«Scala due, aspetta», disse Taylor alla radio. «Controlliamo l'edificio prima di entrare in azione.»

Dall'altoparlante arrivò la voce di Jew. «Ricevuto.»

«Abbiamo bisogno di ventilazione», comunicò Jubal sempre sulla stessa frequenza.

Indicai a Taylor di provvedere. «Ricevuto, Jubal.» Abbassai la radio. «Dammi una ventilazione verticale, Taylor. Con tutti quei mobili che possono fare da combustibile...» Mi interruppi, preoccupato.

«...c'è il grosso rischio che l'incendio diventi generalizzato», fece lui terminando la frase.

«Allora assicuriamoci di ventilarlo bene», dissi. I combustibili che alimentavano il fuoco, che fossero idrocarburi o materie vegetali come il legno, liberavano gas a determinate temperature. Quando quei gas si incendiavano a causa del surriscaldamento dell'aria, un'intera area poteva andare in fiamme, fenomeno che avrebbe significato la morte per qualsiasi pompiere nei paraggi. A parte i magazzini contenenti esplosivi o pneumatici, un edificio pieno di mobili era un avversario temibile per qualsiasi squadra di vigili del fuoco, e sapevo che il mio ultimo incendio sarebbe stato la sfida più difficile che avrei affrontato come comandante. Guardai mio fratello allontanarsi, lo stomaco in subbuglio. «Taylor!» Si bloccò. «Aspetta. Da' un'occhiata qui. Ci penso io.»

«Ma...» obiettò.

«Ho detto che ci penso io!» ringhiai. Afferrai un'ascia dall'autopompa nove e mi avviai verso l'autoscala per fare un buco nel tetto del magazzino. Indicai a Porter di seguirmi. «Prendi una sega!» gli gridai.

Lui si accigliò, perplesso all'idea che un comandante corresse all'autoscala invece di restare a terra a sorvegliare tutto.

Salimmo sulla piattaforma e segnalai all'operatore che eravamo pronti. Gli ingranaggi gemettero mentre la scala si sollevava fino a una quindicina di metri di altezza. Il vento ci sferzava e sentivo il calore sul viso; tutt'intorno volavano braci ardenti. Una fitta di nostalgia mi indusse a memorizzare quel momento perché mi sarebbe mancato. Avevo amato le autopompe fin da bambino, e non sapevo come sarebbe stata la mia vita senza l'eccitazione che provavo entrando in un edificio in fiamme quando tutti ne uscivano di corsa.

Porter chiuse gli occhi e deglutì. Anche sotto la pesante divisa capivo che aveva il respiro affannoso.

«Non avrai paura dell'altezza, vero, Porter?»

Scosse la testa, le guance ancora tonde per la giovane età. Finita la scuola da quattro mesi, aveva iniziato subito a lavorare alla stazione di Estes Park e non gli avevamo ancora trovato un nomignolo.

«No, signore», rispose. «Voglio dire, sì, signore, ma farò il mio dovere.»

Gli diedi una pacca sul casco. «Mi è appena venuto in mente un soprannome per te, Porter.»
Lui s'illuminò. «Sì?»
«Tasso del miele.»
Porter sembrò confuso.
«Hai presente i tassi del miele, Porter? Si mangiano i cobra. Se ne fregano alla grande del pericolo.»
Sfoderò un ampio sorriso ma, appena la scala si bloccò, si fece immediatamente serio.
«Questo siamo noi», dissi saltando con un piede sul bordo del tetto. Lo tastai con il manico dell'ascia per accertarmi che non cedesse, prima di salirci sopra con tutto il peso.
«Com'è?» chiese Porter.
«Stabile», risposi azzardando un passo. Dopo aver tastato un altro po' con l'ascia, gli feci cenno di raggiungermi e tracciai un cerchio immaginario sopra il punto che volevo tagliasse. «Qui!»
Lui annuì e tirò la catenella della motosega. Le fiamme gialle lambivano il tetto e la vampa era quasi insopportabile.
«Non abbiamo molto tempo», abbaiai. «Sbrigati!»
Porter tagliò lo strato sottile di materiale composito e quello successivo di isolante. Pochi minuti dopo una nube di fumo uscì dall'apertura e lui si allontanò dal calore intenso.
Chiamai Taylor via radio. «Lo abbiamo aperto. Stiamo scendendo.»
«Ottimo», esclamò.
Tornammo alla piattaforma e dissi all'operatore di portarci giù. Eravamo appena a metà discesa quando dal tetto provenne un *crack* così forte che sembrò che l'intero edificio si stesse rompendo in due. Una nube di fumo nero, denso, misto a braci, fuoriuscì con violenza dal buco che avevamo creato.
Alla radio si udì di nuovo la voce di Taylor. «Tutti indietro! Abbiamo... Maledizione, sta venendo giù! Sì, fuori tutti di lì!»
Mancavano circa due metri ma saltai lo stesso dalla piattaforma e corsi da mio fratello allontanandomi dal magazzino che stava collassando. «Muovetevi! Sta crollando!»
Jubal e Sugar schizzarono fuori dall'ingresso principale poco prima che la malta che teneva i mattoni si disgregasse.

Gran parte della facciata andò in pezzi e dallo squarcio uscì un pennacchio di polvere, fumo e macerie.

Afferrai Taylor per la giacca. «Non hai tempo per questo imprevisto. Prendi il mio furgone!»

«Ne sei sicuro?»

Gli diedi un colpetto sul casco. «Sparisci. Noi ce la caveremo.»

Lo scrutai in faccia e lo vidi combattuto fra la voglia di restare per proteggere il suo fratellino e quella di salvare la sua famiglia.

Dopo diversi secondi corse al furgone, si tolse in fretta l'attrezzatura e la gettò dietro prima di mettersi al volante. Sapendo che sarebbe andato via presto, avevo lasciato le chiavi inserite.

Osservavo ora lui ora i resti dell'edificio in fiamme. Indicai alcuni punti urlando ordini ai miei uomini e parlando alla radio. Il fuoco stava ruggendo, il fumo diventava via via più scuro. Eravamo ben lontani dal controllarlo. Vidi Taylor al volante, in preda a sentimenti contrastanti. Sapevo che considerava sbagliato mollarmi ma, un istante prima che afferrasse la maniglia della portiera e scendesse, gli puntai contro un dito e lui si bloccò. «Leva le chiappe di qui! Subito!»

TAYLOR

Il sudore mi gocciolava dalla fronte e me lo asciugai con il polso. Sentivo ancora il calore del fuoco sulla faccia e un senso di oppressione ai polmoni per via del fumo. Avvicinai la mano alla bocca e tossii prima di girare la chiave. Mi ci volle tutta la forza che avevo per inserire la retromarcia e lasciare mio fratello, ma Tyler aveva ragione: Falyn e i bambini venivano prima di tutto.

Guidare il furgone del comandante si rivelò utile quando superai due auto della polizia a una velocità ben più elevata rispetto a quella consentita. Raggiunta infine la stazione, mi fiondai all'interno solo per gettare le chiavi di Tyler sul tavolo e prendere le mie, insieme al portafoglio e al telefono. Poi mi rimisi in strada, diretto a Colorado Springs. Quando lasciai Estes Park, il pennacchio di fumo che si alzava dal magazzino si stagliò minaccioso nel retrovisore. Composi il numero di Tyler ma il telefono squillò quattro volte prima che scattasse la casella vocale. Non riuscivo a scrollarmi di dosso la sensazione sinistra che avevo provato guardando mio fratello dirigersi verso il magazzino in fiamme senza di me. Avevamo già combattuto incendi separatamente, ma stavolta era diverso. Quello stesso presentimento mi aveva spinto a saltare sul furgone con lui, e ora, più mi allontanavo, più mi sembrava sbagliato.

Mi concentrai su Falyn e sui bambini. Pensando all'eccitazione di Hollis e Hadley mi distrassi facilmente. L'idea di riavere la mia famiglia e la strana inquietudine di poco prima mi riportarono alla mente il ricordo della sera in cui Falyn se n'era andata.

Per poco non avevamo rinunciato. *Cazzo, quanto avrei voluto che avessimo rinunciato.* La baby-sitter non poteva più venire e se Ellie non avesse chiamato Falyn all'ultimo minuto, saremmo rimasti a casa. Quello che avevamo creduto fosse un colpo di fortuna si trasformò nella serata peggiore della mia vita. Era passato più di un anno dall'ultima volta che eravamo usciti noi due soli, e ancora più tempo da quando avevo visto Falyn interagire con altri uomini che non fossero i miei colleghi. In realtà non ero mai riuscito a controllare la mia gelosia, perciò, quando un ragazzo ubriaco fradicio si avvicinò barcollando a mia moglie e le sorrise come se fosse certo di portarsela a casa, non capii più niente. Falyn tentò in qualche modo di farmi ragionare, il che mi fece infuriare ancora di più. Quando il ragazzo incespicò e l'afferrò per il sedere, avevo già perso il lume della ragione. Lo aggredii. Lo pestai a sangue. Lui finì al pronto soccorso, io in prigione.

Il sindaco fece in modo che passassi tutto il fine settimana in cella. Tyler e gli altri cercarono più volte di farmi uscire su cauzione, senza però riuscirci. Falyn non rispondeva alle mie telefonate e, quando alla fine tornai a casa, aveva fatto i bagagli, preso i bambini e se n'era andata.

Il volante stridette quando lo strinsi, riportandomi al presente. Il terrore e la pura disperazione che avevo provato rientrando in una casa vuota erano ancora vivi. Riemerse il panico che mi aveva invaso durante la nostra prima telefonata, quando avevo capito che a nulla sarebbe valso supplicare, pretendere o far leva sul senso di colpa per indurla a cambiare idea. L'amore era un sentimento maledettamente spaventoso, lasciava il cuore vulnerabile e in balia dell'altro, che poteva prendersene cura oppure calpestarlo. La mia felicità dipendeva dal perdono di Falyn, e ancora non sapevo se sarebbe stata disposta a concedermelo.

Suonò il telefono e premetti il tasto sul volante. Il display mi aveva già indicato chi fosse ma fui colto alla sprovvista. Ebbi paura che mi dicesse che aveva cambiato idea. «Falyn?»

«Papà?» fece Hadley.

«Ciao, amore! Com'è andato l'ultimo giorno di scuola?»

«Uno schifo.»

«Di nuovo?»

«Mi sono messa nei guai.» Sembrava delusa di sé, me la immaginai con le guance paffute rigate di lacrime calde. L'anno seguente avrebbe iniziato le medie, e sapevo che di colpo si sarebbe allungata. Era già più alta di Hollis, anche se lui alle superiori l'avrebbe superata. Non mi faceva piacere che crescesse così in fretta, ma almeno sarebbe tornata a Estes con i suoi amici.

Tirò su con il naso. «Oggi Hollis ha fatto a pugni.»

«Non preoccuparti, Hadley. Le cose miglioreranno. Te lo prometto, okay? Molto, molto presto. Papà farà in modo che sia così.»

«Come?»

«Vedrai. Passami la mamma.»

«Pronto?» disse Falyn.

Ero sicuro che parlare con la scuola dei due bambini non fosse stato facile. «Sarò lì tra meno di un'ora.»

«Davvero?» fece con un tono già più vivace.

Sorrisi. «Sì, davvero. Ti ho detto che sarei venuto, no?»

«Sì ma... Ho visto l'incendio in televisione. Credevo che saresti stato là.»

Pensai di comunicarle che con gli incendi avevo chiuso, ma decisi che non fosse il momento giusto. «Ero là, sì, ma me ne sono andato.»

«Prima che venisse domato?»

«Più o meno.» La sentii quasi sorridere al telefono e avvertii un senso di benessere in tutto il corpo. Mi ero guadagnato parecchi punti mettendola al primo posto, benché credessi di averlo sempre fatto lavorando sodo e guadagnando bene. Falyn aveva chiaramente bisogno che glielo dimostrassi così.

«Io... grazie, Taylor. Per me significa davvero molto.»

Mi incupii chiedendomi perché si sforzasse tanto di non amarmi. Quando mi avevano arrestato, le sue parole mi avevano ferito così profondamente che non sapevo se mi sarei ripreso. Già il fatto che mi avesse abbandonato era una tortura. Avrebbe potuto legarmi al letto e dar fuoco alla casa, e io l'avrei amata lo stesso. Non capivo lo scopo di fingere con me, ma forse mi stavo sbagliando. Forse *non* mi amava più. Soffocai ogni emozione prima di parlare. «Stai già facendo i bagagli?»

«Quello che posso senza che i bambini se ne accorgano. Non volevo rovinare la sorpresa prima del tuo arrivo.»

«Bene. Presto sarò lì, bab... Falyn», risposi correggendomi.

«Allora a tra poco», concluse. Nella sua voce non c'erano emozione, disprezzo o sentimento. Niente.

Non sapevo cosa avrei fatto se non fossimo riusciti a sistemare le cose. Lei era tutto per me. Falyn era la mia vita praticamente da quando eravamo ragazzini. L'unica vita che volevo. Quando se n'era andata mi ero disperato, però c'era ancora speranza, e quella speranza mi motivava. Le luci del cruscotto si accesero poco dopo che l'ultimo bagliore del tramonto svanì dietro i monti. Un cartello alla mia destra annunciò BENVENUTI A COLORADO SPRINGS. Mi agitai sul sedile. Mi aggrappavo ancora al pensiero che quel fine settimana sarebbe stato un punto di svolta, non di non ritorno.

4.

TRENTON

Attesi fuori dalla porta ascoltando Camille che cercava di non piangere. Ogni mese era un ciclo infinito di speranza e devastazione, e dopo quasi otto anni di matrimonio lei era sempre più disperata.

Le luci erano basse. Le piaceva stare al buio quando il suo stato d'animo era nero, perciò, passati i tre minuti, avevo tirato le tende e lei non aveva detto niente, poi era sparita in bagno. Adesso non restava altro da fare che aspettare, ascoltare e stringerla tra le braccia.

Vivevamo in una casetta con due camere da letto, a soli sei isolati da papà e Olive. La stanza, come il resto della casa, era luminosa e arredata in stile minimal con qualche opera d'arte interessante e i miei disegni. Avevamo fatto un affare acquistandola, però ristrutturarla era stato un vero salasso: avevamo cambiato l'impianto di riscaldamento e condizionamento centralizzato e gran parte delle vecchie tubature, perché a un certo punto la moquette nuova si era impregnata d'acqua, rendendo necessario rompere le fondamenta con il martello pneumatico. Gli ultimi dieci anni erano stati faticosi, ma adesso vivevamo in una casa che, nonostante fosse più vecchia di noi, sembrava nuova, anche se per sistemarla avevamo dovuto dare fondo ai nostri risparmi quattro volte. Alla fine, soddisfatti, non ci rimaneva altro se non passare alla fase successiva. La sterilità non era tuttavia qualcosa che potevamo riparare, e questa consapevolezza stava distruggendo Camille.

«Baby», dissi bussando con le nocche sulla porta. «Fammi entrare.»

«Solo... dammi solo un secondo», rispose tirando su con il naso.

Appoggiai la fronte alla porta. «Non puoi continuare a farti questo. Credo che sia...»

«Non intendo rinunciare!» replicò brusca.

«No. Forse possiamo tentare una via diversa.»

«Non possiamo permetterci vie diverse», ribatté. La sua voce era ancora più calma del solito. Non voleva farmi stare peggio di quanto già non stessi.

«Mi verrà in mente qualcosa.»

Dopo qualche istante di silenzio la serratura scattò e Camille aprì la porta. Aveva gli occhi rossi, velati, e il viso a chiazze. Non era mai stata così bella, e l'unica cosa che volevo fare era abbracciarla, ma non me lo avrebbe permesso. Avrebbe finto di non soffrire per evitarmi, come sempre, altro dolore, nonostante le ripetessi che era giusto piangere.

Le sfiorai la guancia ma lei si scostò. Il sorriso forzato le svanì dal volto quando mi baciò il palmo. «Lo so. Avevo solo bisogno di sfogarmi.»

«Puoi sfogarti anche qui, Baby Doll.»

Scosse la testa. «No, non posso. Avevo bisogno di stare un attimo da sola.»

«Perché se no ti preoccupi per me», la rimproverai.

Scrollò le spalle e il sorriso forzato divenne sincero. «Ho cercato di cambiare. Non ci riesco.»

La attirai a me stringendola forte. «Non devi farlo. Amo mia moglie così com'è.»

«Camille?» fece Olive tenendosi a uno stipite. I capelli biondo platino lunghi fino alla vita le ricadevano ondulati ai lati del volto, divisi dalla riga centrale, e sembravano mettere ancor più in risalto la sua tristezza. Aveva gli occhi verdi, rotondi, tutti lucidi perché viveva ogni delusione, ogni problema intensamente come noi, perché anche lei faceva parte della famiglia. Per caso e per legami di sangue, che lo sapesse o no.

Osservandola appoggiare il viso delicato al legno, ricordai

lo shock che avevo provato quando avevo saputo la verità: Olive, la mia vicina e la mia amica fin da quando aveva mosso i primi passi, era stata adottata e guarda caso la sua madre biologica si era innamorata di mio fratello Taylor, a millecinquecento chilometri di distanza, a Colorado Springs. Avevo accidentalmente contribuito ad allevare mia nipote, ero stato presente nella sua vita ancor più di mio fratello o di mia cognata.

Camille guardò Olive facendo una risatina. Si staccò da me leccandosi simultaneamente i pollici per togliersi il mascara sbavato sotto gli occhi. Aveva i capelli più lunghi rispetto a quand'era ragazza: le arrivavano a metà schiena ed erano della stessa tonalità di quelli di Olive, con una zona rasata proprio sopra le orecchie per un look più aggressivo. Le avevo appena rifatto il suo primo tatuaggio, la scritta BABY DOLL, il soprannome che le avevo dato all'inizio della nostra relazione e che per qualche ragione era rimasto. Malgrado si sforzasse in ogni modo di non esserlo, Camille era una bellezza classica. E quel nomignolo le stava a pennello, allora come adesso.

«Sto bene», disse e fece un sospiro liberatorio. «Stiamo bene.»

Si avvicinò alla porta per dare un rapido abbraccio a Olive, poi le strinse il fazzoletto blu navy che portava come fascia per i capelli. Tirò su con il naso e vidi il dolore attenuarsi e scomparire. Mia moglie era una donna tosta.

«Cami», dissi.

«È tutto a posto. Riproveremo il mese prossimo. Come sta papà?»

«Bene. Mi stordisce di chiacchiere. Diventa sempre più difficile convincerlo a uscire da solo. Tommy e Liis porteranno la bambina...» Mi interruppi aspettandomi l'inevitabile tristezza nel suo sguardo.

Lei si avvicinò, mi prese le guance tra le mani e poi mi baciò. «Perché mi guardi così? Credi davvero che mi dia fastidio?»

«Forse... forse se avessi sposato lui... adesso avresti il tuo bambino.»

«Non voglio il mio bambino. Voglio il *nostro* bambino. Il tuo e il mio. O così o niente.»

Sorrisi sentendo un groppo in gola. «Sì?»

«Sì.» Sorrise anche lei, aveva un tono rilassato e felice. Nutriva ancora speranze.

Le toccai la piccola cicatrice all'attaccatura dei capelli, quella che mi ricordava puntualmente quanto fossi stato vicino a perderla. Lei chiuse gli occhi e io baciai quella linea bianca frastagliata.

Mi squillò il cellulare, perciò la lasciai per recuperarlo dal comodino. «Ehi, papà.»

«Hai saputo?» chiese con la voce un po' rauca.

«Cosa? Che stai da cane? Ti sei ammalato nelle ultime due ore?»

Si schiarì la voce alcune volte e poi sogghignò. «No, no... Ogni cellula del mio corpo è semplicemente vecchia come il cucco. Come sta Cami? È incinta?»

«No», dissi grattandomi la nuca.

«Non ancora. Accadrà. Perché voi due non venite a cena? Portate anche Olive.»

Guardai le mie ragazze, stavano già dicendo di sì con la testa. «Sì. Ci piacerebbe tanto, papà. Grazie.»

«Stasera pollo fritto.»

«Digli di non cominciare senza di me», esclamò Camille.

«Papà...»

«Ho sentito. Lo passo nella pastella e lo condisco soltanto, e metto le patate in forno.»

Camille fece una smorfia.

«Okay. Arriviamo tra un po'.»

Mia moglie corse di qua e di là cercando di uscire in fretta per battere papà sul tempo. Più volte aveva lasciato i fornelli accesi e più volte era caduto, apparentemente senza mai fare una piega quando capitava. Camille passava quasi tutto il tempo libero ad aiutarlo a evitare di farsi male.

«Posso guidare io?» chiese Olive.

Mi venne male.

Lei sorrise maliziosa. Lanciai un gemito sapendo già cos'avrebbe detto.

«Per favore, Trent?» frignò.

Sussultai. Quando aveva preso la patente, le avevo promesso che l'avrei fatta guidare appena avesse compiuto diciotto anni, e il suo compleanno era stato mesi prima. Istintivamente avrei risposto di no. Non avevo mai avuto incidenti, neanche da adolescente. I due in cui mi avevano coinvolto erano stati spaventosi, e tutti e due erano successi quando guidava una donna a cui tenevo molto.

«Maledizione, va bene», imprecai.

Camille sollevò il pugno e Olive lo toccò con il suo in segno di esultanza.

«Hai la patente con te?» domandò Camille.

Olive rispose mostrandole un piccolo braccialetto di cuoio marrone. «Qui dentro c'è anche il mio nuovo documento della Eastern State.»

«Evviva!» fece Camille battendo le mani. «Che cosa eccitante!» Mi guardò con un'aria fintamente mortificata. «Avevi promesso.»

«Non dire che non ti avevo avvertito», brontolai lanciando a Olive la chiave. Lei strinse quel pezzo di metallo tra le mani e sogghignò. Corse alla porta e poi fuori, sul vialetto, dove si trovava il furgone di Camille. Mentre percorrevo il sentierino di pietre, la vidi saltare dentro, allacciarsi la cintura di sicurezza e afferrare il volante con entrambe le mani.

«Oh, piantala. Non porti sfortuna.» Camille aprì la portiera del passeggero del suo Toyota Tacoma double cab e poi quella posteriore. Mentre mi sedevo accanto a Olive, si allacciò la cintura. Collegò subito il Bluetooth del telefono al furgone scegliendo con cura una canzone. Quando la musica partì, Olive girò la chiave e fece retromarcia. Fummo pervasi da una nuova energia. Camille mi sfregò le spalle per un istante al ritmo martellante che si diffondeva dalle casse.

«Forse dovremmo togliere questo rumore e lasciare che Olive si concentri», dissi.

Il massaggio si trasformò in uno scherzoso colpo di karate. «Rumore?»

Se non l'avessi vista, non avrei mai detto che dieci minuti prima stesse piangendo in bagno. Ogni volta si riprendeva più in fretta, ma una parte di me si chiedeva se fosse davvero così o se stesse diventando solo più abile a nascondere il dolore.

Imboccando il vialetto di papà, notai che alcune nuvole temporalesche si stavano ammassando in cielo a ovest della città. Thomas e Liis sarebbero arrivati in aereo con la loro bimba, perciò con il telefono controllai le previsioni meteo a sette giorni, cosa che dieci anni fa non mi sarebbe neppure passata per la testa. Buffo come il tempo e l'esperienza ti riprogrammano il cervello inducendoti a pensare agli altri e non a te stesso.

Papà non ci stava aspettando sul portico come al solito, e dalle labbra di Camille uscì un'imprecazione. «Maledizione, Jim Maddox!» Mi fece segno di aprire subito la portiera. Lei a sua volta si buttò fuori sull'erba, corse fino al portico, superò con un salto i gradini e spalancò la zanzariera sgangherata.

Olive parcheggiò e mi gettò le chiavi salutandomi. «Faccio un salto a casa a dire alla mamma che ceno con il nonno!»

Annuii, sentendo un piccolo nodo alla gola. Tutti i nipotini chiamavano così papà, e mi piaceva che lo facesse anche lei malgrado non sapesse che era la verità.

Seguii Camille in casa chiedendomi cosa avremmo trovato. La vernice del portico si stava scrostando e presi mentalmente nota di portarmi dietro la levigatrice la prossima volta. La zanzariera stava su a stento, perciò aggiunsi pure quella alla lista di riparazioni. I miei genitori avevano comprato quella casa quando si erano sposati, ed era quasi impossibile convincere papà a lasciarci fare modifiche o migliorie. I mobili e la moquette erano gli stessi, persino la vernice. All'arredamento aveva pensato la mamma e lui non avrebbe permesso a nessuno di toccare le sue cose, anche se era morta da quasi trent'anni. Come papà, quella casa stava invecchiando e rischiava di diventare, o addirittura di essere, pericolosa; per questo negli ultimi mesi io e Camille avevamo deciso di cominciare a eseguire delle riparazioni senza chiederglielo.

Sulla soglia della cucina, in fondo al corridoio, vidi Camille correre da papà, le mani tese.

Lui era chino, intento a infilare in forno le patate coperte da un foglio di alluminio.

«Papà!» strillò. «Lascia che faccia io!» Papà le mise dentro e chiuse lo sportello, si rialzò e si girò verso di noi con un sorriso.

Camille prese un paio di guanti da forno dal cassetto cacciandoglieli in mano. «Perché non usi i guanti che ti ho comprato?» Si avvicinò e gli controllò le mani bendate.

Lui le baciò le nocche. «È tutto a posto, bambina.»

«L'ultima volta te le sei bruciate di brutto», replicò lei liberandosi dalla sua presa per controllare ancora le ustioni sotto le bende. «Per favore, usa i guanti.»

«Okay», rispose mio padre dandole un colpetto affettuoso sulla testa. «Okay, cara. Userò i guanti.»

Vedendo che le cosce di pollo erano già state immerse nella pastella speciale di papà e disposte su tovaglioli di carta accanto alla padella, Camille iniziò ad aprire gli armadietti in cerca dell'olio.

Ci cacciò via. «Andate. Ci penso io. Sì, papà, ne sono sicura», disse appena lui aprì bocca.

Sogghignò. «D'accordo, allora. Passiamo al domino.»

«Non sei stanco di perdere? Questo pomeriggio abbiamo giocato due ore a domino.»

«Davvero?» fece. Scosse la testa. «Del resto non mi ricordo neanche di pulirmi il culo.»

Battei le palpebre, stupito che avesse dimenticato quelle ore insieme, eppure lui non sembrò turbato.

«A carte allora?» chiese.

«No, va bene il domino. Ti devo comunque la rivincita.»

Appena ci sedemmo al tavolo, si udì un tuono in lontananza. La porta d'ingresso si aprì e si richiuse, e un attimo dopo Olive apparve in fondo al corridoio con le braccia allargate, gocciolante d'acqua. «Oddio.»

Scoppiai a ridere. «Hai mai sentito parlare degli ombrelli, Ew?»

Lei alzò gli occhi al cielo e venne a sedersi accanto a me. «Smetterai mai di chiamarmi così? Non lo capisce nessuno.»

«Tu sì», replicai. «Quanto difficile sarà mai? Le tue iniziali sono O.O. Insieme formano il suono *ew.* Come in *moo.* E in *too.*» Guardai il soffitto. *Shoo. Boo. Goo. Poo.* Potrei andare avanti all'infinito.»

«Ti prego, no», disse afferrando una tessera del domino e girandola tra le dita magre. Colpirla diventava sempre più difficile. Una volta mi credeva un dio.

«Oh dannazione!» strillò Camille dalla cucina.

Scostai la sedia alzandomi in parte. «Tutto bene, baby?»

«Sì!» gridò di rimando comparendo con la giacca e le chiavi in mano. «È finito l'olio.»

«Ma gliene avevo presa una bottiglia venerdì scorso», obiettai guardando papà.

«Oh, certo. Domenica l'ho rovesciata.»

Mi incupii. «Domenica abbiamo mangiato sandwich a pranzo e pizza a cena. Non hai fatto il pollo.»

Lui assunse la mia stessa espressione. «Be', accidenti, uno di questi giorni.»

«Faccio un salto a comprarlo. Ti serve qualcos'altro?» chiese Camille.

«Cami, sta diluviando», dissi scontento.

«Lo so», rispose baciandomi prima di uscire.

Io e papà chiacchierammo del più e del meno. Mi fece alcune domande che mi aveva già fatto prima e mi chiesi se fosse stato sempre smemorato e non me ne fossi accorto, o se la sua memoria stesse peggiorando. Venerdì aveva appuntamento con il medico. Avrei sollevato il discorso in quell'occasione.

Il mio cellulare ronzò. Lo premetti all'orecchio. «Ehi, succhiacazzi!»

«Sono sempre più belle», disse Thomas all'altro capo della linea senza scomporsi.

«Cristo santo, Trenton», sbottò infuriato papà indicando con un cenno Olive.

Gli strizzai l'occhio. Sconvolgerlo con i miei insulti era diventato un divertimento.

«Come stanno mamma e bambina?» chiesi.

«Veniamo a casa», rispose Thomas. «Penso... penso che arriveremo prima del previsto.»

«Tutto bene?» domandai notando il vivo interesse di papà. Gesticolai per rassicurarlo che non c'erano problemi.

«Sì... Sì. Hai notizie di Trav?» domandò Thomas.

«No. Perché?»

Da quando avevo memoria, Thomas era sempre stato un mistero, e da quand'era diventato adulto gli interrogativi si erano ulteriormente moltiplicati.

Papà mi stava fissando: attendeva una spiegazione con un'aria relativamente paziente. Sollevai un dito.

«Semplice curiosità.»

«Hai intenzione di mettere una neonata su un aereo? Sapevo che eri coraggioso, fratellone, ma accidenti!»

«Pensavamo che a papà avrebbe fatto piacere conoscerla.»

«Altroché. Papà sarebbe felice di conoscere...» Ebbi un vuoto.

«Stella», mormorò Olive.

«Stella!» ripetei. «Papà sarebbe felice di conoscere Stella.» In quel momento mi arrivò una pacca sulla nuca. «Ahia! Cos'ho detto?»

«Allora saremo lì domani», disse Thomas ignorando il pandemonio che gli giungeva attraverso il telefono.

«Domani?» feci guardando papà. «Così presto, eh?»

«Sì. Di' a papà di non preoccuparsi. Prepareremo la stanza quando saremo arrivati.»

«Cami ha tenuto la stanza degli ospiti pronta. Sapeva che prima o poi sareste venuti con la bambina. Ha anche preso uno di quei cosi portatili...»

«Ha comprato un fasciatoio portatile per Stella? Sul serio?» esclamò Thomas. «Che carina. Come sta... che carina davvero.»

«Sì», dissi sentendomi d'un tratto in imbarazzo. «Ci vediamo domani, allora.»

«Di' a papà che gli voglio bene», rispose.

«Sarà fatto, sacco di merda.»

Thomas chiuse la telefonata e io rivolsi a papà un bel sorriso. Le due rughe che aveva sulla fronte divennero più profonde.

«Avrei dovuto sculacciarti di più», commentò.

«Già.» Guardai le tessere del domino. «Allora? Da sole non si muovono.»

Mi accomodai di nuovo sulla sedia e sotto i miei jeans la pelle marrone-dorata fece un rumore simile a una scoreggia. Non vivevo più lì, ma io e Camille facevamo visita a papà almeno una volta al giorno, in genere anche di più. Travis veniva a trovarlo quando non era via per lavoro. Guardai la mensola sotto il soffitto, piena di cimeli impolverati legati al mondo del poker e di foto autografate dei nostri giocatori preferiti.

Si erano formate alcune ragnatele. "Devo salire lassù a spolverarli. Non voglio che il vecchio cada e si rompa un'anca."

«Cami non ha detto niente del test oggi», fece papà mescolando le tessere sul tavolo.

«Sì», confermai osservando i rettangoli bianchi roteare lentamente dentro e fuori dal mucchio. «Adesso è diventato un appuntamento mensile. Credo che sia stanca di parlarne.»

«Comprensibile», disse papà. Lanciò un'occhiata di lato a Olive, e capii che stava scegliendo con cura le parole. «Siete stati dal dottore?»

«Ma dai», esclamò Olive, disgustata, nonostante tutto. Non era più una bambina.

«Non ancora. Penso che abbia paura di sentirsi dire che non diventeremo mai genitori. E onestamente anch'io lo temo. Per adesso abbiamo ancora speranza.»

«C'è sempre speranza. Anche nelle situazioni peggiori. La vita non è lineare, figliolo. Ogni scelta che facciamo, ogni fattore che ci influenza ci allontana dalla linea su cui siamo, e alla fine di quella linea ce n'è un'altra, anche dopo un disastro.»

Lo scrutai. «Ti sei sentito così quando è morta la mamma?»

Olive ansimò leggermente.

Papà si irrigidì e attese un istante prima di parlare. «Un bel po' dopo che è morta. Sappiamo tutti che per un pezzo non ho combinato granché di buono.»

Gli toccai il braccio e le tessere smisero di girare. «Hai fatto quello che potevi. Se io perdessi Cami...» Mi interruppi. Al pensiero mi si rimescolò lo stomaco. «Non so come tu abbia fatto a sopravvivere, papà, tanto più a rimetterti in pista per allevare cinque figli. E lo hai fatto, sai. Ti sei rimesso in pista. Sei un padre fantastico.»

Lui si schiarì la voce e le tessere ripresero a muoversi. Si fermò quel tanto da asciugarsi una lacrima sotto gli occhiali. «Be', sono contento. Te lo meriti. *Tu* sei un figlio fantastico.»

Gli diedi una pacca sulla spalla, poi prendemmo le tessere e le mettemmo in piedi, rivolte verso di noi. Mi era proprio capitata una mano di merda.

«Sul serio, papà? Sul serio?»

«Oh, piantala di frignare e gioca», rispose. Cercò di assumere un tono severo, ma il suo sorrisetto lo tradì. «Vuoi giocare, Olive?»

Lei scosse la testa. «No, grazie, nonno», disse rivolgendo di nuovo l'attenzione al suo telefono.

«Probabilmente sta giocando a domino con quel coso», scherzò papà.

«A poker», replicò brusca Olive.

Papà sorrise.

Mi girai a guardare il nostro ultimo ritratto di famiglia, risalente a poco prima che la mamma scoprisse di essere malata. Travis non aveva neanche tre anni. «Ti manca ancora? Voglio dire... come prima?»

«Ogni giorno», rispose senza indugio.

«Ricordi quando faceva il mostro del solletico?» chiesi.

Papà piegò gli angoli della bocca in un sorriso, poi il suo corpo prese a tremare, scosso da una risata incontrollabile. «Era ridicola. Non sapeva se era un'aliena o un gorilla.»

«Era tutti e due», dissi.

«Vi inseguiva tutti e cinque per la casa, gobba come una scimmia, le mani piegate per ricordare le ventose di un alieno.»

«Poi ci acchiappava e ci mordicchiava le ascelle.»

«Quello sì che era amore. Nei casi migliori voi ragazzi puzzavate come carogne marce.»

Scoppiai in una fragorosa risata. «Era l'unica volta in cui potevamo saltare sui mobili senza prenderci una sculacciata.»

«La mamma non aveva bisogno di sculacciarvi. Le bastava uno sguardo», mi prese in giro papà.

«Oh», esclamai ricordandolo. «*Quello* sguardo.» Tremai.

«Sì. La faceva sembrare facile, ma all'inizio ha dovuto incutervi una buona dose di paura. Sapeva che un giorno sareste stati più grandi di lei.»

«Com'era?»

«Era un soldo di cacio. Della corporatura di Abby. Forse nemmeno così alta.»

«Allora da dove salta fuori il gigantismo di Travis? Tu e lo zio Jack siete due scoiattoli obesi.»

Papà esplose in una risata, la pancia gli sussultò facendo tremare la tavola. Le mie tessere del domino caddero e anch'io fui preso da un accesso di ilarità, incapace di trattenermi. Olive si coprì la bocca, le spalle scosse dalle risate. Proprio mentre stavo raddrizzando le tessere, un'auto imboccò il vialetto. La ghiaia scricchiolò sotto le gomme e il motore si spense. Un minuto dopo bussarono alla porta.

«Vado io», disse Olive scostando la sedia.

«Oops», esclamai alzandomi. «È tornata Cami. Sarà meglio che l'aiuti con la spesa.»

«Bravo ragazzo», fece papà con un cenno e una strizzatina d'occhio.

Una volta nell'atrio mi bloccai. Olive stava tenendo la porta e mi fissò pallida in volto, preoccupata. Dietro di lei, sul portico, c'erano due uomini con addosso un completo e un trench fradicio.

«Papà?» esclamai in direzione del soggiorno.

«Lei è Trenton Maddox, vero?» disse uno dei due.

Deglutii. «Sì?» Prima che potessero parlare, tutto il sangue mi defluì dal volto. Incespicai all'indietro. «Papà?» chiamai, frenetico stavolta.

Lui arrivò e mi mise una mano sulla spalla. «Cosa succede?»

«Signor Maddox», disse con un cenno uno dei due uomini. «Sono l'agente Blevins.»

«Agente?» chiesi.

Lui proseguì. «Purtroppo abbiamo una brutta notizia.»

Persi l'equilibrio finendo di schiena contro la pannellatura e scivolai a terra. Olive si buttò giù con me e mi afferrò le mani preparando entrambi alla dolorosa realtà che avrebbe potuto investirci. Mi tenne stretto ancorandomi al presente, in uno di quei momenti nel tempo che precedono la fine di tutto. Sapevo istintivamente che non avrei dovuto permettere a Camille di guidare sotto la pioggia. Da parecchi giorni mi sentivo strano, sapevo che sarebbe successo qualcosa di brutto. «No, cazzo», gemetti.

Papà si inginocchiò lentamente e mi posò una mano sul ginocchio. «Aspetta un attimo. Sentiamo cos'hanno da dire.» Alzò lo sguardo.

«Lei sta bene?»

Gli agenti non risposero, perciò alzai anch'io lo sguardo. Avevano la stessa espressione di Olive. La testa mi ricadde in avanti. Dentro, mi sentii esplodere.

Un sacchetto finì a terra e qualcosa di vetro si ruppe. «Oddio!»

«Cami!» gridò Olive lasciandomi.

La guardai incredulo e mi misi rapidamente in ginocchio per gettarle le braccia attorno alla vita. Papà sospirò di sollievo.

«Sta bene?» mi chiese Camille. Si scostò per studiarmi. «Ma cos'è successo?»

Olive si alzò e si resse a papà.

«Pensavo che tu... loro...» Mi interruppi, ancora incapace di formulare una frase coerente.

«Pensavi che io cosa?» fece prendendomi il viso tra le mani. Guardò papà e Olive.

«Pensava che fossero qui per informarci che tu...» Papà scrutò gli agenti. «Perché caspita siete qui allora? Qual è la brutta notizia?»

Gli agenti si guardarono l'un l'altro comprendendo infine la mia reazione. «Ci dispiace, signore. Siamo venuti per informarla di suo fratello. L'agente Lindy ha richiesto che la notizia vi venisse data direttamente.»

«L'agente Lindy?» dissi. «Intendete Liis? Cos'è successo a mio fratello?»

Papà aggrottò la fronte. «Trenton... di' ai gemelli che vengano a casa. Ora.»

5.

TRAVIS

Abby era alla finestra vicino all'ingresso della nostra casa in stile provenzale, intenta a guardare da dietro le tende grigie trasparenti che aveva scelto cinque anni prima in sostituzione di quelle vecchie, prese tre anni prima ancora. Negli ultimi undici anni erano cambiate ben più cose di un paio di tende. C'erano stati matrimoni, nascite, morti, momenti decisivi e verità.

Avevamo gioito per la nascita dei gemelli e pianto la morte di Toto. Era diventato la guardia del corpo dei bambini, li seguiva dappertutto e dormiva sul tappeto, prima tra le due culle, poi tra i lettini. Il pelo attorno agli occhi aveva cominciato a ingrigire, e aveva avuto sempre più difficoltà a starci dietro. Il suo fu il secondo funerale a cui presi parte. Lo seppellimmo nel cortile posteriore con il pero Chanticleer a vegliarlo.

Pochi mesi prima soltanto, il giorno del nostro undicesimo anniversario, Abby mi aveva confessato di sapere che lavoravo per l'FBI. Incinta del nostro terzo figlio, mi aveva dato una busta di manila piena di date, orari e altre informazioni riguardanti suo padre, Mick, e Benny, il capomafia a cui avevo appena sparato in faccia perché aveva minacciato la mia famiglia.

Il SUV di Abby non era parcheggiato come al solito davanti al mio Dodge argento, era scomparso, e mia moglie non ne fu contenta. Anni fa avevamo sostituito la Camry con il Toyota 4Runner che usava per andare al lavoro. Lei era sempre stata brava con i numeri e aveva cominciato a insegnare matematica in una prima media, quasi subito dopo il diploma.

Mi sembrava di aver finito il college da una settimana soltanto, ma ora niente più studentato o appartamenti in affitto: avevamo un mutuo per una casa di quattro stanze su due piani e due finanziamenti per le macchine. La Harley era stata venduta per racimolare un po' di soldi prima che arrivassero i gemelli. La vita era arrivata mentre ero distratto, e d'un tratto ci ritrovammo adulti, a prendere decisioni in prima persona.

Abby si mise una mano sul ventre gonfio muovendosi avanti e indietro per alleviare un po' il dolore al bacino. «Pioverà.»

«Pare.»

«Hai appena lavato il furgone.»

«Prenderò il tuo.» Sorrisi malizioso.

Mi guardò in cagnesco. «Il mio è sfasciato.»

Strinse le labbra cercando di soffocare un sorriso. La spalla mi bruciava nel punto in cui un proiettile mi aveva sfiorato, perforando poi il sedile, e la testa mi martellava dopo che ero finito contro un albero sul ciglio della strada. Mi stavo appena riprendendo dal pestaggio subito a Las Vegas per mano degli uomini di Benny, e ora avevo un altro occhio nero e un taglio verticale di due centimetri e mezzo sul sopracciglio sinistro. Avevo preso per caso il SUV di Abby per andare a comprare il gelato: ero un marito modello e avevo sfruttavo l'occasione per avere aggiornamenti su Thomas da Val. I Carlisi mi credevano in California, perciò erano andati prima là, ma Val mi aveva riferito che era solo questione di tempo perché arrivassero a Eakins. Fu allora che i primi proiettili fracassarono il finestrino del passeggero.

Abby era nera, ma scelse di arrabbiarsi per la macchina perché non poteva farlo per la situazione. La rabbia era più facile della paura. Anche dopo aver eliminato il pericolo, quando vidi le foto nell'auto che mi aveva buttato fuori strada, mi venne voglia di svuotare il caricatore su ognuno di loro. Avevano le fotografie di mia moglie, dei miei figli, dei miei nipotini, dei miei fratelli e delle loro mogli. Persino di

Shepley e America, dei loro maschietti e degli zii. Avevano intenzione di cancellare dalla faccia della terra l'intera famiglia Maddox.

Ma avevano scelto la famiglia sbagliata.

«Ti daranno un altro veicolo in sostituzione», dissi cercando di nascondere la furia che mi stava salendo nel petto.

«Ma non possono sostituire te», osservò girandosi con le braccia incrociate appoggiate al ventre. «Vai?»

«A prendere Liis quando arriva?»

«Dovresti. Dovrebbe vedere il tuo occhio nero e il taglio sul sopracciglio. Vedere che il pericolo è reale e si è esteso al resto della famiglia», fece.

«Non posso lasciarti qui sola, Pidge.» Sospirai. «Non mi ero reso conto di quanto fosse preziosa Lena finché non se n'è andata.»

Abby mi rivolse un sorriso d'intesa. «Ti manca, vero? È la sorella minore che non hai mai avuto.»

Sorrisi ma non risposi. Abby aveva ragione. Lena era minuta, più piccola di lei. Una bellezza esotica, temibile quanto splendida, selezionata con cura dal Bureau per proteggere i nostri figli prima ancora che nascessero. Dato che la mia posizione sotto copertura era anomala, nel senso che Benny sapeva chi ero, dove vivevo e che avevo una famiglia, erano state prese precauzioni particolari. Lena si era integrata in fretta e si rivelata di enorme aiuto per una neomamma con due gemelli, soprattutto quand'ero via. Per me e Abby era come una sorella minore. Adorava fare comunella con me contro di lei. E proprio come una zia, accompagnava i bambini al parco, a fare passeggiate in mezzo alla natura, giocava con le automobiline e le Barbie, insegnava loro il portoghese e l'italiano. Insegnò loro persino a difendersi, il che, nel caso di Jessica, non fu propriamente una buona idea. Avrei dovuto intuire che mia figlia non avrebbe esitato a usare le sue capacità se qualcuno avesse attaccato briga con il fratello a scuola.

Diciotto mesi fa Lena era stata sostituita dall'agente John Wren. Riassegnata all'improvviso a un altro incarico, non sapevamo dove sarebbe andata, solo che era nervosa mentre faceva i bagagli e distrutta all'idea di non poter dire addio ai bambini.

«Non sono sola», disse Abby riportandomi di colpo al presente. Indicò al di sopra della spalla, verso la finestra.

Non avevo bisogno di conferme visive per sapere che l'agente Wren era fuori in un'auto nera, insieme ad altri due colleghi nascosti. Adesso che sapevamo che tutta la nostra famiglia era un bersaglio, dovevamo stare all'erta. I Carlisi non erano noti per essere pazienti: in genere attaccavano al minimo segno di debolezza mostrato dall'avversario.

La partenza improvvisa di Lena aveva scosso profondamente i miei figli. James iniziò ad avere incubi, Jessica fu triste per mesi. Abby insistette perché non facessimo rivivere loro quel tormento, perciò il Bureau mandò un agente a cui pensavamo non si sarebbero affezionati. Erano ormai abbastanza grandi perché non venisse scelta di proposito una persona capace di relazionarsi con loro. Wren era considerato *iperletale.* Fino a quel momento era l'unico che avevo conosciuto con questa qualifica.

«Mi sento sempre in colpa per il fatto che debba starsene fuori con questo caldo», disse Abby.

«Ha l'aria condizionata in macchina, e avevi ragione: i bambini si stanno affezionando... e anche lui.»

Benché Wren fosse un tipo distaccato, ai piccoli aveva cominciato a piacere. Eravamo rimasti sorpresi quanto lui quando Jessica, per poco, non lo aveva buttato per terra per abbracciarlo. Appena lo vedevano seduto davanti a scuola s'illuminavano, e con il passare dei giorni la loro accettazione e il loro affetto avevano abbattuto ogni muro. Il che, come emerse, lo aveva reso ancora più determinato a proteggerli, effetto collaterale, questo, che nessuno di noi aveva previsto. Abby tuttavia non era contenta che gli si affezionassero sempre più, quindi le regole cambiarono. Wren doveva tenersi a distanza, e per la seconda volta ai nostri figli si spezzò il cuore.

Abby annuì e diede le spalle alla finestra raggiungendomi. Si guardò il ventre. «Che ne dici di Sutton?»

«Stai parlando dei nomi per il bambino? Sutton per un

maschio?» chiesi cercando di mantenere un'espressione neutra. La gravidanza aveva reso mia moglie più imprevedibile del solito, ma io mi limitavo ad assecondarla. Farglielo notare significava irritarla.

Gli occhi grigi di Abby si illuminarono divertiti davanti alla verità che non sapevo nascondere. «Non ti piace? So che non inizia per J come quello dei gemelli e che questa è un po' una cosa dei Maddox...»

Arricciai il naso. «Non è una cosa dei Maddox.»

«I figli di Taylor si chiamano Hollis e Hadley», disse. «Quelli di Shepley: Ezra, Eli, Emerson. E tutti voi fratelli con la T. E poi Diane e Deana. James e Jack. Davvero vuoi negarlo?»

«È una faccenda regionale.»

«Tua mamma e tua zia sono cresciute in Oklahoma.»

«Vedi?» osservai. «È regionale.»

Abby si premette le dita nella schiena e si avvicinò al divano con andatura dondolante. Conciliando lo spazio e la sua mole, si sedette mantenendo il giusto equilibrio. «Tiratemi fuori questo essere dal corpo», gemette.

«Sicuramente non lo chiameremo essere», scherzai.

«Be'», disse con il respiro affannoso. «In qualche modo dovremo chiamarlo.»

Riflettei per un attimo. Avevamo sfogliato quattro libri per bambini un paio di volte. «Perché non Carter?»

«Il tuo secondo nome? A dire il vero stavo cercando un secondo nome da abbinare a Carter. Se lo chiamiamo così, che secondo nome gli diamo?»

Alzai le spalle. «Travis.»

«Carter Travis Maddox», esclamò Abby, e tacque per mettersi comoda. Persino muoversi le creava affanno. «Non pensi che avere in casa un Travis Carter e un Carter Travis creerebbe confusione?»

«No. Be', forse, però mi piace.»

«Anche a me.»

«Sì?» mi illuminai.

«È per così dire... in linea con la nostra abitudine di chiamare i figli con nomi di famiglia. James ha il nome di tuo papà. Jessica il mio... più o meno.»

Jessica James era il nome sul falso documento d'identità di Abby. Così entrava nei bar quando eravamo matricole ma, fatto più importante, così riusciva a giocare d'azzardo a Las Vegas. Ricordo di averla guardata sbigottito misurarsi con delle vere leggende a cui aveva sottratto migliaia di dollari, il tutto per evitare che suo padre finisse ucciso per un debito non pagato a Benny Carlisi. Quel viaggio a Las Vegas, i combattimenti per recuperare la cifra restante che Abby non era riuscita a procurarsi e il rogo di Keaton Hall erano i tre eventi clamorosi che ci avevano fatto arrivare alla situazione presente. Ero stato indagato perché coinvolto nell'incendio scoppiato al campus, in cui erano morti decine dei miei compagni, e guarda caso in quel periodo mio fratello Thomas stava investigando su Benny. Quando aveva saputo che la mia fidanzata era la figlia di un giocatore d'azzardo di Las Vegas ridotto sul lastrico e legato alla famiglia Carlisi, ero stato preso sotto le ali dei federali in cambio dell'immunità per la questione dell'incendio.

Fui sollevato quando Abby, dopo aver capito che lavoravo da tempo per l'FBI e che le avevo mentito al riguardo, invece di lasciarmi mi diede una mano con il caso. Riuscii a trasmettere estratti conto, mail, lettere e SMS che lei aveva raccolto in anni hackerando la casella di posta elettronica e il telefono del padre, e che collegavano i membri della famiglia Carlisi a diversi reati.

Abby aveva pensato che in quel modo sarei rimasto di più a casa. Invece il Bureau si buttò a capofitto nelle indagini per chiuderle. Ora che Benny era morto e che erano tutti più che determinati a vendicarsi, stavamo correndo contro il tempo.

Sorrise appoggiando la testa ai cuscini del divano. Portava i capelli più corti che al college. Adesso le ciocche color caramello le sfioravano appena le spalle. Si gettò indietro con le dita quello che chiamava ciuffo laterale, ma questo le ricadde dritto sugli occhi. In settembre avrebbe compiuto trent'anni. Se a diciannove era una ragazza di buonsenso, adesso era quasi una veggente. Ero certo che questo la rendesse ancor più pericolosa, ma era dalla mia parte... grazie a Dio. Le sue curve aggraziate riempivano i jeans premaman, i suoi seni debordavano da un top sgargiante senza maniche. Sogghignai pensando quante volte, dopo aver spudoratamente apprezzato i cambiamenti del suo corpo durante la gravidanza precedente, l'avevo supplicata di fare un altro figlio.

«Che c'è?» disse sorprendendomi a fissarle le tette... per l'ennesima volta. Sarei mai cresciuto? Se questo significava dover smettere di notare quanto fosse sexy mia moglie, speravo di no.

Mi schiarii la voce. «Vorrei andare ad aspettare Liis in aeroporto ma...» – guardai l'orologio – «...tra poco andrai a prendere i bambini.»

«Vai.» Sospirò faticando a gonfiare il petto per fare un bel respiro.

«No», risposi scuotendo la testa.

«Sono in grado di andare a prendere i bambini a scuola», affermò. «C'è Wren. Se sei nervoso, può guidare lui.»

Mi incupii. «Questa storia deve finire.»

«E finirà», replicò lei alzandosi. Si avvicinò, mi infilò le mani sotto i bicipiti e le giunse all'altezza del mio fondoschiena. Dovette chinarsi lievemente per infilare la testa sotto il mio mento e premere la guancia contro il mio petto, eppure anche la sua dolcezza non mi risollevò. Sapevamo tutti e due che la fine di un caso significava solo l'inizio di un altro. Dovevamo a lei la svolta in quello di suo padre. Mick Abernathy era in combutta con la mafia. Abby aveva scoperto che lavoravo per il Bureau e contribuito a portare a termine un'indagine che mi teneva troppo lontano da lei. Una volta passate le informazioni grazie a cui avevamo tolto di mezzo suo padre e il vicecapo, le avevano chiesto di lavorare occasionalmente per l'FBI come consulente. Stavano ancora aspettando la sua risposta, e anch'io.

Il suo aiuto mi aveva permesso di fare strada in fretta. Nessun impiego legale a Eakins mi avrebbe consentito di guadagnare come nel Bureau. Se Abby avesse accettato l'incarico di consulente, sarebbe potuta restare a casa con i bambini. Comunque fosse, avevamo una bella vita.

«Papà è entusiasta di vedere Stella», esclamò.

«Non si stanca mai, presumo. Per quanti bambini sfornino i suoi figli, per lui non c'è niente come tenere tra le braccia un nipotino appena nato.»

Abby non sembrò divertita. «Direi che sono le nuore a sfornarli.»

La baciai sulla fronte. «Touché.»

«Dovresti andare in aeroporto, Travis. Andrò io a prendere i bambini a scuola con Wren. Ci vediamo da papà. Thomas avrebbe voluto così.»

Aggrottai la fronte. Sentire parlare di Thomas al passato era sconvolgente. «Attenta che Wren non si faccia vedere. Papà sa già che è successo qualcosa.»

«Lui sa, Trav. Lo ha sempre saputo. Fin dall'inizio, ne sono piuttosto sicura. Sa anche dei gemelli.»

«Cosa sa dei gemelli?» chiesi.

Si limitò a ridere sotto i baffi scuotendo la testa. «Voi Maddox siete dei pessimi bugiardi.»

Piegai il viso in una smorfia di disgusto. «Nessuno mente.»

«Omettere è mentire», affermò. «Inventare coperture è mentire.»

Quando fui reclutato dall'FBI, a soli vent'anni, fui costretto a tenerlo nascosto a mia moglie. Purtroppo per il Bureau, Abby era troppo intelligente e caparbia per non capirlo. Purtroppo per me, papà era altrettanto perspicace, e mantenere il segreto con lui era un lavoro a tempo pieno. Non capivo come ci fosse riuscito Thomas per più di dieci anni. Secondo Abby non ci era riuscito. Era certa che mio padre sapesse da sempre anche di lui.

Le baciai la guancia morbida, che profumava ancora vagamente di cioccolato per via del burro di cacao che si spalmava su tutto il corpo da quando la pancia aveva cominciato a vedersi. Questo mi indusse a baciarla di nuovo prima di uscire e salire sul furgone.

Usai la radiolina fissata al risvolto della giacca per chiamare l'agente Wren. «Vado all'aeroporto regionale a prenderla.»

«Sono sicuro che l'agente Lindy sarà felice di vedere un volto familiare, signore.»

Sospirai. «Forse sì. Forse no.» Mi misi al volante e feci un profondo respiro prima di girare la chiave. Liis aveva attraversato mezzo paese con una neonata. Un funerale era l'unica ragione per cui avrebbe rischiato di farlo, soprattutto sapendo che la mafia era decisa a punirla prendendo di mira gli unici punti deboli che aveva: le persone che amava. Adesso non bastava più che fosse circondata dal Bureau. Adesso aveva bisogno della famiglia Maddox. Sapeva che avremmo tenuto Stella al sicuro.

Continuai a stringere il volante finché non vidi l'ingresso dell'aeroporto. Non mi aveva seguito nessuno. La guardia al cancello sembrava vigile ma rilassata. Mostrai il documento e mi fece passare. Era improbabile che qualcuno a Las Vegas avesse scoperto che Liis stava tornando a casa in Illinois, in tempo per precederla.

Arrivando al terminal, vidi il jet del Bureau già fermo vicino a un hangar della contea. Il luogo pullulava di agenti: uomini e donne chiaramente armati e pericolosi. Appena girai l'angolo, mi ordinarono di rallentare, di parcheggiare e di mostrare le mani. Feci come indicato sollevando il badge. La maggior parte mi riconobbe quando misi piede sull'asfalto.

«Travis!» chiamò Liis da dietro un muro di federali.

Mi avvicinai svelto e scostai gli agenti per raggiungerla. Aveva gli occhi rossi, gonfi e stanchi.

«Oddio, la tua faccia», disse toccando con delicatezza la mia pelle tumefatta, violacea. Liis non era la persona più affettuosa del mondo, ma si sciolse all'istante tra le mie braccia. «Sei venuto», disse piano.

Le posai la mano sulla nuca, sui capelli lunghi e scuri, e le diedi un bacio sulla testa.

«Abby?» chiese alzando lo sguardo. «Stanno tutti bene? Non c'è niente di sospetto?»

«Tutto okay. La famiglia intera non vede l'ora di darti una mano con la bambina.»

«Non dormo da tre giorni», disse fissandomi con i suoi occhi a mandorla.

«Lo so», risposi stringendola al mio fianco mentre ci incamminavamo verso il furgone. «Lo so.»

6.

SHEPLEY

Allungai le mani. «Fermi! No! Non fatelo!»

I miei figli mi fissarono con gli occhi rotondi, color zaffiro, della loro mamma, uno sguardo da «poche balle e un cono gelato in mano». Ezra, Eli e Emerson erano in piedi sotto il portico, le facce sporche come le magliette. La loro mamma avrebbe dato di matto se fossero entrati in casa così, e loro lo sapevano. Li avevo portati fuori prima di tutto per lasciarle un po' di tempo per pulire la casa come voleva, senza che uno di quei mostriciattoli combinasse disastri alle sue spalle. Se li avessi fatti entrare coperti di quella roba appiccicosa color latte, America ci avrebbe uccisi tutti.

«Ragazzi», feci sempre tenendo le mani sollevate. «Vado a prendere la manichetta. Non muovetevi. La mamma è dentro. Sapete cosa farà se mettete piede in casa?»

Eli guardò Emerson con il suo tipico sorriso malizioso.

«Dico sul serio», affermai indicandoli. Risero sotto i baffi mentre scendevo i tre gradini del portico fino al marciapiede per poi piegare verso il cortile laterale, in cerca del rubinetto.

Io e America eravamo figli unici, e sapevamo di volere diversi bambini, piuttosto vicini di età l'uno all'altro. Quando nacque Emerson, ci trovammo però in una situazione più grande di noi. Ezra aveva solo un mese più dei gemelli di Travis e Abby. Eli era arrivato due anni dopo. Emerson due anni dopo ancora. A differenza dei figli di Travis e di Taylor, i miei erano veloci a tirare pugni, più alti dei loro compagni e inconfondibilmente spietati alla Maddox. Era un bene che mi fossi fatto un po' d'esperienza al riguardo.

Afferrai la manichetta e la tirai svolgendola mentre mi avvicinavo al portico. Appena svoltai l'angolo, la mollai e partii di corsa. La porta era spalancata, i bambini scomparsi.

«Maledizione!» urlai correndo in direzione delle grida di America.

Era in cucina e stava già schizzando di qua e di là come una vespa. Emerson era seduto sul bancone con i piedi nudi nel lavandino, sotto l'acqua corrente. America aveva momentaneamente accecato Eli mentre gli sfilava la maglietta. E stava nel contempo minacciando Ezra.

«Se ti muovi, che Dio mi tenga!» lo ammonì.

«Sì signora», fece lui restando insolitamente immobile vicino al frigorifero.

I bambini non mi davano granché retta, ma non osavano mettere alla prova la mamma quando ne aveva avuto abbastanza. Non c'era tempo per porgerle inutili scuse... o perché le accettasse. Era concentrata sulla mossa seguente da fare. Quand'ebbe ripulito l'ultima chiazza bianca dalle loro bocche e mani, i bambini partirono come razzi verso le camere. Lei rimase seduta a terra, esausta.

«Che Dio benedica Diane per aver tenuto in vita i tuoi cugini fintantoché è stata su questa terra», esclamò.

Mi sedetti accanto a lei appoggiando gli avambracci sulle ginocchia. «La casa è proprio bella.»

«Per il momento», rispose dandomi un bacio. «Ho ancora dubbi sulla decisione di ristrutturarla prima che partano per il college.»

Sogghignai ma smisi quando mi alzai tirandola su con me. Lanciammo entrambi un gemito: le nostre ossa non più giovanissime cominciavano a dare segni di tre decenni di usura. Avevamo passato molto tempo su quel pavimento di cucina a fare da mangiare, a fare bambini, carponi per sostituire il linoleum con piastrelle più moderne. Il soffitto a buccia d'arancia era sparito, avevamo messo ovunque banchi di granito, moquette o piastrelle; ogni stanza, tranne quelle dei bambini, era stata ridipinta di un color talpa chiaro, le lampade erano state sostituite e anche le maniglie. Gli unici complementi di arredo che avevamo mantenuto erano gli armadietti di quercia e le finiture. La casa era vecchia quanto noi, ma America amava tutto ciò che aveva personalità e preferiva rinnovare piuttosto di vivere in un ambiente freddo.

Emerson arrivò di corsa e l'abbracciò. «Ti voglio bene, mamma.» Schizzò via con la stessa velocità con cui era apparso, e lei si guardò la maglietta notando una chiazza bianca.

«Mi è sfuggita una macchia», disse esasperata. «Mi chiedo quante altre non ne ho pulite. Dovremmo dare una seconda passata.»

«Lui ti vuole bene, mamma. Te ne vogliono tutti.»

I suoi occhi si addolcirono quando mi guardò. «Per questo li lascio vivere.»

Nel momento stesso in cui sul test di gravidanza erano comparse due linee, America aveva provato amore: più di quello che provava per i suoi genitori o per Abby... più ancora di quello che provava per me. Non chiedeva scusa a nessuno se metteva i bambini al primo posto, anche prima di sé stessa. Quando si era assunta la responsabilità di aiutarmi a gestire il mio compagno di stanza e cugino Travis, nessuno dei due sapeva che stava facendo pratica per diventare mamma di più di un Maddox. Il modo in cui si faceva rispettare e conservava nello stesso tempo la sua dolcezza materna mi ricordava la zia Diane.

«E il campo estivo?» chiesi. Ero football scout per i Chicago Bears e per gran parte dell'anno ero via. America era una santa. Non si lamentava e non serbava mai rancore perché viaggiavo spesso o perché continuavo a fare un lavoro che amavo, anche se per lei significava tante notti solitarie e crescere i figli da sola. Ma anche se si fosse lamentata, l'avrei comunque considerata una santa. A volte avrei voluto che lo facesse.

«Oh, sì. Pesca, campeggio, imparare ad accendere un fuoco. Non vedono l'ora. Abbiamo ancora l'assicurazione, giusto?»

«Giusto.»

Sospirò intrecciando le dita con le mie. Imbrattata di detersivi, con le dita simili a prugne secche tanto le aveva tenute in acqua e un batuffolo di polvere appeso alla coda bionda, era straordinariamente bella. Sentii una fitta allo stomaco. «Ti amo», disse e io mi innamorai di nuovo.

Feci per rispondere ma squillò il telefono. Alzai gli occhi al cielo e prendendolo tra pollice e indice lo estrassi dalla tasca anteriore dei miei pantaloni cachi. «Pronto?»

«Ehi, Shep. Sono... ehm, sono Trent. Sei a casa?»

«Siamo a casa. Cosa c'è?»

«Dovresti venire qui.»

Tacqui, non aspettandomi quella risposta. «A-adesso?»

«Adesso», replicò senza esitare.

Spostai il peso da un piede all'altro, già agitato. «Si tratta di Jim?» Come previsto, la domanda attirò l'attenzione di America. «Sta bene?»

«Sta bene. Abbiamo solo bisogno che tu venga qui.»

«Certo», risposi cercando di nascondere la preoccupazione nella voce. Sapevo che negli ultimi tempi Jim aveva avuto qualche problema e supposi che potesse aver ricevuto brutte notizie dal medico. «Saremo lì tra venti minuti.»

«Grazie, Shep», disse Trenton prima di chiudere.

«Jim?» domandò America.

Misi via il telefono e alzai le spalle. «Non lo so. Vogliono che andiamo là.»

«Sembra urgente», osservò studiandomi in volto in cerca di indizi.

«Non so cosa dire, tesoro. Vediamo di caricare i bambini in macchina. Venti minuti è una previsione ottimistica in base agli standard di chiunque.»

«Ce la possiamo fare», rispose lei diretta in corridoio. «Bambini! In auto! Subito!»

La vidi scomparire nella stanza di Eli e Emerson. Cercai le chiavi per un minuto buono, prima di accorgermi di averle in tasca. Imprecai tra me e me fino alla stanza di Ezra e lo spronai a mettersi le sue Converse All Star in modo che potessimo uscire. Sapevo con certezza che America aveva pulito le loro camere prima di pensare al resto della casa, ma il pavimento in quella di Ezra era già coperto di abiti, giocattoli e...

«Soldi? Sul serio?» chiesi.

«Me li ha dati James. Li ha vinti a una partita di poker.»

Soffocai un sorriso sapendo esattamente da chi avesse preso le sue abilità di giocatore. «Allacciati le stringhe. Dai, campione, dobbiamo andare.»

«Dove?» fece lui con la sua voce da mini uomo. Mi ricordava Thomas, sempre ansioso di conoscere i dettagli.

«Da nonno Jim», dissi.

I miei figli consideravano Jim un altro nonno.

«Sììì!» sibilò Ezra infilandosi le Converse senza allacciarle e correndo verso la porta.

«Allacciati le scarpe, Ezra! Ezra!» gridai.

America era già alla macchina, china sopra Eli per allacciare la cintura di sicurezza di Emerson. Ezra salì dall'altra parte con i lacci penzoloni. America indicò con un cenno i suoi piedi e lui tirò su la gamba obbedendo all'ordine.

«Come fai?» dissi avviandomi verso il posto di guida.

«Sanno esattamente quando possono farla franca», rispose spalancando la sua portiera. Si allacciò la cintura e si appoggiò allo schienale sfruttando quei pochi minuti che avevamo in auto, con i bambini legati, per rilassarsi. Non sentii quasi le parole che disse quando accesi il motore. «Ognuno di loro ha qualcosa a cui tiene, amore. E sa che io posso portarglielo via di colpo.»

Ridacchiai pur sapendo quanto fosse seria. Avevo visto più di un aereo o di un'automobilina da corsa impacchettati e portati a un'associazione di beneficenza o messi via finché non se li riguadagnavano. A volte America era aggressiva, ma aveva ragione. Un giorno sarebbero stati più grandi di lei ed era importante che si facesse rispettare fin d'ora. Mentre guidavo, pensai come sarebbe andata se fosse stata Diane a tirare su i miei cugini. America faceva proprio tutto quello che immaginavo avrebbe fatto mia zia. Non sapevo come una figlia unica riuscisse a tenere a bada una banda turbolenta di bimbi Maddox, eppure, dal momento in cui aveva messo al mondo Ezra, aveva saputo dosare dolcezza e fermezza.

Misi la freccia e diedi la precedenza al traffico in senso contrario prima di svoltare nel vialetto di Jim. A sinistra della casa, ai lati di una zona d'erba tagliata da poco, correvano due strisce di ghiaia che portavano fin sul retro. Lo spazio era già tutto occupato, tanto che il mio minivan sporgeva per più di mezzo metro in strada. Per fortuna un'auto parcheggiata perpendicolare al marciapiede teneva il traffico lontano.

«Ma che cavolo?» esclamò America.

«Mamma», la rimproverò Ezra. «Non dire cavolo.»

«*Tu* non dirlo», replicò lei.

«Fallo tu per prima.»

America si girò lentamente fulminandolo con lo sguardo. Lui sprofondò sul sedile temendo già per la propria vita.

Non c'era nessuno ad attenderci sotto il portico. Qualcosa non andava. Slacciai la cintura di Eli e di Emerson e raggiunsi America che camminava verso l'ingresso tenendo per mano Ezra. Bussai due volte e aprii la zanzariera ripromettendomi di tornare a sistemarla prima che si scardinasse. Trenton e Camille stavano cercando di avere un figlio e Travis era appena rientrato da un viaggio. Io davo un contributo quando e dove potevo.

America mi prese per mano, perplessa quanto me. A parte un bisbiglio sommesso in cucina la casa era silenziosa: strano, vista tutta quella gente.

«Ehi», esclamai quando mi spuntò davanti Trenton. Aveva un aspetto da far schifo, e capii che sia lui sia Camille avevano pianto. Travis e Abby erano appoggiati ai banchi accanto al frigorifero e lo osservavano. «Dov'è Jim?» chiesi.

Mi abbracciò frettolosamente. «Grazie per essere venuti subito.»

«Trenton», dissi. «Dimmi che sta succedendo.»

«È Tommy», rispose con voce rotta.

«Oddio. La bambina?» esclamò America.

Mi sentii male. Stella aveva soltanto un paio di giorni.

«No.» Trenton scosse la testa. «Lei sta bene. È sanissima.» Guardò i miei figli. «James e Jess sono di sopra. Perché non andate a trovarli?»

Partirono tutti e tre e America mi afferrò il braccio con entrambe le mani per prepararci a quanto avrebbe potuto dirci Trenton.

«Hanno sparato a Tommy davanti a casa sua. Poco dopo che erano tornati con Stella.»

«Sparato?» esclamai stordito. Mentre cercavo di metabolizzare la notizia, mi sembrò che tutta l'aria fosse stata risucchiata fuori dalla stanza. «Ma sta bene?»

Trenton divenne cupo. «È grave, Shep.»

Mi stavo arrabbiando e non sapevo perché. «Da una macchina o...?»

«Non lo sappiamo con certezza. Gli agenti hanno avuto istruzione di aspettare Liis prima di darci altre informazioni», spiegò.

America arricciò il naso. «Gli agenti?»

Trenton indicò al di sopra della sua spalla gli uomini in giacca e cravatta seduti al tavolo da pranzo. «FBI.»

Mi chinai per guardare meglio e poco dopo mi raddrizzai. «Cosa fanno qui degli agenti dell'FBI?»

«Non sappiamo nemmeno questo. I sicari che hanno sparato a Tommy sono tra i dieci principali ricercati o qualcosa del genere.»

«Ma perché non darvi altre informazioni? Vi hanno fatto domande?» chiese America.

«No», rispose.

America si avvicinò a Abby che appariva tutta gonfia, naso compreso. «Non lo trovi strano? Dov'è Travis?»

Abby le toccò il braccio invitandola tacitamente a essere paziente.

«Andrà tutto bene, Mare», disse. «È andato a prendere Liis in aeroporto.»

«Liis è qui? Perché non è con Thomas?» domandai.

Prima che Abby potesse rispondere, Jim arrivò zoppicando dal soggiorno.

«Zio Jim», esclamai abbracciandolo.

Lui mi diede una pacca sulla schiena. «Aspettiamo di sapere qualcosa.» Quando si scostò, aveva un'aria sfinita ed era a pezzi.

«Papà, posso portarti qualcosa?» domandò Abby.

«Volevo solo un caffè», rispose.

«Ci penso io», intervenne Camille. «Dovreste riposare, tutti e due.» Si riferiva a Abby e Jim, ma anch'io avevo bisogno di sedermi.

«Ha ragione. Tieni i piedi sollevati», affermò America rivolta all'amica.

Mentre mia moglie la accompagnava per mano in soggiorno, notai in Abby l'assenza di quella paura e di quella disperazione che segnava tutti i volti nella stanza... tutti tranne il suo. Normalmente avrebbe tempestato di domande gli agenti fino a ottenere le risposte.

America annuì, e dal lampo nei suoi occhi intuii che aveva capito qualcosa. Mi chiesi cosa sapesse che io ignoravo. I bambini urlarono e lei corse ai piedi delle scale. «Qualcuno sta sanguinando?» domandò guardando verso l'alto.

«No, signora!» risposero tutti e tre in coro.

Camille sorrise e riempì un bicchiere di acqua e ghiaccio porgendolo a papà prima di riaccompagnarlo alla sua poltrona.

«Questo non mi sembra caffè», osservò lui con un sorriso malizioso.

«Lo so», rispose lei.

Io e America raggiungemmo gli altri in soggiorno. Mancava solo Trenton: era al telefono, stava cercando di contattare i gemelli in Colorado. America era seduta sul divano e io mi sistemai per terra fra le sue gambe. Quando iniziò a massaggiarmi le spalle, mi sforzai di non gemere.

Trenton entrò tenendo il telefono a mezz'aria. «I gemelli hanno trovato un volo per domani mattina. Andrò a prenderli.»

«Io ti seguirò con il minivan», dissi.

America mi conficcò ancor di più le dita nei muscoli doloenti. «Quando sapremo qualcosa di più su Thomas?» chiese.

«Presto», rispose Abby.

Le lanciò un'occhiata. C'era qualcosa in ballo, e a mia moglie non faceva mai piacere essere tagliata fuori. Quando Travis e Abby erano fuggiti per sposarsi, pensavo che li avrebbe strangolati. A quanto pareva, non avevano imparato la lezione.

La porta d'ingresso si aprì e si richiuse; poco dopo Travis girò l'angolo allentandosi la cravatta. Aveva trovato lavoro nella stessa agenzia pubblicitaria di Thomas in California, e a quanto ci risultava aveva preso il posto di Thomas che si era trasferito per dirigere l'ufficio sulla East Coast. Però per qualche ragione Travis era riuscito a restare a Eakins. Niente di tutto ciò era molto logico, ma fino a quel momento non ci avevo fatto caso. Io e America eravamo stati occupatissimi a gestire la nostra famiglia. E trascurare le cose era diventato fin troppo facile.

Mi alzai e abbracciai Travis. «Stai bene? Quello è un occhio nero recente?»

Fece una smorfia. «Ho sfasciato il SUV.»

«Dov'è Liis?» domandai.

«È con la sua amica Val, che l'ha portata a comprare i pannolini e cose del genere», spiegò con un'aria stanca. «La vedrete domani mattina.»

«Qualcuno può rispondere alla fottuta domanda?» sbottò America. «Perché Liis non è con suo marito?»

«Mare», l'ammonì Abby.

Camille portò una tazza fumante a papà e i suoi occhi si illuminarono per un istante.

«È decaffeinato», gli disse.

«Perché siamo qui, Abby?» insistette America.

«Per essere protetti», sbottò anche lei. «Per essere tutti protetti.»

«Da cosa?» chiesi.

Travis si agitò. «Da chiunque abbia sparato a Thomas.»

Guardai mia moglie. Aveva la bocca leggermente aperta e aveva smesso di massaggiarmi le spalle.

«Che cazzo significa?» domandò Trenton allungando la mano verso Camille. Lei la prese con la stessa aria sbigottita e preoccupata di America.

«Significa...» iniziò a dire Jim facendo un profondo respiro. «L'FBI è qui ed evidentemente pensa che quello che è successo a Thomas non sia stato un caso. Ora, calmatevi tutti quanti. Qui siete al sicuro. I bambini sono al sicuro. Quando Taylor e Tyler ci raggiungeranno, lo saranno anche loro.»

«Allora questo è il piano?» osservò Camille. «Rintanarci qui come in un rifugio?»

«Davvero pensano che qualcuno abbia preso di mira la nostra famiglia?» domandò Trenton. «Perché?»

A ogni domanda, Travis sembrava sempre più irritato. «È possibile.»
«L'intera famiglia?» insistette Trenton.
«È possibile», ripeté Travis.
«Olive», esclamò Trenton precipitandosi in corridoio e fuori dalla porta.

7.

LIIS

Ventiquattro ore prima...

Ero seduta in una squallida stanza d'albergo con l'intonaco bianco scrostato e mobili antiquati. Ero stata in molti buchi lavorando per l'FBI, mai però con una neonata. La tenevo in braccio da quando eravamo arrivate, troppo tesa per posarla ed esaminare la camera con una lampada UV.

L'agente Hyde bussò rapida e socchiuse la porta. «Sono io.»

«Entra», dissi, in parte sollevata, in parte seccata. Era arrivata a mani vuote quando le avevo chiesto specificamente lenzuola, federe e coperte pulite – non del motel – stracci e Lysol in gran quantità.

«So cosa sta pensando», affermò. Portava i capelli biondo chiarissimo tirati all'indietro e raccolti sulla nuca. Dopo di me era l'agente donna più importante di Quantico. Ero contenta che fosse lì, ma non era esattamente un tipo caloroso e dolce. Anch'io volevo essere dura, abbottonata e impassibile, ma era difficile mantenere quell'immagine con il reggiseno per l'allattamento aperto, puzzolente di vomito di bebè.

«Non hai la minima idea di quello a cui sto pensando», risposi.

«È tutto in arrivo.»

"Forse ce l'ha." «Sarà meglio. Lui sa che odio Washington, e questo motel è atroce.»

«A proposito di sacrificarsi per gli altri.» Quando vide la mia espressione, deglutì. «Mi scusi, agente Lindy. Battuta infelice. Ma dopo quello che è successo a Salvatore Cattone negli anni Novanta, la mafia non si avvicinerà a Washington. Questo per lei è il posto più sicuro.»

«Una banca del seme pullulante di batteri?» replicai. Hyde non si scompose e non replicò. Alzai lo sguardo e sospirai. «Come si sente?»

Mi disse solo una parola. «Pesto.»

Abbassai lo sguardo, infuriata per il fatto che i miei ormoni avevano sbalzi troppo drastici perché riuscissi a controllarmi. Le lacrime mi scesero sul naso gocciolandomi dalla punta e cadendo sulla tutina rosa e beige di Stella. Pochi giorni fa non sapevo nemmeno cosa volesse dire piangere. Adesso sembrava che fosse l'unica cosa che potessi fare.

Il Bureau aveva saputo solo con quindici minuti di anticipo che i Carlisi si erano divisi e che si stavano avvicinando. Si erano messi in viaggio con l'intento di uccidere Thomas e Travis. Un piccolo gruppo era stato rintracciato a Quantico, l'altro in California. I sicari alle calcagna di Travis avevano avuto informazioni sbagliate, diffuse quando lui lavorava sotto copertura e per il resto del mondo era un semplice manager pubblicitario, ma era solo questione di tempo perché riuscissero a scovarlo in Illinois.

Quindici minuti per elaborare un piano in base a cui Thomas avrebbe rischiato di farsi uccidere sul prato antistante alla casa. I nostri tiratori scelti erano già in posizione quando l'auto aveva imboccato stridendo la strada. Mentre bersagliavano di proiettili l'abitazione, un cecchino aveva colpito una gomma posteriore della Nissan Altima a noleggio, un altro invece aveva mirato al giubbotto antiproiettile di Thomas. Mio marito era caduto a terra ed era rimasto là fino all'arrivo dell'ambulanza. La Nissan si era allontanata velocemente ed era stata bloccata dopo un inseguimento di venti minuti. Gli agenti alla fine avevano catturato i killer, fuggiti a piedi. Vincenzo Carlisi aveva estratto una pistola e loro avevano sparato uccidendolo. Gli altri erano stati arrestati. Thomas non avrebbe potuto mettere in atto un piano così perfetto.

Sentivo ancora le sue labbra sulle mie quando mi aveva baciato un attimo prima di uscire di casa. Gli avevo detto addio non sapendo se fosse per davvero o no, né per quanto tempo. Forse per sempre. Ma Benny era morto e avevamo messo uno dei suoi con le spalle al muro perché testimoniasse contro il resto dei Carlisi: un giocatore di Las Vegas ormai finito, che faceva l'esattore per conto della cosca nei locali di strip-tease e che guarda caso era il padre di Abby Maddox. Ora Mick Abernathy era sotto custodia. Abby ci aveva passato un paio di raccoglitori di informazioni su di lui non lasciandogli altra scelta che testimoniare contro i mafiosi rimasti. Sapevamo però che non si sarebbero fermati senza spargimento di sangue. E speravamo che gli uomini di Benny credessero che la morte di Thomas sarebbe servita da avvertimento per fermare me o Travis.

Avrei potuto pianificarlo per tutta la vita ma sarei sempre stata impreparata a vedere il padre di mia figlia colpito da un proiettile nel giardino di casa. Quello fu il momento in cui le lacrime cominciarono a scendere per non smettere più.

Sentii una bussata caratteristica. Hyde fece un rapido controllo, l'arma pronta, quindi lasciò entrare un altro agente in borghese con alcune grandi borse di plastica. «Buongiorno, agente Hawkins.»

Lui fece un cenno a Hyde e poi a me. «Agente Maddox.»

«Lindy», lo corresse Hyde. «È sempre l'agente Lindy.»

«Mi dispiace», disse incespicando nelle parole. «Pensavo...»

Riuscii solo a scuotere la testa sentendo di avere di nuovo gli occhi lucidi. Ogni volta mi infuriavo di più. Quando si sarebbe verificato quel fenomeno di cui parlavano tanto, l'esaurimento delle lacrime?

Thomas mi aveva chiesto più volte di sposarlo ma non era nei programmi, e io mi attenevo sempre ai programmi. Il giorno in cui Stella era venuta al mondo, però, tutto mutò, e decisi che in fondo poteva non essere una cattiva idea. Quando lo avessi rivisto, me lo avrebbe chiesto di nuovo. Non ci sarebbero state scritte in cielo fatte con gli aerei, fiori, viaggi a Parigi o altri gesti teatrali, ma avevamo un nuovo progetto. Dovevo solo fare in modo di rivederlo.

L'agente Hawkins stese una coperta sottile e cominciò a togliere la roba dai sacchetti. «Le lenzuola queen size e la trapunta che ha chiesto. Il lenzuolo per la culla, il cuscino, gli stracci e il Lysol. Le lenzuola sono state tutte lavate. Quelle della culla con il detergente che ha chiesto.»

«Grazie», dissi guardandolo uscire.

Quando mi girai per posare Stella sulla coperta, Hyde stava già pulendo la culla. Aprii il lenzuolo e lo annusai per avere la conferma che fosse stato lavato con un sapone delicato per bambini. Feci un respiro profondo ricordando quanto Thomas amasse quell'odore mentre preparavamo la sua cameretta. Una cameretta che non stavamo usando.

Quando la culla fu pronta, presi Stella e ve la adagiai. Si agitò e pianse quando le cambiai il pannolino, poi si placò quando le tamponai il moncone di cordone ombelicale con un po' d'alcol e le riabbottonai la tutina dalle caviglie al petto. Le misi il ciuccio in bocca e lei prese a succhiarlo finché non si immobilizzò e si addormentò. Sembrava così piccola, in quella culla sudicia del motel. A casa aveva una stanzetta meravigliosa tutta nuova, e non l'aveva quasi vista. Non si meritava quella camera piena di germi.

Sentii un groppo in gola, e le lacrime sgorgarono di nuovo.

Hyde, impassibile, mi diede un fazzolettino.

«Penserai che sono pazza», dissi asciugandomi gli occhi.

«No. Mia sorella ha avuto figli. Non dura per sempre.»

«Non sapevo che fossi zia. Hai dei nipotini o delle nipotine?»

«Tutti e due», rispose. Stava cercando di nascondere un sorriso. «Hunter ha cinque anni. Liz tre. Noah otto mesi.»

«Uau», esclamai ridendo.

La sua espressione si addolcì. «Sta passando momenti difficili. Si dia un po' di tregua.»

Riflettei sulle sue parole. Aveva ragione. Non sarei stata così dura con nessuno nella mia posizione. Annuii asciugandomi la punta del naso. «Grazie. Farò così.» Mi schiarii la voce cercando di fare del mio meglio per ragionare e tornare a essere l'agente che ero. «Ci sono informazioni nuove su Maddox?»

«È vivo», rispose.

Soffocai la voglia di gridare. «E i Carlisi?»

«Sotto custodia. Uno è morto.»

«Chi?» chiesi.

«Vincenzo», riferì Hyde.

Mi massaggiai il collo per allentare la tensione. Lo stress e la bambina stavano lasciando il segno, e riuscivo a stento a tenere gli occhi aperti. «Il pupillo di Benny. Sarà un duro colpo per loro.»

«Non sottovaluti Giada. È mentalmente instabile.»

Hyde aveva ragione. La matriarca dei Carlisi poteva essere considerata ancora più pericolosa di Benny. Se ne stava in disparte ma aveva ordinato molti omicidi bisbigliando all'orecchio del marito. «Questa nuova situazione la piegherà oppure la indurrà a chiudere questa storia.»

Annuii cercando il mio telefono.

«Agente Lindy», disse Hyde facendo un passo in avanti. Quando mi fermai, proseguì. «Posso contattare io il direttore se vuole parlargli di Giada.»

«Oh, certo», risposi posando il cellulare. I Carlisi mi credevano una vedova in lutto. Se avevano una traccia, una talpa o qualsiasi altra informazione – cosa che dovevamo presumere possibile, dato che conoscevano la posizione esatta di Thomas e che avevano scoperto quella di Travis – dovevo essere prudente. Solo un numero ristretto di persone sapeva che Thomas era vivo. Era logico che fossi stata messa sotto protezione e trasferita in un luogo sicuro, ma se avessi fatto telefonate al direttore per qualsiasi altro motivo che non fosse stato sfogare la mia rabbia per quant'era accaduto a Thomas, avrebbero potuto mangiare la foglia.

«Dobbiamo scoprire chi o cosa usino per ottenere le informazioni», affermai.

«Ci stiamo lavorando.»

«Abbiamo una pista?»

«Agente Lindy, la bambina sta dormendo. Mia sorella schiaccia sempre un pisolino quando i bambini dormono. È quasi l'unico momento in cui...»

«Okay», dissi. «Hai ragione.»

Hyde sembrò sorpresa dalla mia risposta ma si ricompose subito. Mentre ero sotto la doccia, disfece il letto e lo rifece con le lenzuola pulite, il cuscino e la coperta. Arrancai verso il letto in pantofole, restia a mettere i piedi nudi sulla moquette incrostata.

Mi stesi e sentii un vaghissimo profumo di lavanda. Hyde si accorse che stavo annusando e osservando l'ambiente.

Spostò il peso sull'altra gamba e arrossì. Era visibilmente imbarazzata per la mia tacita domanda. «Ho chiesto a Hawkins di recuperare un paio di deodoranti per l'ambiente da inserire nelle prese. Casa sua ha un vago odore di lavanda, perciò ho pensato che si sarebbe sentita più a suo agio. Sono solo un paio. Se per la bambina sono troppi...»

«No», risposi con un sorriso d'apprezzamento. «No, sei stata molto premurosa.»

«È stata l'agente Taber a suggerirlo.»

«Val», dissi con un sorriso, ma gli occhi iniziarono di nuovo a diventarmi lucidi.

«Prenderà il primo volo. Ha insistito per accompagnarla in Illinois.»

«Grazie», risposi non vedendo l'ora di incontrare la mia più cara amica.

Hyde non sorrise né rispose esplicitamente, ma anche quello mi confortò perché ero abituata così con mia madre: dimostrava il suo amore con i fatti. In famiglia quello affettuoso e caloroso era mio padre. Forse per questo il direttore aveva scelto Hyde come mia guardia del corpo. Oltre a essere uno dei migliori guidatori e tiratori del Bureau, era, al tempo stesso, in certo qual modo materna.

Posai la testa sul cuscino. Pure quello odorava leggermente di lavanda, e non potei fare a meno di chiedermi se Hyde avesse spruzzato un po' di profumo anche lì per aiutarmi a rilassarmi. Non glielo avrei domandato. Non volevo metterla ancora in imbarazzo.

Guardai Stella respirare, i bottoni del suo pigiamino si alzavano e si abbassavano. Sembrava così serena... Chissà se le mancava la voce di Thomas o se sapeva che quel posto non era casa nostra. Non mi resi conto di aver ripreso a piangere finché non sentii la federa umida. Chiusi gli occhi pregando di riuscire a rilassarmi abbastanza da riposare un po'. Presto Stella si sarebbe svegliata e non avrei potuto prendermi cura di lei se non mi fossi presa cura di me stessa. Il mattino seguente saremmo partite per un luogo diverso e il mattino dopo ancora per Eakins. Avrei avuto bisogno di tutta la mia forza per spezzare una decina di cuori.

«Hyde? Tu ci sarai? A Eakins?»

«Dove va lei vado io, agente Lindy.»

«Puoi dire a chiunque sia di chiamare Thomas? E di dirgli che lo amo?»

«Certo.»

Sentii i muscoli fondersi con il materasso ma, per quanto mi sforzassi, non riuscii a dormire.

8.

FALYN

Il nastro da pacchi stridette quando lo srotolai. Mi fermai di colpo. L'unico televisore che avevamo era in soggiorno, in fondo al corridoio; ascoltai tutto il discorso sommesso tra SpongeBob e Patrick Star per cogliere eventuali passi felpati in avvicinamento al di là della porta chiusa della mia camera. Avevo voluto portarmi avanti con il trasloco ma desideravo che ci fosse Taylor per dare la bella notizia ai bambini. Sorrisi: sarebbero stati così contenti! Ma il mio buonumore svanì subito. L'infelicità in cui erano vissuti negli ultimi mesi era colpa mia.

Il muro era pannellato, tranne per una sezione dove si vedeva il cartongesso. Il letto era king size, ma non altrettanto comodo come il mio queen size a casa. La nostra trapunta non arrivava a coprire tutto il materasso ma mi aveva permesso di sopravvivere a un inverno particolarmente nevoso in Colorado. Sul comodino c'era una foto di Taylor con i bambini. Anche se non divideva il letto con me, dormivo ancora dallo stesso lato che avevo scelto quando eravamo andati a vivere insieme. A volte Hadley si infilava al suo posto nel cuore della notte, ma a parte quello era rimasto vuoto.

Hollis e Hadley avevano poca differenza d'età e avevano iniziato l'asilo insieme. Adesso avevano finito la seconda elementare. Guardare i capelli scuri, la pelle color bronzo e gli occhi azzurri di Hollis era come vedere Alyssa, la donna che Taylor aveva conosciuto in California la settimana in cui ci eravamo lasciati. Per quanto mi fossi infuriata quando avevo saputo che Taylor aveva messo incinta un'altra, la notte che avevano trascorso insieme aveva reso possibile la nascita di Hollis, e io non avrei rinunciato a mio figlio per nulla al mondo. Hadley, invece, era la mia immagine sputata, tranne per le iridi calde color cioccolato. Portava i capelli biondi ondulati lunghi e aveva la stessa spolverata di lentiggini sul naso e sulle guance.

Da quando ci eravamo trasferiti da Estes Park a Colorado Springs, nessuno dei due mi aveva considerato molto. Hadley tuttavia era un po' più indulgente di Hollis. A volte si scordava persino quanto ce l'avesse con me, e riuscivo a godermi un abbraccio o persino una serata con lei sul divano a guardare un film. Hollis, dal canto suo, non perdeva occasione di ricordarmi che gli stavo rovinando la vita. Discutere con lui stava diventando sempre più difficile. Aveva avuto problemi a farsi degli amici, ma tutti a Estes Park gli volevano bene. Era sempre il primo a essere scelto per una squadra, affascinava tutte le bambine e cantava come la star di una boy band. A Colorado Springs, viceversa, era il nuovo arrivato che minacciava la gerarchia consolidata della classe.

La seconda elementare oggi era molto diversa da quella dei miei ricordi.

Il telefono ronzò. Lo presi aspettandomi aggiornamenti da Taylor. Invece era Peter. Non sapevo come avesse avuto il mio numero ma non mollava. Non sapevo se fosse stata colpa mia la sera in cui ci eravamo conosciuti, se avessi guardato troppo a lungo nella sua direzione o se gli avessi sorriso distrattamente. Gli uomini come lui pensavano che qualsiasi donna pronta a ridere a una battuta volesse solo farsi scopare. Quindi no, non era colpa mia. Era cresciuto tra i privilegi e senza responsabilità di alcun tipo. Da spregevole fighetto pieno di soldi era diventato quell'egocentrico molestatore altrimenti noto come il figlio del sindaco Lacy. Mi aveva messo gli occhi addosso non appena eravamo entrati nel bar per festeggiare la promozione di Jubal a vicecapo. Io e Taylor non uscivamo molto, e volevo utilizzare al meglio la baby-sitter trovata all'ultimo minuto.

Per settimane, dopo che me ne ero andata, pensai che saremmo dovuti restare a casa. Ma più passava il tempo, più mi sentivo arrabbiata. Taylor avrebbe dovuto imparare a controllarsi. Aveva messo in pericolo il suo lavoro e quello di suo fratello. Mi incupii. Ciò che un tempo consideravo affascinante, e forse anche lusinghiero, adesso era nocivo. Non volevo che i nostri figli imparassero che qualsiasi questione potesse essere risolta a pugni senza conseguenze o che comunque quello era il modo di agire, al diavolo le conseguenze.

Gettai il telefono sul materasso e ci misi sopra una pila di asciugamani. Erano lisi sui bordi e spaiati, ma odoravano di casa, perciò li avevo tenuti in un sacchetto in fondo all'armadio che aprivo quando sentivo di più la mancanza di Taylor. *Ero solo leggermente psicotica.*

Il campanello annunciò l'arrivo di qualcuno con il suo suono monotono e sincopato, quasi chiedesse di essere messo fuori combattimento.

«Papà!» esclamò Hadley.

Taylor salutò i bambini, e sentii i suoi ciao soffocati da un abbraccio selvaggio. Qualche istante dopo la porta della camera si spalancò e al di là vidi Hollis con Taylor, che teneva in spalla Hadley. Hollis aveva un sorriso tutto denti sulla faccia, la fossetta a sinistra ben pronunciata. Quegli occhi che tanto amavo non assomigliavano neanche lontanamente ai miei o a quelli di Taylor.

«È arrivato papà!» annunciò. Era così eccitato che non notò la scatola sul letto. Taylor invece sì.

«Ehm... perché bambini non vi preparate una borsa per la notte? Faccio due chiacchiere con la mamma.»

«Per la notte? Davvero?» fece Hadley scendendogli dalle spalle. Mi guardò. «Davvero, mamma?»

«Davvero», confermai. «Andate.»

Si precipitarono nelle loro stanze facendo più rumore possibile. Un giorno prima mi sarei preoccupata delle lamentele dei vicini, ma finalmente ci stavamo lasciando alle spalle tutte quelle stupidaggini.

«Come va?» chiese Taylor notando la scatola e il letto pieno di roba.

«Ho appena cominciato. È stata dura mettersi a fare i bagagli di nascosto, preparare la cena e...» Mi interruppi notando una chiazza di fuliggine sulla sua faccia. «Ho visto le notizie sul telefono. L'incendio non è spento.»

Lui annuì. «È una brutta bestia.»

«Sei sicuro che a Tyler stia bene che te ne sia andato?»

«Sì», rispose guardandosi attorno. Trovò uno scatolone malandato e lo aprì, poi ne sigillò il fondo con il nastro. Sembrava tormentato da qualcosa, e, appena aggrottò la fronte, mi preparai per quello che avrebbe potuto dire. «Ehm... Falyn?»

«Papà!» esclamò Hollis con una borsa in mano. Guardò la scatola vuota davanti a lui e poi quella davanti a me. «Cosa sta succedendo?»

Mi girai verso i bambini, tutti e due confusi. «Ne parliamo a tavola. Venite.»

Hollis e Hadley mi seguirono nella sala da pranzo, che in realtà era solo un angolo del soggiorno con un tavolo e alcune sedie. Ci sedemmo e loro appoggiarono i gomiti sul tavolo incrociando le braccia proprio come Taylor.

«Dobbiamo dirvi una cosa, ma prima devo spiegarvi che io e papà non siamo tornati insieme e non lo faremo... almeno, non a breve. Abbiamo ancora molte cose da sistemare.»

I bambini si fissarono le mani, e anche Taylor.

«La buona notizia è...» proseguii guardandolo. «Vuoi...?»

Taylor mascherò all'istante la tristezza con un sorriso allegro. «La buona notizia è che tornerete a Estes Park.»

«Cosa? Con te?» esclamò Hollis saltando su. Gli gettò le braccia al collo e io cercai di non stare troppo male vedendo quanto desiderasse vivere con il suo papà.

«Anche con la mamma», rispose Taylor. I bambini guardarono ora lui ora me. «Questa è la parte che crea più confusione.»

«Viene anche la mamma?» gli fece eco Hadley con un cauto lampo di speranza negli occhi.

«Io e vostro padre pensiamo che sia meglio tornare nella casa di Estes, dove riavrete le vostre vecchie stanze e andrete a scuola con i vostri amici.»

«Ma non state insieme?» osservò Hollis. Vedevo lo sconcerto sul suo volto.

Taylor deglutì odiando già quello che stava per dire. «Mi

troverò un appartamento finché io e la mamma non avremo sistemato le cose.»

«Un appartamento?» gemette Hollis. Gli si velarono gli occhi e sprofondò sulla sedia. «È assolutamente stupido.»

«Hollis Henry Maddox!» ringhiò Taylor.

Non era abituato come me alle parolacce, agli sbalzi d'umore o agli scoppi di rabbia. Per quanto riguardava i bambini, io ero quella che aveva rovinato loro la vita, papà il salvatore.

Taylor si ricompose e attirò Hollis a sé per abbracciarlo, mettendoselo sulle ginocchia. «Voi qui non siete felici, e vostra madre lo sa. Le è costato tanto chiamarmi e trovare un modo per riportarvi a casa. Mi va bene restare in un appartamento per un po'.»

«Per quanto?» chiese Hollis sforzandosi di non piangere. Le guance gli divennero paonazze.

«Hollis, ne abbiamo già parlato. Alle volte le mamma e i papà hanno bisogno di tempo per...»

«È una stronzata!» replicò. «Se andremo a vivere a Estes, dovremmo vivere tutti insieme.»

«Non possiamo», intervenni decisa. «Non ancora.»

Hollis mi fissò per un istante con uno sguardo d'odio. In quei momenti mi aspettavo in preda al panico che mi urlasse che non ero la sua vera madre, ma ancora non era successo. Si alzò con i denti stretti strisciando la sedia sul pavimento e sparì con passo pesante in camera sua.

Taylor sospirò. «Non è andata come pensavo.»

«Dovresti parlargli», suggerii.

Taylor baciò Hadley sulla fronte e annuì seguendo il bambino nella sua stanza.

«Mamma?» disse lei. «Può prendere la mia camera.» La guardai per un attimo, perplessa. Mi ricordava tanto Olive con quei capelli color platino, per non parlare della manciata di lentiggini sul naso. «Papà. Se non vuoi che dorma con te, può prendere la mia stanza.»

Le tesi la mano e lei con mia sorpresa la afferrò. «Vorrei poterti spiegare perché che tu capisca.»

«Capisco», rispose. «Lo hanno arrestato e tu sei arrabbiata con lui. Ma sei arrabbiata con lui da molto tempo. Adesso non puoi smettere di esserlo?»

Abbassai lo sguardo. «Non è così semplice, amore. Vorrei che lo fosse.»

Fece di sì con la testa e lo sguardo le cadde sulle nostre mani strette al centro del tavolo.

Taylor entrò con le mani infilate nelle tasche dei jeans. «È tutto a posto. Sta preparando i bagagli. Anche tu, baby, dovresti andare a farli.»

Hadley si alzò di scatto e corse in camera fermandosi solo per gettare le braccia attorno alla vita di Taylor. Lui la strinse con forza e la lasciò andare osservandomi mentre appoggiavo il mento sulla mano.

«Mi odiano da quando ce ne siamo andati. Il clima è stato teso», affermai.

«Non potrebbero mai odiarti.»

«Questo non lo sai», replicai.

«Sì, invece.» Mi fissò per un attimo e nessuno dei due disse una parola. Deglutii sapendo che ci amavamo ancora ma anche che non ero pronta ad andare avanti con lui. Era una linea sottile, quella della prudenza, perciò non presi decisioni avventate dettate dai sentimenti e dalla volontà di non cedere per punirlo ulteriormente.

«Forza!» esclamò lui. «Iniziamo dalla tua stanza.» Mi diede la mano e io esitai. La ritrasse rimettendola in tasca. «Capisco, sai. I bambini no, ma io sì. Non sanno cos'è successo. Non sanno che me lo merito.»

«Questo non mi fa sentire meglio.»

«Però loro non se lo meritano. Possiamo fare meglio di così, Falyn.»

«Taylor, non cominciare.» Mi alzai e lo superai. Lui mi prese delicatamente per un braccio e dovetti usare tutte le mie forze per non gettarmi contro il suo petto. Mi mancavano il suo tocco, la sua vicinanza, il fatto di sentire la sua voce nella stessa stanza, di guardarlo mentre mi guardava.

«Io ti amo ancora», disse con una nota di rabbia. Non potevo biasimarlo. La nostra famiglia era divisa e i nostri bambini soffrivano.

«Lo so», risposi. Il risentimento mi impedì di aggiungere altro e mi scostai da lui, allontanandomi.

Taylor prese alcune scatole con la roba dei bambini, le chiuse e tornò per aiutarmi a riporre le mie cose. Prendemmo i calzini dai cassetti, le scarpe, e i secchi di Halloween dalla mensola in alto del ripostiglio. Di Taylor mi mancava anche l'altezza. Prendeva tutto quello che per me era irraggiungibile. Riusciva a sollevare e ad aprire tutto senza fatica e a volte, anche se ero in grado di farlo da me, non lo facevo solo per stare a osservarlo.

«Anch'io ti amo ancora», dissi. Lui si girò con un'espressione enigmatica sul viso. «E mi manchi. Forse a questo proposito i bambini sono più intelligenti di me. Forse dovremmo cercare di sistemare le cose dall'interno invece di farli soffrire mentre fingo di aspettare una rivelazione.»

«Davvero? Speri di avere un segno del mio cambiamento?» Venne verso di me buttando a terra tutto ciò che aveva in mano. «Perché, baby, io sono cambiato. Non voglio perderti. Non voglio perdere i bambini. Io...»

Il mio telefono ronzò interrompendolo. Mi guardai attorno e mi tastai le tasche dei jeans. Ronzò di nuovo e lui indicò la pila di asciugamani.

«Viene da lì», disse avvicinandosi al letto. «È tardi. Pensi che sia Ellie?»

«Oh sì. Io...» *Oh, cazzo.*

Prima che potessi fermarlo, Taylor sollevò gli asciugamani e recuperò il telefono. Sulla faccia gli comparve all'istante una smorfia di disgusto. «Perché cavolo Peter Lacy ti sta chiamando? Come fa ad avere il tuo numero, Falyn?»

«Non lo so», sbottai prendendo il cellulare. «Non ha importanza. Non rispondo mai.»

Negli occhi di Taylor ci fu un lampo e la sua rabbia aumentò. «Quante volte ti ha contattato? Che cazzo, Falyn? Per questo vuoi tornare a casa?»

Restai a bocca aperta. «No! E non mi ha affatto contattata perché non rispondo!»

«Come ha fatto ad avere il tuo accidenti di numero?» urlò. Aveva le vene in rilievo sul collo, lo sguardo folle, furibondo. Respirava affannosamente e notai che si stava trattenendo dall'esplodere. Avrebbe voluto prendere a pugni qualcosa o qualcuno. Se Peter fosse stato là, probabilmente lo avrebbe ucciso. Ora me ne ricordai. L'uomo davanti a me era il Taylor che avevo lasciato.

Guardai per terra. La speranza che avevo nutrito soltanto pochi istanti prima era svanita. Quando risollevai lo sguardo e i suoi occhi incrociarono i miei, vidi la rabbia scomparire, sostituita dalla vergogna. Ma anche allora non riuscì a lasciar perdere. Prese la pila di asciugamani, la cacciò nella scatola sopra alcuni ninnoli, staccò furioso un pezzo di nastro e lo appiccicò. Afferrò un grosso pennarello nero e ci scrisse sopra CAMERA DA LETTO, poi lanciò la scatola nell'angolo della stanza, dietro la porta, e il suo contenuto si sparse dappertutto.

In corridoio c'erano due sagome scure, e quando mi resi conto che i bambini avevano assistito per l'ennesima volta a quel disastro che era il nostro matrimonio, mi coprii la bocca, incapace di frenare le lacrime.

«No, baby non piangere...» Taylor guardò nella loro direzione. «Mi dispiace», disse ai bambini. Si sedette sul letto con le spalle curve. «Mi dispiace», ripeté con voce strozzata.

«Andiamo sempre?» chiese Hadley uscendo dall'ombra del corridoio.

«Io vado», fece Hollis.

Mi asciugai le guance e mi avvicinai alla porta, tenendoli con delicatezza quasi potessero andare in pezzi come oggetti di ceramica. «Sì. Sì, andiamo sempre. Papà lo vuole, e anch'io. A Estes siamo più felici, vero?»

«Vero», risposero entrambi guardandomi e annuendo.

Tra non molto Hollis mi avrebbe superato in altezza. E forse avrebbe superato pure Taylor. Non potevo permettere che considerasse giusto usare la violenza e l'intimidazione per risolvere i problemi. Che quello del loro padre fosse un comportamento accettabile e che si potesse andare avanti senza cambiare. Né potevo permettere che loro, o il mio senso di colpa, mi convincessero a riprendere Taylor prima che fossimo pronti.

Il suo telefono squillò e lo ripescò dalla tasca posteriore.

Prima di rispondere tirò su con il naso. «Ehi, Trent.» Più ascoltava, più le sue spalle si incurvavano. «Cosa? Cosa vuol dire "sparato"? Con un'arma? Come? Sta bene?»

Lasciò cadere il telefono per terra e io mi affrettai a raccoglierlo e ad avvicinarmelo all'orecchio. Mio marito era sbiancato in volto e stava fissando il pavimento, la guancia rigata da un'unica lacrima.

«Trent?» dissi. «Sono Falyn. Cos'è successo?»

Trenton sospirò. «Ehi, Falyn. È... ehm... È Tommy. Lui, ehm... C'è stato un incidente.»

«Un incidente? Sta bene?» domandai.

«No. Taylor e Tyler devono tornare a casa. Puoi farli venire qui?»

«*No?*» ripetei. Avevo sentito, ma quelle parole non avevano senso. Thomas Maddox era il più forte dei cinque ragazzi, il più in gamba. Aveva più che la testa sulle spalle e Liis aveva appena partorito la loro prima figlia. Era un neopapà. *Come poteva* non *star bene?*

«È grave», disse mio cognato a voce bassa. «Falli venire a casa, Falyn. Chiama Tyler. Io non... non penso di farcela.»

«Ci penso io. Come sta Liis?»

«È con Stella. Li metterai su un aereo?»

«Sì. Saremo tutti lì domani.»

«Grazie, Falyn. A presto.»

«Mamma?» esclamò Hollis guardando preoccupato Taylor. «Lo zio Tommy sta bene?»

Sollevai la mano per bloccarli prima che ci sommergessero di domande e per potermi occupare prima di tutto del loro papà. Mi inginocchiai davanti a lui e cercai le parole da dirgli. Non ce n'erano. Stava tentando di metabolizzare quello che Trenton gli aveva detto.

«Tesoro?» dissi prendendogli delicatamente il mento. «Ora sento Tyler e poi chiameremo la compagnia aerea.»

«È sul luogo dell'incendio», replicò con tono monotono. «Non risponderà.»

Composi il suo numero con il telefono di mio marito e lo sentii squillare più volte prima che scattasse la casella vocale. Misi il cellulare nella tasca posteriore e feci cenno ai bambini. «Preparate i bagagli per cinque giorni. Cinque jeans, cinque magliette, cinque paia di calzini e di mutande. Spazzolino e dentifricio. Ora andate.»

Loro annuirono e corsero in camera. Svuotai un piccolo trolley che Taylor aveva riempito con la mia biancheria e presi anch'io i vestiti per cinque giorni. «Dov'è la tua borsa?» chiesi.

«Eh?»

«La tua borsa. L'hai preparata per venire qui, giusto? Avrai almeno un cambio per due giorni?»

«Per tre. È nel furgone.»

«Okay», dissi allungando il manico del trolley. «Andiamo. Guido io. Compreremo i biglietti per strada.»

«Dove andiamo?»

«A Estes Park. Lo diremo a Tyler e poi andremo a Denver a prendere un aereo.»

«Falyn...» cominciò a dire Taylor sapendo però che stavolta non sarebbe stato lui il più forte. Eravamo separati ma non soli.

Gli tesi la mano. «Vieni con me.»

Mi guardò con un'aria persa. Prese la mia mano intrecciando le dita con le mie e accostandole alle labbra. Strizzò gli occhi respirando affannosamente con il naso.

Con l'altra mano gli accarezzai la nuca e lo abbracciai. «Sono qui.»

Lui lasciò andare la mia mano e mi strinse a sé sprofondando la faccia nella mia maglietta.

9.

ELLIE

Il televisore era l'unica fonte di luce nel soggiorno buio, prima fioca, poi intensa e poi di nuovo fioca, a seconda della scena e dell'angolo di ripresa. Mi ero ripromessa di non guardare quel film, sapendo che parlava di una reporter alcolizzata e sboccata. Anche dopo dieci anni di astinenza dall'alcol mi si chiudeva la gola ogni volta che si faceva un drink, il mio cuore sussultava quando usciva, rideva istericamente, ubriaca fradicia con gli amici, facendosi scopare da chiunque avesse un uccello. Arrivai all'ultima scena, quando si era innamorata di un tipo a posto. *Cazzo.* Ero troppo vecchia per dire tipo. Almeno così la pensava Gavin, perché lui aveva cinque anni e sapeva tutto.

Gli sfiorai i capelli scuri, tagliati a spazzola. Si era addormentato usando le mie ginocchia come cuscino, come sempre quando suo papà era di turno. Tra un'avventura di una notte (soprattutto per colpa mia) e un periodo in un centro di riabilitazione (questo soltanto per colpa mia) io e Tyler alla fine ci eravamo innamorati. In un modo o nell'altro ora vivevamo in una casa con tre camere da letto, insieme a un cane, due gatti e a un figlio che non era capriccioso e non si mai attaccato a niente, né al biberon né al ciuccio. Aveva persino imparato in fretta a usare il vasino. Nel suo futuro non sembravano esserci dipendenze. Speravo solo che la sua propensione a lasciar perdere qualsiasi cosa non sconfinasse nella sfera affettiva.

Guardai l'orologio e sospirai. Erano quasi le tre del mattino e Tyler stava ancora combattendo l'incendio al magazzino. Dopo anni di notti insonni non cercavo neanche più di andare a letto prima che rientrasse alla stazione, perciò aspettavo la chiamata con cui mi avrebbe informato che era al sicuro nella sua seconda casa.

Appena iniziarono a scorrere i titoli, udii bussare leggermente alla porta. Spostai con attenzione la testa di Gavin e mi alzai. Mi avvicinai cauta all'ingresso. Vivevamo in un bel quartiere in un centro turistico piuttosto piccolo, ma chiunque ci fosse al di là della porta a quell'ora non vendeva cosmetici.

«Chi è?» chiesi cercando di parlare a voce abbastanza alta da farmi sentire ma non tanto da svegliare Gavin.

«Taylor», disse una voce fonda.

«E Falyn.»

Girai la serratura di sicurezza e spalancai la porta fissando i miei cognati come se fossero un'allucinazione. Taylor teneva in spalla tutti e due i loro figli addormentati, il volto pallido e lo sguardo appannato.

«Che fate qui?» domandai, e un attimo dopo mi sentii male. Non avevo notizie di Tyler da un'ora. Tante cose potevano succedere in un'ora. «Oddio.»

«No», mi rassicurò Falyn avvicinandosi. «Non è per Tyler.»

La attirai a me per abbracciarla e la strinsi forte. Restò sorpresa, e non potevo biasimarla. In genere non ero tipo da effusioni, salvo che con Tyler e Gavin.

«Hai sue notizie?» chiese Taylor superandomi.

«Puoi metterli nella stanza degli ospiti», dissi, confusa. Ovviamente sapeva dove fosse e stava già andando da quella parte. Taylor e Falyn avevano passato molto tempo nella nostra casa e viceversa, finché lei non se n'era andata. Non era stata via molto, ma per qualche ragione mi sembrava strano essere di nuovo sotto lo stesso tetto con entrambi.

Taylor tornò. Aveva le mani libere e non sapeva che farci, quindi incrociò le braccia al petto.

«State bene?» chiesi.

«Ho provato a contattare Tyler.»

Scossi la testa e mi voltai a guardare Gavin. «Credo stia finendo al magazzino. Non lo sento da un'ora.»

Taylor tirò su con il naso. «Presumo che dovrò andare là.»

«Dovrebbero avere quasi finito», ripetei. «Va tutto bene?»
«È cresciuto così tanto», sussurrò Falyn avvicinandosi a mio figlio, spaparanzato sul divano. Si inginocchiò accanto a lui sorridendo e lo osservò con più attenzione. «Gavin è identico a Taylor e Tyler quando avevano la sua età.»
«Gli manchi», dissi. «Chiede spesso di te.»
Lei si intristì. «Anche a me manca. E mi manchi tu.» Si alzò. «Taylor ha ricevuto una chiamata da Trent.»
«Andiamo a casa», disse mio cognato.
«A Eakins? Quando?»
«Domani», rispose Falyn. «E anche tu e Tyler.»
«Sul serio?» chiesi toccandomi il petto. «Cosa sta succedendo? È Jim?» Sapevo che non godeva di ottima salute. Era in sovrappeso, mangiava pancetta affumicata tutti i giorni a colazione e fumava sigari. Dall'espressione sul viso di Taylor capii che era successo qualcosa di terribile.
Lui fece per parlare, ma non ci riuscì.
Fu Falyn a rispondere per lui. «È Thomas.»
«*Thomas?*» Era appena diventato papà. «Oddio. La bambina?»
«No», disse lei. «Gli hanno sparato.»
«*Sparato?*» ripetei con tono più acuto. La stanza prese a ruotare.
«Non abbiamo molti particolari.»
«Oh, Liis...» esclamai coprendomi la bocca con la mano. Ebbi una fitta al cuore per lei. Guardai Taylor: stetti male all'idea che dovesse rivivere quella scena quando avessimo dato la notizia a Tyler. Chiusi gli occhi sentendo il calore delle lacrime sulle guance ed ebbi un'altra fitta al cuore per mio marito.
«È meglio che ti sieda», mi suggerì Falyn cercando di mantenere il controllo.
Mi trascinai fino alla poltrona reclinabile di Tyler e mi ci buttai sopra. «Cazzo. *Cazzo.* Tutto questo non ha senso. Hanno preso il colpevole?»
«Non lo sappiamo», rispose Taylor. Strinse i denti, e i muscoli della sua mascella si contrassero sotto la pelle.
«Domani mattina Liis arriverà a Eakins», spiegò Falyn.

Sollevai la testa. «Non resta con Thomas?»

Scosse la testa. «Sembra... sembra che sia piuttosto grave. Il fatto che venga a Eakins...» S'interruppe.

La bile mi salì in gola. Thomas non ce l'avrebbe fatta. Liis stava andando a casa per stare con la famiglia di lui.

«Ho già preso i biglietti», disse Falyn.

«Anche per noi?» chiesi. Assentì e io mi alzai guardandomi attorno, la mente già rivolta a fare i bagagli e a chiamare qualcuno che si occupasse degli animali in nostra assenza. Restai per un attimo ferma, poi feci pochi passi avvicinandomi a Taylor per abbracciarlo. Rimase inerte tra le mie braccia.

«Lo sapevo, per la miseria», esclamò. «Prima, quando l'ho lasciato al magazzino, avevo una brutta sensazione ma credevo che fosse per Tyler. Avrei dovuto chiamare casa.»

Era consapevole quanto me che chiamare casa non sarebbe servito a niente, però faceva quello che avrebbe fatto Tyler una volta ricevuta la notizia: incolparsi. Mi scostai e tornai al divano, presi il telefono dal tavolino e scollegai il caricabatteria.

Mandai un messaggio a Tyler dicendogli di chiamarmi, dopodiché restammo in attesa. Nel giro di tre minuti il cellulare suonò. Risposi immediatamente.

«Ciao baby», disse, stanco e senza fiato ma felice. «Sto salendo sul furgone.»

«Ho... bisogno che tu venga a casa», risposi. Mi era appena venuto in mente che avrebbe voluto sapere perché ma non volevo dirglielo al telefono.

«Cos'è successo?» chiese, già insospettito.

«Taylor e Falyn sono qui. Vieni soltanto a casa, okay? Il prima possibile.»

«Arrivo.» Udii le sirene in sottofondo e poi la comunicazione si interruppe.

Feci un lungo sospiro sapendo che nel giro di pochi minuti quelle sirene si sarebbero sentite in lontananza diventando sempre più vicine finché, entrando nel quartiere, non le avesse spente. Cercai di non pensare a lui che si precipitava a casa per ricevere quella che sapeva già essere una brutta notizia. Solo, non sapeva quanto brutta... o chi riguardasse.

10.

CAMILLE

Mentre tutti gli altri si preparavano per andare a dormire, io uscivo per andare al lavoro. Avevo iniziato allo Skin Deep Tattoo come receptionist, ma ora ne ero la direttrice. Assumevo e licenziavo, tenevo la contabilità e seguivo la parte commerciale di cui, com'era emerso, Calvin non si interessava. Il negozio aveva rischiato di chiudere ma ero riuscita a trovare un accordo con il fisco e alla fine avevamo realizzato abbastanza utile da assumere due nuovi tatuatori. Quella sera però ero diretta al Red Door. Ci andavo quando avevano bisogno di qualcuno al bar est. Ben pochi sapevano gestirlo; Raegan e Blia se n'erano andate da anni, dopo aver finito il college. Hank e Jorie erano stati così buoni con me, non potevo dire di no.

Gli agenti federali mi avevano chiesto di non uscire ma avevo promesso a Hank di coprire il turno di una delle ultime bariste arrivate. E, a ogni modo, la casa era strapiena di gente. Olive dormiva là, e anche i genitori di Shepley. Travis credeva che fosse più sicuro che stessimo tutti sotto lo stesso tetto finché non fosse arrivata Liis il mattino seguente, a quanto pareva con altri agenti.

L'agente Perkins osservò dalla finestra quando me ne andai con Trenton. Mio marito mi lasciò a lato del pub, il più possibile vicino all'ingresso. Anche lui non era contento che andassi al lavoro.

Mi allungai per baciarlo. «Andrà tutto bene. Dentro c'è Drew. È una bestia.»

«Sarò qui ad aspettarti alle due.»

«Due e mezzo», lo corressi.

«Sarò qui alle due.»

Aveva un'aria preoccupata, perciò non mi misi a discutere.

Passati i trenta da qualche anno, usavo abiti più coprenti, dopo avere scoperto che un servizio rapido procurava tante mance quante la combinazione tette-culo. Avvicinandomi alla porta salutai Drew. Lui si affrettò a raggiungermi e me la aprì sorridendo prima che potessi farlo io.

«Grazie, Drew», dissi assestandogli un colpetto affettuoso sul bicipite. Avrei dovuto allungarmi per darglielo sulla spalla. Drew faceva il secondo anno alla Eastern State, era alto un metro e novantotto e aveva due braccia grosse quanto la mia testa. Suo padre era un campione di sollevamento pesi e lui ne stava seguendo le orme. Era stato assunto appena aveva messo piede nell'ufficio di Hank per fare domanda per un posto da buttafuori. L'unico problema, se così lo si poteva definire, era che Drew era talmente educato che a volte non si comportava in modo aggressivo come avrebbe voluto Hank. Era un cowboy semplice e spiccio, ma separava due uomini urlanti chiedendo loro per favore di andare d'accordo. Vederlo era uno spasso, però il suo superiore voleva un buttafuori, non un paciere. Buon per Drew che in genere la sua presenza bastava.

«Signora. Ha il mio numero? Vorrei aspettarla nel parcheggio quando ha un turno a quest'ora. Non è sicuro che una signora giri sola la notte.»

Lo guardai di traverso. «Noi due ci siamo mai visti?»

Sogghignò. «Una o due volte.» Tacque decidendo se proseguire. «Mi sentirei più tranquillo, comunque. Se non le spiace.»

«Okay. Ti chiamerò prima.»

Sorrise sollevato. «Grazie, signora Maddox.»

«Cami», gli ricordai.

Lui andò a destra, verso l'ingresso, io a sinistra verso il bar est. Shayla stava già mettendo le birre in fresco. Era nervosa ma lavorava abbastanza velocemente da tenere testa al movimento dei clienti.

Sospirò. «Natasha si è data di nuovo malata?»

«Sì.»
«Hank la licenzierà.»
«Ne dubito.»
«Gli mancano Cami e Raegan. Ce lo ripete sempre.»
«Non è così che si incentiva il lavoro», osservai versando un secchio di ghiaccio nell'ultimo contenitore refrigerante.
«Non lo biasimo. Anche a me piace lavorare con te.»
Sorrisi. Era bello sentirsi necessaria, anche se negli ultimi anni avevo avuto un po' troppo da fare con Jim. Prima di uscire, mi assicuravo che andasse a letto, gli appoggiavo il bastone contro il muro vicino al letto e gli lasciavo un bicchiere d'acqua fresca sul comodino. Diverse luci per la notte gli illuminavano il percorso dalla camera al bagno, eppure stavo sempre in ansia. Jim era come un papà per me, l'unico che avessi mai avuto. Il mio vero padre, alcolizzato e violento, era morto da tempo di cirrosi epatica. Non mi mancava, ma la mamma si era trasferita in Ohio con il mio fratello maggiore e la sua famiglia, e gli altri fratelli erano sparsi per tutto il paese.

Ero fortunata ad avere una famiglia come i Maddox e cercavo disperatamente di tenermi Jim vicino il più a lungo possibile. Negli ultimi anni la sua salute era peggiorata, facendomi preoccupare. Avrei voluto dargli un nipotino che lo conoscesse, lo ricordasse. Però sembrava che, per quante vitamine gli somministrassi al mattino, per quante passeggiate facessimo, per quanti cibi sani gli cucinassi, non potessimo vincere la lotta contro il tempo. L'aspetto più duro era che lui lo accettava senza ribellioni. Desiderava rivedere sua moglie, e pregarlo che si prendesse maggiormente cura di sé mi sembrava egoista.

Il DJ accese l'impianto e controllò i microfoni scuotendomi da quello stato di trance.

«Stai bene?» chiese Shayla. Mi fissava come se fossi pazza. Non aveva neanche ventun anni e non poteva in alcun modo capire ciò che provavo, perciò tenni tutto per me.

Jorie arrivò con passo tranquillo e appena mi vide si illuminò. Non sarebbe rimasta a lungo. Era al settimo mese di gravidanza e temeva che la musica ad alto volume facesse male al bambino. «Cami!» Girò dietro il banco e mi gettò le braccia al collo.

«Hai un aspetto favoloso», esclamai sentendomi felice per lei e nel contempo in colpa per l'invidia che provavo. Liis, Abby e Jorie erano tutte rimaste incinte nello stesso periodo, e ogni mese, quando guardavo il mio test negativo di gravidanza, pensavo a loro. Non volevo essere invidiosa. Non volevo arrabbiarmi all'idea che per loro fosse stato così facile e finora per me impossibile. Non volevo neanche lontanamente odiarle, ma lo facevo. La disperazione generava sentimenti tutti suoi.

«Grazie», rispose abbassando lo sguardo e sfiorandosi il pancione con la mano. Tornò a guardarmi negli occhi. «Hai un'aria stanca. Va tutto bene?»

Mi spazientii e cacciai altre due bottiglie di birra nel ghiaccio. «Stanca è una parola in codice per dire che ho un aspetto di merda.»

«No. Hai gli occhi rossi. E le occhiaie. Le spalle curve. Perciò... ritiro tutto. Hai un aspetto di merda.»

Sogghignai davanti alla sua franchezza. Era una delle tante ragioni per cui Jorie mi piaceva. «Oggi abbiamo ricevuto una brutta notizia.»

Ansimò. «Jim?»

«No. Thomas...» Mi interruppi non sapendo cosa dire. Il fatto che avessero sparato a mio cognato era incredibile. C'erano due agenti dell'FBI a casa di Jim e ci avevano chiesto di non parlarne. «È stato coinvolto in un incidente.»

«Oh, cazzo!» esclamò toccandosi il ventre. «Ma se la caverà, vero?»

«Stiamo aspettando. Non abbiamo ancora molte informazioni, però dicono che sia grave.»

«*Chi* lo dice?»

Tacqui. «Liis.»

Jorie restò sconvolta. «Oh, Liis.» Mi abbracciò come se fossi la ragazza di Thomas. Era strano, perché una volta lo ero stata davvero. Quel gesto risvegliò sentimenti sepolti da tempo. Mi preoccupavo per Trenton e per Jim, ma non mi ero soffermata un istante a considerare ciò che provavo io. Thomas era stato il mio primo amore e avevamo addirittura parlato di un mio trasferimento in California per fare il passo successivo. E poi... era arrivato Trenton. A ripensarci, io e Trenton insieme avevamo molto più senso, e Thomas stava alla perfezione con Liis. Eppure avevamo tutti impiegato parecchi anni a capirlo, con il cuore e con la mente. In quel momento, stretta a Jorie, mi ritrovai al punto di partenza... ad amare entrambi.

Mi scostai, sebbene le sue morbide curve fossero confortanti. Sarà anche stata più rotonda di un tempo, ma aveva sempre i suoi lunghi capelli biondo platino. Al posto di qualche ciocca nera, adesso aveva le punte di un color verdeazzurro. Sarebbe stata quel tipo di madre che avrei voluto essere io: amorevole, matta, impetuosa e divertente. Dovevo solo restare incinta.

Si asciugò gli occhi e mi salutò ritirandosi nell'ufficio di Hank per godersi un altro abbraccio prima di tornare a casa.

«Uau», esclamò Shayla con gli occhi sgranati. «Cosa le hai detto?»

«Mio cognato è stato coinvolto in un incidente.» *Cazzo.* Adesso mi sembrava strano dire cognato. Anche il solo fatto di provare sentimenti conflittuali mi pareva un tradimento. Tenevo a Thomas e una volta lo avevo amato, ormai però il mio amore per lui era analogo all'affetto che provavo per tutti i fratelli di Trenton. La possibilità che lo perdessimo era molto concreta, almeno secondo gli agenti a casa di Jim. Ricordai quando ridevamo e ci confessavamo i nostri pensieri e sentimenti più profondi. Tra noi si era creato un legame prima ancora che mi innamorassi di Trenton, e questo mi dava una sensazione strana. Avrei voluto prendere il telefono e mandare un messaggio a mio marito per capire i pensieri che mi giravano per la testa, ma c'era troppo da fare prima dell'apertura.

«Oh, cavolo. Scusa. Jorie lo conosceva?»

«Sì», risposi volutamente vaga. Non volevo spiegarle come lo avesse conosciuto quando ci frequentavamo. Capivo che, vista dall'esterno, l'intera situazione fosse molto ambigua. Era difficile parlare di quello che provavo per Thomas senza che sembrasse un tradimento nei confronti di Trenton. In verità amavo mio marito più di chiunque avessi mai amato, compreso Thomas. Trenton mi aveva conquistata come nessun altro prima e mi adorava. Anche se la situazione fosse stata capovolta, se avessero sparato a lui e Liis non fosse esistita, non sarei ritornata con Thomas. Trenton mi aveva mostrato cos'era l'amore, sapevo quindi che non era ciò che avevamo io e Thomas. I miei sentimenti per mio cognato erano profondi, e c'era qualcosa di lui che non riuscivo a scuotermi di dosso, ma Trenton Maddox era l'uomo della mia vita. Lui e nessun altro.

Dieci minuti dopo, Hank mi si avvicinò con uno sguardo comprensivo. «Jorie è appena andata via. Mi ha detto di Thomas. Mi dispiace, tesoro.»

Alzai le spalle per non piangere. Da quando se n'era andata, non facevo che analizzare ossessivamente i miei sentimenti, e davanti alle parole di Hank per poco non persi il controllo. Per qualche ragione quando un uomo si dimostrava comprensivo, sentivo tutto più intensamente. Non so se succedesse perché mio padre aveva poca compassione o se fosse semplicemente la reazione universale delle donne quando gli uomini si concedevano di essere vulnerabili per mezzo secondo; insomma, quando tenevano in braccio e coccolavano un bambino, quando piangevano, quando ammettevano di avere paura o erano sensibili in generale, io reagivo in modo fin troppo emotivo. Mi sembravano momenti splendidi di dolcezza e di coraggio.

Hank mi prese tra le braccia e a quel punto le lacrime scesero. Mi strinse con più forza. «Dovresti andare a casa. Non puoi lavorare in queste condizioni.»

Mi scostai e vidi dal suo sguardo che non diceva sul serio. Mi conosceva bene. Dovevo tenermi occupata per affrontare i problemi. «No, grazie.»

«Se cambi idea, dimmelo.»

Fui contenta quando il locale aprì e potei assumere la mia aria da dura. Era la serata della birra scontata e al di là del banco c'erano sei file di persone. Presi un ordine, servii il cliente, premetti i tasti della cassa, presi i soldi e vidi la mancia cadere nella caraffa, poi tutto ricominciò daccapo. Mezz'ora dopo suonai per avere altra birra. Tre ore dopo suonai per avere tutto il resto. La pista da ballo era zeppa, i clienti erano contenti e Drew non aveva dovuto sedare nessuna rissa. Era stata una bella serata e, dopo che tutti se ne furono andati e che gli addetti alle pulizie ebbero cominciato a sistemare il disastro che si erano lasciati dietro, finalmente scoppiai a piangere.

Tanti ricordi erano lì con me in quel bar. La sensazione di euforia quando Thomas era entrato e si era messo a flirtare con me, e quella di potere quand'era tornato e mi aveva invitato a uscire. La volta in cui Trenton si era allungato sul banco e mi aveva abbracciato la sera di Capodanno. Il periodo in cui avevo lavorato con la mia migliore amica e compagna di stanza, Raegan, e l'avevo vista innamorarsi di Kody. Le lacrime che avevo versato quando se n'erano andati e la gioia quando Jorie e Hank avevano saputo di aspettare finalmente un figlio. Il Red Door era parte di me e, finché non chiudeva, essere là per me significava fuggire da tutto. Non volevo che tutto questo finisse. Neanche solo per quella sera.

Quand'ebbi asciugato e messo via l'ultimo bicchiere, Drew mi sorrise. «Pronta?» chiese. Accompagnava tutte le donne alle auto al termine di ogni serata. Era un bravo ragazzo.

«Pronta. Trenton dovrebbe essere fuori.»

Inarcò le sopracciglia. Sembrava confuso. «No, signora. Almeno non qualche minuto fa, quando ho controllato.»

«Forse è in ritardo», dissi afferrando la borsa e mettendomela sulla spalla. Mentre lo dicevo, tuttavia, ebbi una brutta sensazione.

Drew aprì la porta laterale e quando vidi che Trenton non era dove avrebbe dovuto essere, scrutai il parcheggio buio.

«Non è da lui tardare, vero?» osservò Drew.

«No.» Gli scrissi un messaggio e attesi. Dopo alcuni minuti trascorsi senza risposta, presi a tremare. L'adrenalina s'impossessò del mio corpo e la mia mente considerò gli scenari peggiori.

Un'auto nera rallentò e si fermò. Allungai d'istinto il braccio e spinsi indietro Drew. «Va' dentro», sibilai.

«Chi sono?» domandò il ragazzo, avanzando per mettersi davanti a me.

Il finestrino si abbassò e al di là apparve uno degli agenti che erano a casa di Jim. «Siamo venuti a prenderla, signora Maddox.»

Mi rilassai ma esitai. «Dov'è mio marito? Perché non ha risposto al mio messaggio?»

«Le spiegherò in macchina.»

Drew mi trattenne appena feci un passo. «Conosce quest'uomo?» chiese.

«Sì. È una storia lunga.» Feci per toccare la maniglia della portiera ma lui mi bloccò.

«Lei non va da nessuna parte finché non avrà avuto notizie di suo marito.»

«Sarà difficile», osservò l'agente.

Ebbi un tuffo al cuore. «Perché?»

«Deve salire in macchina, signora Maddox. Non posso dirle altro davanti alla persona in sua compagnia.»

Mi aggrappai al braccio di Drew e lui mi fissò supplicandomi con lo sguardo di non andare. «È tutto a posto», dissi. «È un amico di Jim.»

«Il papà di Trenton?» chiese sospettoso. Quando annuii, non parve convinto. «Ho una brutta sensazione, Cami. Penso che dovrebbe restare qui finché Trenton non la chiamerà.»

Il mio sguardo si spostò sull'agente. «Non credo che lo farà.»

11.

ABBY

Travis mi strinse la mano e io ricambiai facendogli capire che sapevo quanto fosse difficile per lui quel momento. Erano tutti sconvolti e sfiniti, facevano ipotesi su ciò che era successo a Thomas ed esternavano nello stesso tempo la propria rabbia agli agenti che si rifiutavano di dare informazioni... il che li spingeva a continuare con le supposizioni. Ora mio marito era steso al centro del materasso matrimoniale sfondato che aveva ereditato da Thomas in terza media. I gemelli dormivano per terra su un giaciglio improvvisato, russando piano.

Avevamo convinto Shepley e America a raggiungerci, e anche Jack e Deana. Benché questo non avesse fatto che moltiplicare le domande, era più sicuro che tutti stessero sotto lo stesso tetto finché Travis e gli agenti non avessero ricevuto rinforzi: l'intera famiglia Carlisi sarebbe potuta piombare a Eakins da un momento all'altro.

Travis si girò sul fianco e sprofondò la faccia nel mio collo. Era appena venuto a letto dopo aver controllato per la seconda volta la casa in cerca di cimici. La prudenza non era mai troppa. «Tutta questa storia fa schifo, cazzo. Quanto vorrei fumare ancora.»

«Il tuo pacchetto di emergenza è a casa ma non uscirai di qui, perciò scordatelo», risposi.

«Lo so, però questa situazione sa tanto di emergenza.»

Mi voltai per guardarlo negli occhi e gli misi la gamba sul fianco. Visto il mio pancione, più vicini di così non potevamo stare. «La famiglia Maddox è capace quasi di tutto. Ma di recitare no.»

«Forse sì. Non lo sappiamo.»

«Non sono addestrati come te, Trav. Qualcuno commetterà un errore. Non avresti acconsentito a farlo se non avessi saputo con certezza che era l'unico modo per proteggere tutti.»

Annuì e appoggiò la fronte alla mia. «Sei la mia moglie preferita.»

«Cerca solo di non pensarci finché Liis non sarà qui domani. Gran parte del peso dovrà portarlo lei.»

Sospirò guardando il soffitto e incrociò le braccia al petto. «Ha appena avuto una bambina, Pidge. È sola. Come posso costringerla a farlo?»

«Non è sola. Noi possiamo sostenerla. Possiamo darle una mano.»

Tacque per un istante. «Ci dev'essere un altro modo. A papà verrà un infarto. Questa faccenda lo ucciderà.»

«È più forte di quello che pensi.»

«Non possiamo farlo», insistette. Il panico, rimasto latente per tutta la sera, era ora evidente nella sua voce.

Gli afferrai il viso costringendolo a guardarmi negli occhi. «Non abbiamo scelta. Pensa di che cosa sono capaci, Travis. Credevano di sparare a me. Di buttare me fuori strada. Jessica e James potevano essere in macchina. Saremmo potuti morire. Adesso potrebbero essere tutti qui per il nostro funerale... O quello di Shep o di Olive. Da ieri sappiamo di avere tutti un bersaglio sulla schiena, bambini compresi. Quando Liis chiamerà il Bureau dicendo che non testimonierà e mio padre scomparirà», disse mimando il gesto delle virgolette, «si tireranno indietro. Allora potrai dare la caccia a ognuno di loro finché non saranno più un pericolo, e gli altri ci penseranno due volte prima di minacciare di nuovo la nostra famiglia.»

Travis batté le palpebre. «Hai ragione.»

Gli baciai le labbra, morbide e calde come la prima volta in cui le avevo sentite sulle mie. Lui avvicinò di più a sé la mia gamba nuda e mi baciò con più passione, con più intensità. Mi trovava sempre bella, ma solo quando gli avevo detto di essere di nuovo incinta mi ero ricordata quanto diventasse insaziabile all'idea che portassi in grembo un figlio.

«Se vuoi che mi fermi...» S'interruppe. «Hai avuto contrazioni oggi?» Sorrisi e scossi la testa. Da quasi tre settimane avevo le contrazioni di Braxton Hicks, e anche piuttosto forti. Una volta eravamo persino corsi in ospedale ma ci avevano rimandati a casa. Mi sfilò la camicia da notte di seta e mi baciò il ventre. Sapeva che non avevo intenzione di dire di no.

Ero in una fase della gravidanza in cui gli era più difficile destreggiarsi con le mie curve, però ci riusciva lo stesso e con la lingua mi stuzzicava la pelle tesa con più desiderio ancora rispetto alla nostra prima volta a casa sua.

Si mise in ginocchio in fondo al letto tenendo il mio piede destro con una mano e massaggiandomi l'arco dolente con i pollici. Si portò l'alluce alla bocca, lo baciò sulla punta e continuò a massaggiarmi risalendo verso il polpaccio. Ogni volta che finiva una parte, terminava con un bacio. Quando arrivò alle cosce, mi contrassi. La sua testa scomparve dietro il mio pancione e io gettai indietro la mia.

«Dove sei finito?» mormorai.

La sua lingua tracciò una linea umida fino alle parti più sensibili del mio corpo, e io sospirai sommessamente. «Oh, eccoti.»

Travis mi afferrò per i fianchi e mi attirò a sé, smanioso di mettersi tra le mie cosce come lo ero io di averlo. Sentii le sue gambe sfiorare le lenzuola, fremere a ogni leccata.

Proprio mentre sentivo che stavo arrivando al culmine, si stese al mio fianco e mi premette le labbra sulla pelle. Mi passò la lingua sul ventre seguendo la linea scura che mi si era formata sotto l'ombelico fino all'anca durante il secondo trimestre. Il bambino si mosse e lui alzò di scatto la testa, sorridendo e toccando il punto dove era avvenuto. Era una combinazione così strana, fare sesso ed essere genitore. Per Travis non sembrava difficile passare dai preliminari a pulire un letto bagnato o a consolare i bambini dopo un incubo, per tornare subito dopo sexy e desiderabile. Per me il passaggio mamma-amante era invece più complesso.

Mi mise sopra di lui accarezzandomi la schiena e il sedere.

Mi conficcò le dita nella pelle e scrutò il mio corpo nudo dai capelli al punto in cui si univa al suo. Tutto attorno a noi scomparve e mi ritrovai a essere di nuovo diciannovenne, a sentire le sue mani su di me per la prima volta. Il sesso con Travis Maddox era sempre stato fantastico, ma qualcosa nel modo in cui adorava il mio corpo quand'ero incinta lo rendeva ancora migliore. Non mi ero mai sentita altrettanto bella e desiderata, e, quando avesse fatto di nuovo l'amore con me, mi sarei sentita ancor più bella e desiderata.

Mi afferrò per le cosce reggendomi mentre mi abbassava lentamente su di lui. I braccialetti intrecciati di cuoio nero che aveva al polso gli scivolarono sull'avambraccio attirando la mia attenzione sui tatuaggi che ondeggiavano sulla sua pelle. Lasciai cadere indietro la testa e mi morsi il labbro per non gemere. Mi uscì invece un sospiro sommesso. Travis mosse i fianchi per sistemarsi e io mi contrassi, già vicina all'orgasmo. In gravidanza il mio corpo reagiva in modo diverso a qualsiasi cosa. E soprattutto... al sesso. Non tutto era gratificante, però avere un seno più grande, un marito che soddisfaceva ogni mia voglia e la capacità di venire prima di lui erano sicuramente gli aspetti migliori. Gli bastava infilarmi le dita nelle mutandine e mi eccitavo come una matta.

Rallentai e lui mi assecondò lasciando che fossi io a stabilire il ritmo. Le sue iridi color ruggine mi osservarono assaporando quel momento. Poi gettò gli occhi all'indietro e gemette. Appena il verso gli sfuggì dalle labbra ci immobilizzammo, aspettandoci che il lieve russare dei bambini cessasse.

Mi tappai la bocca cercando di non ridere.

Lui sorrise per un attimo, poi lo sguardo gli cadde sul punto in cui i nostri corpi si incontravano. Mosse di nuovo i fianchi inarcando la schiena per spingersi più in profondità dentro di me. Dovetti concentrarmi per trattenermi, sperando che si sbrigasse e nel contempo temendo la fine dell'amplesso.

«Oddio», sussurrò. «Impazzisco ogni fottuta volta per la sensazione che mi dai.»

Piantai le ginocchia ai lati del suo corpo e mi sollevai per poterlo sentire contro di me, dopodiché mi riabbassai.

Lui si fermò e si guardò attorno. Feci per parlare, per chiedergli cosa non andasse ma Travis accostò un dito alle labbra.

Sentimmo delle voci alterate di sotto e lui chiuse gli occhi, deluso, rammaricato di quello che stava per chiedermi. Mi diede un delicato colpetto sulla coscia e io mi spostai osservandolo mentre saltava giù dal letto e si infilava un paio di pantaloncini rossi da basket. Si mise un cappellino da baseball blu e se lo girò all'indietro nascondendo il disastro che avevo combinato con i suoi capelli quando mi stava tra le cosce.

«Torno», disse chinandosi a baciarmi. Le sue labbra avevano ancora il mio sapore.

I muscoli del suo petto si incresparono quando si mosse affrettandosi a scendere per scoprire cosa stesse succedendo. Chiuse la porta e io mi ributtai sul cuscino, frustrata. Mentre Travis si allontanava, i gemelli presero a russare più forte, alternativamente. Poco dopo la voce di Travis si unì al trambusto, poi lo udii gridare.

Balzai su e guardai dalla finestra in cerca di segni di pericolo prima di avvolgermi nell'accappatoio e precipitarmi dabbasso. Travis era in piedi nel centro del soggiorno, faccia a faccia con Trenton. Shepley era in mezzo con le mani sui loro petti.

«Ma che diavolo!» sibilai cercando di tenere la voce bassa.

Travis si rilassò all'istante e fece un passo indietro lasciando che Shepley si mettesse tra lui e suo fratello.

Trenton mi guardò per un attimo e poi si accigliò fissando il fratello minore più grosso. «Tornerò subito.»

Travis puntò il dito per terra. «Ho detto che nessuno esce da questa casa. Questo significa nessuno, Trenton. Maledizione! Non avrei neanche dovuto permetterle di andarsene.»

«Chi cazzo ti ha messo al comando?» ribatté brusco Trenton.

Mio marito cercò di mantenere la calma. «Non hai idea di quello che hai combinato.»

«Cos'ho combinato?» domandò lui avvicinandosi a Travis. «Sembri saperne più di noi. Perché non mi illumini?»

Lui sospirò frustrato. Non poteva dire niente finché non fosse arrivata Liis, il giorno dopo. «Tu resterai qui. Andrà a prenderla uno degli agenti.»

«Non mando un estraneo a prendere mia moglie», sbottò velenoso Trenton. «Non lo faresti neanche tu.»

«Trent, non puoi andare là fuori.»

«Perché?»

«Perché non puoi», tagliò corto Travis.

America scese silenziosa le scale e sussultò per la poca luce emanata dalle lampade del soggiorno. Mi prese sottobraccio, desiderosa di ascoltare i discorsi e di capire cosa stesse accadendo. Da anni i fratelli non discutevano, sicuramente non così. Era sconvolgente, e vedevo che erano entrambi infuriati perché avevano idee opposte.

«Io vado», annunciò Trenton.

Travis fece per afferrarlo per un braccio ma Shepley lo bloccò. Gli comunicò con lo sguardo quello che sapevamo tutti. Se avesse tentato di impedirgli fisicamente di andare a prendere Camille, sarebbe scoppiata una rissa in soggiorno.

«Trent», disse Shepley seguendolo in corridoio. America gli si accodò.

Travis stava respirando affannosamente dal naso, spostando il peso da un piede all'altro per sfogarsi. Mi ricordò l'atteggiamento che aveva prima degli incontri.

«Va tutto bene», mormorai toccandogli la spalla. «Lui non sa che stai solo cercando di proteggerlo.»

Mio marito guardava in cagnesco il corridoio, ascoltando Shepley che tentava di persuadere Trenton a restare. «Se solo per una volta si fidasse di me. Testardo figlio di puttana.»

«Si fida di te», affermai. «Ma sta pensando a Camille.»

Si rilassò e allungò la mano all'indietro per toccarmi il pancione. «Noi invece dobbiamo pensare a tutti.»

«Lascia che Shepley e Mare gli parlino.»

Travis si grattò la nuca e cominciò ad andare su e giù aspettando che il cugino e la mia migliore amica facessero ragionare suo fratello. Avevo previsto che ci sarebbero stati cuori a pezzi e lacrime. Avevo addirittura messo in bilancio reazioni di rabbia quando avessimo svelato le bugie, anche dopo aver spiegato che era l'unico modo per guadagnare tempo e proteggere tutti. Non ero preparata all'eventualità che i fratelli si mettessero l'uno contro l'altro.

12.

AMERICA

Shepley mise la mano contro la porta supplicando Trenton con lo sguardo di farla finita. Jim, Jack, Deana e i bambini dormivano ancora, malgrado non capissi come, con tutto quel bisbigliare. La lampada in soggiorno era l'unica luce accesa e il condizionatore si era appena attivato coprendo il frinire dei grilli, annuncio dell'arrivo dell'estate.

Alle tre del mattino non c'era traffico, né fasci di luce di fari che scivolavano sui muri. C'era solo la vecchia lampadina nell'angolo del soggiorno, nascosta da un paralume bianco sporco sorretto da una piantana di lucite alta un metro e mezzo con una base d'ottone. L'intera casa sembrava rimasta al 1980. Era tutto logoro, macchiato, sbrindellato e rovinato, grazie soprattutto ai cinque ragazzi che vi erano cresciuti.

La luce della lampada non arrivava propriamente al corridoio, perciò eravamo in ombra insieme a Trenton.

«Shep, ti voglio bene, ma devi lasciarmi uscire da questa cazzo di porta», sibilò.

La sua sagoma scura si spostò verso l'uscio, ma Shepley gli si piazzò davanti: «Dai, cugino. Vuoi prendermi a pugni davanti a mia moglie?».

Trenton si incupì e si voltò verso di me. «Girati per un secondo, Mare.»

«No», risposi incrociando le braccia.

Sospirò. «Devo andare a prendere mia moglie al lavoro. Devo uscire ora. Non voglio che mi aspetti.»

«Può andarci l'agente Perkins», obiettai. «Può uscire ora. È pronto, in cucina, con le chiavi in mano.»

Trenton si stava agitando sempre più, perciò lo abbracciai forte. «Ci sono i nostri bambini, i tuoi nipoti. Tuo papà. Travis e Shepley non possono salvare tutti. Abbiamo bisogno che tu stia qui, Trenton.»

«E se a Camille succede qualcosa?» chiese dubbioso.

«Pensi che le persone da cui ci stanno proteggendo gli agenti, chiunque siano, vadano al Red Door prima di venire qui? Non lavora neanche più là, dà solo una mano saltuariamente», osservò Shepley.

Trenton guardò torvo mio marito. «Lasceresti che uno sconosciuto vada a prendere tua moglie quando sappiamo tutti che là fuori qualcuno ci dà la caccia?»

Lui sospirò e incurvò le spalle. «No.»

Trenton mise la mano sulla maniglia. «Allora non chiedermi di fare qualcosa che non faresti nemmeno tu.»

Aprì la porta e un agente sul portico si girò per sbarrargli la strada. Indossava un completo come gli altri ma era molto più grosso. «Devo chiederle di restare in casa, signore.»

Mio cognato lo guardò, poi guardò noi e alle mie spalle. Mi voltai e vidi Travis in fondo al corridoio.

«Chi cazzo è questo?» domandò Trenton.

«È l'agente Blevins», rispose compiaciuto Travis.

«Perché lo chiedi a lui?» fece Shepley. «Travis ne sa quanto noi.»

Trenton si rabbuiò ancora di più e sollevò una mano puntandola contro il fratello. «Lui li conosce tutti. Tu, Shep, sai per caso tutti i nomi di quelli che lavorano all'FBI? Perché io no, cazzo.»

«Che vuoi dire?» replicò Shepley.

Trenton assunse un'aria disgustata, ma almeno si allontanò dalla porta. «Non lo so. Non so che diavolo sta succedendo, però so che lui c'è dentro fino al collo.» Indicò Travis. Io e Shepley ci scambiammo un'occhiata. Le cose stavano precipitando in fretta.

«Vengo con te», disse mio marito.

«Shep!» esclamai. «No!» Mi girai verso Trenton. «Ti avevano detto di non uscire di casa ma tu l'hai accompagnata lo stesso.»

«Lavora per scaricare la tensione, Mare, lo sai», spiegò lui. «Ha avuto una giornataccia. Stavo solo cercando di...»

«Dobbiamo fare come dicono, Trent», ribattei. «Cercano solo di proteggerci. Perché vuoi rendere il loro lavoro più difficile?»

Lui si agitò. «Sembri la mamma.»

«So che desideri andare a prenderla perché si senta sicura, ma dobbiamo pensare cosa possiamo fare per stare al sicuro tutti quanti. Basta stupidaggini. Basta machismo alla Maddox. L'agente Perkins andrà a prendere Cami e tu obbedirai agli ordini.»

Perkins fece tintinnare le chiavi in mano e Blevins si scostò per lasciarlo passare. La porta si chiuse e Trenton ci superò con passo pesante risalendo le scale. Shepley lo seguì.

Tornai in soggiorno dove Travis e Abby attendevano in piedi. Quando fui a portata d'orecchio, smisero di mormorare.

«Ben fatto», commentò Abby dandomi un colpetto sulla spalla. Mi ritrassi e la mia reazione la sorprese. «Oh, scusa. Non volevo...»

«Cosa non mi stai dicendo?» chiesi.

Il suo sguardo si spostò su Travis.

«Non guardare lui», dissi brusca. «Lo sto chiedendo a te. La mia migliore amica. La mia quasi cognata.»

«Mare», iniziò a dire.

Inarcai un sopracciglio. «Scegli bene le parole, Abby. I miei bambini sono in questa casa, si stanno nascondendo da un aggressore sconosciuto, e se tu sai perché, sarà meglio che me lo dica.»

«Io...» rispose, ma sussultò e si toccò il ventre.

«Oh, piantala!» esclamai. «Non provarci nemmeno.»

Lei fece un respiro e si aggrappò a Travis. Lui se la strinse contro.

«Sul serio?» dissi. «Fingi di avere una contrazione per non dirmi la verità?»

«Le ha da settimane», intervenne Travis.

Incrociai le braccia al petto. «Un'altra cosa che non mi hai detto.»

Lei si raddrizzò e fece un cenno al marito comunicandogli che era cessata.

«Allora?» incalzai.

«Mare, non ora. Abby deve andare di sopra a riposarsi. Lo stress non le fa bene.»

Alzai gli occhi al cielo. «Oh, per favore. Ho partorito tre Maddox enormi. Almeno quarantasette ore di travaglio, e pesavano tutti più di tre chili e mezzo. Sono andata in ospedale per avere Emerson dopo essere passata a prendere Ezra che aveva fatto allenamento di T-ball per due ore. Non è la prima donna ad avere le contrazioni.»

«America!» disse Shepley alle sue spalle.

Incrociai le braccia al petto, inflessibile. «La verità. Ora.»

Trenton tornò con un'aria mortificata sulla faccia. «Ragazzi, mi dispiace. Io...»

Quello che dal rumore sembrò un fiotto d'acqua bagnò la moquette esattamente sotto la camicia da notte di Abby.

«Oh, mamma mia», esclamò lei guardando in basso.

All'inizio restammo tutti confusi. Travis fu il secondo a reagire. «Sei tu che...?» Le sollevò un po' la camicia e la guardò con gli occhi sgranati. «Ti si sono appena rotte le acque?»

Lei annuì.

«Oh, cazzo», esclamò.

«Penso che a questo punto ce ne possiamo andare», commentò imperturbabile Trenton.

Gli diedi una pacca sulla nuca.

«Ahi!» fece sfregandosi la testa. «Cos'ho detto?»

«Ci restano due agenti fuori», disse Travis a Abby.

Lei respirò concentrata su un'altra contrazione più forte. Per esperienza sapevo che quelle successive alla rottura delle acque erano sempre dieci volte peggio.

«Dovremmo chiamare qualcuno», dissi.

«No», gemette lei. «Mi servono farmaci. Voglio dei farmaci. Tanti tanti farmaci.»

«E poi che facciamo?» domandai.

«Prendete un asciugamano e mettetemi sul divano finché non avrete deciso», disse a denti stretti Abby.

Mi precipitai in cerca di un asciugamano mentre Travis la prendeva in braccio e la portava sul divano.

«Merda. *Merda!*» gridò lei. I versi che fece dopo sembravano quelli di un gatto feroce pronto a combattere per il suo territorio.

Piegai l'asciugamano e lo misi sul divano. Guardai quindi Travis adagiarla con cura sui cuscini. Le si inginocchiò davanti.

«Se ti porto in ospedale, avranno solo l'agente Blevins fino all'arrivo dei rinforzi, e questo potrebbe voler dire per un bel po'.»

«Ci sono gli altri due all'esterno», disse Abby. Divenne rossa in volto e si concentrò inspirando dal naso ed espirando dalla bocca. Gli occhi le si riempirono di lacrime. «È troppo presto, Trav.»

«Cosa faccio, baby?» le chiese.

«Dobbiamo andare», rispose lei al termine della contrazione.

Lui annuì e si rivolse a me. «America, prendi i bambini. Trenton, prendi papà. Shepley, tira fuori le macchine. Abbiamo bisogno di posti per tutti. Di' a Blevins di prepararsi a seguirci e di restare in allerta.»

«Vado», disse lui correndo al portachiavi.

Volai di sopra entrando prima di tutto nella stanza di Travis e Abby. «Ehi», esclamai con dolcezza sfiorando i gemelli sulla schiena. Si mossero ma stavano dormendo della grossa. «James. Jess. Sono la zia Mare. Dovete svegliarvi. Andiamo in ospedale. La mamma sta per avere il bambino.»

«Cosa?» disse Jessica mettendosi a sedere. Si sfregò gli occhi e pungolò James. Anche lui si tirò su.

«Forza, bambini. Mettetevi le scarpe e scendete di sotto.»

«Adesso?» chiese James. «Che ora è?»

«È notte fonda. Ma la mamma sta per avere il bambino, perciò dobbiamo andare.»

«Davvero?» esclamò Jessica alzandosi in fretta. Quando uscii per raggiungere l'altra stanza, si stava già mettendo le scarpe.

«Davvero. Di sotto tra due minuti, per favore!» dissi correndo a svegliare Olive. «Olive?» la chiamai, accendendo la luce. Mi sedetti sul letto accanto a lei. «Olive, tesoro. Svegliati.»

«Va tutto bene?» domandò sfregandosi gli occhi sbavati di mascara.

«Andiamo in ospedale. Abby sta per avere il bambino.»

«Ma non è ancora il momento, no?»

«No, è presto, per questo deve andarci subito. Dobbiamo andare tutti insieme, perciò sbrigati, per favore.»

Si alzò, incespicò per la stanza per vestirsi e io corsi nella camera successiva. «Ragazzi?» feci piano. Emerson si mise a sedere, si stropicciò gli occhi e poi saltò addosso ai fratelli. Cominciarono subito ad azzuffarsi. «Basta, basta. Piantatela. Subito!» ordinai brusca.

Si immobilizzarono.

«La zia Abby sta per avere il bambino. Andiamo in ospedale. Mettetevi le scarpe e andiamo.»

«In pigiama?» chiese Ezra.

«Sì», risposi. Cercai i sandali di Emerson e ne trovai uno sotto il cuscino. Per un attimo mi chiesi perché, poi tornai al mio compito di far vestire i bambini e portarli di sotto.

Jim uscì traballando dalla sua camera mentre Trenton e Deana stavano aiutando Jack con la cerniera lampo del giubbotto. Tutti e cinque i bambini e Olive erano nell'atrio, pronti.

«Sei straordinaria», affermò Abby.

«Scusami se prima ti ho aggredito», dissi.

Lei fece un gesto per invitarmi a lasciar perdere, sapendo che non c'era bisogno di scuse. La nostra era un'amicizia lunga vent'anni, niente avrebbe potuto guastarla.

Travis aiutò Abby a raggiungere il furgone e Olive salì dietro con lui. Trenton si mise alla guida e Jim si sedette sul sedile del passeggero. Jack e Deana salirono con l'agente Blevins. Mi assicurai che tutti avessero le cinture di sicurezza allacciate prima di saltare in macchina accanto a Shepley. I fari di Blevins si accesero, poi un altro paio di fari comparve più in là nell'isolato.

«Shepley», lo avvertii.

«Credo che siano gli agenti di cui parlavano.» Si agganciò

la cintura di sicurezza e partimmo con un sobbalzo dietro il furgone di Travis.

A ogni scossone e a ogni semaforo rosso pensai a Abby.

«Perché l'ospedale sembra essere a cento chilometri quando ci stai portando una donna con le doglie?» brontolò Shepley.

Ricordai la prima volta che mi ci aveva portato, terrorizzato all'idea che partorissi in macchina e pentito che non avessimo scelto il parto in casa. E non avevo nemmeno avevo avuto le doglie prematuramente. Abby era molto calma, visto quello che stava affrontando, benché fosse nota per la sua impassibilità. Supposi che cercasse di mantenere il controllo per Travis e i bambini.

Mi girai irritata al pensiero di non potermi abbandonare ai ricordi o ai miei pensieri senza essere accompagnata dal baccano dei piccoli.

«Jessica Abigail! Non picchiarli! Ezra! Non tentare di infilare i giocattoli nel naso di tuo fratello! Emerson! Smetti di urlare! James! Basta scoreggiare!»

Per un buon minuto ci fu silenzio, poi ripresero a chiacchierare come se non fosse successo niente. Alzai gli occhi al cielo e guardai in cagnesco Shepley.

«Perché lo fai sempre?»

«Fare cosa?» dissi socchiudendo gli occhi.

«Lanciarmi un'occhiataccia quando i bambini ti fanno impazzire. Come se ti avessi messa incinta per magia quando non guardavi.»

«Là dentro c'è il tuo DNA. È colpa tua.»

Shepley si incupì, mise la freccia e accelerò per star dietro al furgone di Travis e non rimanere bloccato al semaforo rosso. Allungò il collo per guardare nello specchietto retrovisore e controllare che l'agente Blevis ci seguisse sempre.

«Probabilmente sarà passato con il rosso», dissi. «È un agente federale in servizio. Di certo non si preoccupa delle multe.»

«È passato», confermò. «Accidenti, che storia...»

«Spaventosa?» chiesi.

I bambini tacquero.

«La mamma sta bene?» domandò Jessica.

Chiusi gli occhi. Era così facile dimenticare che, quando chiacchieravano tra loro, prestavano comunque attenzione. I bambini potevano ignorarci per tutto il giorno ma, appena dicevamo qualcosa che non volevamo sentissero, manifestavano poteri da supereroi. Sono sicura che qualche volta Ezra mi avesse sentito mormorare una parolaccia al di là di un paio di muri. Shepley mi guardò e intrecciò le dita con le mie. Mi aveva ripetuto centinaia di volte quanto fosse fiero di vedermi fare da madre ai nostri ragazzi, e anch'io ne ero orgogliosa. Erano chiassosi, turbolenti e a volte sordi, ma riuscivo a gestirli. Secondo Shepley non avevo mai sbagliato, e lo amavo ancora di più per queste sue parole. Potevo uscire di testa, minacciare, strillare e urlare, ma i miei ragazzi non volevano la perfezione. Volevano una mamma presente.

Shepley entrò nel parcheggio vicino alla zona ambulanze e, mentre Travis portava Abby al pronto soccorso, slacciammo le cinture dei bambini. Qualcuno doveva aver avvertito telefonicamente, perché un'infermiera era già in attesa all'ingresso con una sedia a rotelle.

Trenton restò indietro, tenendo il bastone di Jim con una mano e prendendo a braccetto il padre con l'altra. Quando Abby fu sulla sedia a rotelle, salutò i cognati e poi noi, mandando un bacio ai bambini mentre l'infermiera la portava dentro. Avevamo appena superato la porta scorrevole del pronto soccorso che loro scomparvero dietro un'altra. Travis le stava accanto e la teneva per mano. La incoraggiava a respirare, le diceva che se la stava cavando bene e quant'era forte e incredibile. Li seguimmo con lo sguardo finché non scomparvero alla nostra vista. Fu allora che Jessica guardò l'agente Blevins, enorme e imponente rispetto a tutti noi, e scoppiò a piangere.

Trenton le si inginocchiò accanto. «La mamma sta bene, piccola. Lo ha già fatto prima. È solo che non puoi ricordarlo.»

«E i bambini staranno bene?» chiese James.

«Stavolta ce n'è uno solo, campione», rispose Shepley scompigliandogli i capelli con le dita.

«Non gli hanno dato ancora un nome», strillò Jessica.

Trenton la prese in braccio e si allontanò. Le sue gambe lunghe penzolarono inerti mentre la portava via. Lei gli posò la testa sulla spalla e lui le accarezzò i capelli aggrovigliati, baciandola sulla tempia e cullandola.

«Stai bene, Jim?» chiesi toccandogli la spalla. Sembrava ancora semiaddormentato e un po' confuso.

«Immagino che ci diranno dove aspettare», fece lui.

Annuii. «Ora chiedo a qualcuno. Siediti, se vuoi.»

Si guardò attorno in cerca della sedia più vicina e ne scelse una accanto a Trenton, che era ancora in piedi con Jessica in braccio.

«Vado io», disse Shepley baciandomi sul collo.

Andò al banco accettazione e attese che l'impiegata finisse con una coppia anziana. Quando i due se ne andarono, si mise a parlare con lei. Sembrava una persona piacevole. Indicava, annuiva e sorrideva. Shepley batté un paio di volte la mano sul banco prima di ringraziarla e di tornare da noi.

«La porteranno nel reparto maternità al secondo piano. Dice di andare nella sala d'attesa lassù.»

«E là andremo», risposi.

Ai margini del mio campo visivo notai che l'agente Blevins stava usando la sua minuscola radio, supposi per aggiornare qualcuno sui nostri spostamenti. Sapevo che non poteva darci altre informazioni, perciò mi sforzai di non pensarci. Un intero dipartimento all'FBI conosceva meglio di noi il pericolo a cui la nostra famiglia si trovava di fronte. L'idea stessa, anche al di là di tutte le buone ragioni, mi faceva infuriare, ma dovevo concentrarmi su Abby.

Trovammo un ascensore e ci infilammo tutti e tredici dentro, compreso Blevins. L'ascensore si abbassò leggermente quando entrò, ma lui non parve preoccuparsi. Olive premette il pulsante e le porte si chiusero. I bambini erano insolitamente silenziosi mentre i numeri rossi aumentavano a ogni piano. Alla fine le porte si aprirono e Trenton scese, seguito dal resto di noi.

Prese subito il telefono e guardò l'agente Blevins. «Ha notizie dell'agente Perkins?»

«È arrivato sul posto. Al momento sta aspettando che la signora Maddox salga in macchina. C'è un addetto alla sicurezza che sta creando qualche problema.»

Trenton sorrise. «È Drew. Il buttafuori. Un bravo ragazzo. Dovrei chiamarla. Dirle che può tranquillamente venire via con il suo collega.»

Blevins si toccò l'orecchio. «È in macchina, signore. L'agente Perkins la porterà qui in ospedale.»

Trenton sembrò soddisfatto e mise via il telefono prima di avvicinarsi alla postazione delle infermiere. Una donna dai grandi occhi verdi con un caschetto biondo platino ci condusse alla sala d'attesa, anche se gran parte di noi sapeva già dove fosse. Il terzo figlio di Travis e Abby sarebbe stato il sesto nipotino Maddox nato a Eakins. Conoscevamo bene il reparto maternità.

«È qui», annunciò l'infermiera. «I distributori automatici di snack e bevande sono fuori, dietro l'angolo.» Indicò il corridoio e a destra. «Verrà qualcuno ad aggiornarvi appena sapranno qualcosa.»

«Il bambino è in anticipo ma sta bene, vero?» chiesi.

L'infermiera sorrise. «Tutto il personale è pronto e farà il possibile perché abbia le cure migliori.»

Mi voltai verso la mia famiglia. «Immagino che abbia saputo dell'arrivo di Stella e non vedesse l'ora di conoscerla», esclamai con un sorriso forzato. Nessuno rispose tranne Shepley, che si limitò a darmi un colpetto affettuoso sulla gamba. Per il bene di James e Jessica cercai di nascondere la preoccupazione. Mancavano sette settimane al termine e, anche se il parto fosse andato bene, non avremmo saputo come stava il bambino se non dopo la nascita. Il fatto che gli adulti fossero così silenziosi, che il clima fosse così diverso dall'eccitazione delle altre volte, era più che eloquente.

L'infermiera tornò con coperte e cuscini. «Ecco, se i bambini volessero dormire un po'. Le acque di Abby si sono rotte. Hanno fatto un'ecografia e il dottore ha esaminato il bambino. Per evitare il rischio di infezioni e di complicanze sia per lui sia per la mamma lascerà che le doglie proseguano.»

«Posso vederla?» chiesi cercando di mantenere un tono calmo.

L'infermiera rifletté per mezzo secondo e assentì. «Certo.»

Diedi a Shepley un rapido bacio sulle labbra e salutai i bambini. Lui spense la luce, Trenton e Olive cominciarono a disporre le coperte sui divani. I bambini frignarono un po' prima di stendersi.

«Mamma!» gridò Emerson.

«Sono qui in fondo al corridoio», risposi. «Papà ti rimboccherà le coperte, e quando torno starò con te.»

«Quando torni?» chiese Eli mettendo il broncio. Si sforzava di non piangere.

«Presto. Prima che vi addormentiate. Fino ad allora sta' con tuo fratello.»

Si girò e abbracciò Emerson. Shepley si sedette accanto a Emerson e mi strizzò l'occhio prima che li lasciassi per seguire l'infermiera verso la stanza di Abby.

Il rumore delle mie suole dure echeggiò in corridoio. Il colore caldo della carta da parati contrastava con il pavimento asettico di piastrelle bianche. Ai muri erano appese foto anonime di mamme e neonati, di famiglie tradizionali con sorrisi da spot pubblicitario, specchio della normalità. Gran parte delle donne, però, tornava a casa con un neonato in preda alle coliche, affetta da depressione post partum o dai problemi di una famiglia a pezzi. Violenza, droga, insicurezza, povertà, paura. Ogni giorno le neomamme lasciavano questo posto con una visione romantica in testa, di una madre che cullava il suo bimbo addormentato in una cameretta immacolata. Nel giro di un mese quelle stesse mamme si ritrovavano nel cuore della notte a supplicarlo perché dormisse, aprivano la porta di casa con la maglietta sporca di vomito ed erano costrette a scegliere tra farsi una doccia o mangiare, pulire o dormire. Mi chiesi quante famiglie lasciassero il reparto maternità con una situazione finanziaria ed emotiva stabile, perché il nostro bambino sarebbe sì venuto al mondo accolto da due genitori fantastici, pazzamente innamorati, e da una famiglia numerosa e affettuosa, eppure aveva bisogno della protezione degli agenti federali. Cosa significava, dunque, normalità?

Mi bloccai in corridoio. Alla fine i vari pezzi si stavano incastrando. Il padre di Abby, Mick, era invischiato con i mafiosi di Las Vegas. Lei li aveva affrontati più volte perché non lo uccidessero. Il mio intuito mi diceva che Mick era coinvolto in qualche modo, ma non riuscivo a capire cosa c'entrasse Thomas. Perché dare la caccia a lui?

L'infermiera si fermò davanti a una porta, posando una mano sul legno. «Tutto bene?» chiese quando si accorse che non la stavo seguendo.

«Sì», risposi raggiungendola.

Mentre spingeva la maniglia, un'altra infermiera la tirò dall'interno e per poco non ci investì.

«Stavo portando sua sorella a...»

«Mi scusi», replicò lei. «A quest'ora niente visite. Abbiamo allertato l'unità di terapia intensiva neonatale. Avrà il bambino stanotte.» Ci superò con una spallata e io sbirciavo dentro mentre la porta si chiudeva lentamente. Numerose altre infermiere si stavano dando da fare alacremente attorno a Abby e non riuscii a vederla. Scorsi per un istante Travis, che mi fissò al di sopra della sua spalla con uno sguardo spaventato negli occhi.

13.

TAYLOR

Appena le ruote del jet toccarono terra all'O'Hare di Chicago tolsi la modalità aereo e controllai i messaggi che avevano invaso il display del cellulare. Prima del decollo papà aveva detto che erano tutti all'ospedale con Travis e Abby. In base ai messaggi, il bambino non era ancora nato ma mancava poco.

Scorsi l'anteprima degli SMS prima di bloccarmi su uno e toccare lo schermo. Era un messaggio di gruppo per Tyler, Falyn, Ellie e me da Shepley.

Un agente federale sarà al ritiro bagagli per portarvi tutti all'ospedale. Hanno un furgone targato 978 GOV. Non prendete nessun altro mezzo. Neanche un taxi. Vi spiegherò dopo.

Mi accigliai e guardai mio fratello alzando il telefono. Era alcune file più indietro ma annuì, sapendo cosa intendessi. Poi inclinai il cellulare perché Falyn, seduta con Hadley dall'altra parte del corridoio rispetto a me e Hollis, vedesse. Lei si chinò socchiudendo gli occhi. Da almeno un paio d'anni aveva bisogno degli occhiali, però si rifiutava di farseli prescrivere.

«Ci vedi?» chiesi.

«Sì che ci vedo», ribatté brusca. Volevo solo informarla ma con quel tono mi aveva spiazzato.

«Baby», dissi, ma lei stava già guardando dal finestrino tenendo stretta Hadley.

Mi appoggiai allo schienale e inclinai la testa.

Tyler non reagì, ma sapevo che aveva mille pensieri in testa.

«Abby è cresciuta in mezzo ai mafiosi?» domandò Ellie.

«Più o meno», rispose Falyn. «A dire il vero non ne parlano. È nata a Las Vegas. Suo papà era un giocatore di poker piuttosto famoso. Poi ha iniziato a perdere, ma non per questo ha smesso di giocare. Alla fine, senza più un soldo, si è inguaiato parecchio con alcuni strozzini. Poco prima di sposarsi, Abby ha dovuto andare a Las Vegas per tirarlo fuori dai pasticci, altrimenti lo avrebbero ucciso.»

«Caspita», esclamò Ellie. «Però è davvero brava a poker, giusto? È andata là per vincere i soldi necessari per ripianare i debiti del padre?»

Falyn annuì. «Ne ha vinti buona parte.»

«E gli altri come se li sono procurati?» chiese Ellie.

Falyn fece una smorfia perdendosi nei suoi pensieri. «Non lo so esattamente. Tu lo sai?» mi chiese.

Scossi la testa. «In realtà non lo hanno mai detto.»

«Tu non glielo hai mai chiesto?» fece Ellie rivolta a Tyler.

Lui scosse la testa. «No. Se volevano farmelo sapere, me lo avrebbero detto.»

Arrivammo al ritiro bagagli e guardammo i monitor.

«Il tredici», annunciò Falyn trascinandosi dietro Hadley per mano.

«Aspetta», disse Tyler cercando di recuperare i loro trolley.

«Posso aiutarvi io», disse una donna con un sorriso. Indossava pantaloni scuri, una camicia e un blazer scuro. Infilato nella scollatura della camicia c'era un paio di occhiali da sole. Mostrò rapida le credenziali, appese all'interno della giacca.

Mi venne male e mi girai verso Falyn, che osservò gli occhi di Alyssa Davies addolcirsi appena si posarono su Hollis.

«Che bel bambino», disse. «Vi accompagnerò all'ospedale di Eakins.»

Tyler e Ellie non si scomposero. Falyn mi guardò, confusa e arrabbiata. Alyssa era la donna che mi ero portato a casa la settimana in cui ci eravamo lasciati. Falyn aveva bisogno di prendersi una pausa, perciò ero andato a San Diego, in California, a trovare mio fratello Thomas. Mi aveva portato in un bar perché piangessi davanti alla mia birra, e là avevo conosciuto Alyssa, una sua collega. Alcune settimane dopo aver scoperto di essere incinta, mi aveva dato la possibilità di adottare il bambino prima di optare per l'aborto. Aveva portato a termine la gravidanza e, mentre partoriva, io e Falyn eravamo rimasti fuori ad attendere, nel corridoio di un ospedale di San Diego. Le infermiere mi avevano consegnato mio figlio e lei aveva ripreso la sua vita senza voltarsi indietro.

«Aspetta, aspetta, aspetta», dissi sollevando le mani. «Tu sei dell'FBI?»

«Sì», rispose. «Mi rendo conto che sia piuttosto imbarazzante...»

«*Piuttosto* imbarazzante?» ripeté Falyn.

«Ma tu lavori nel campo pubblicitario. Con Thomas», affermai stupefatto.

Alyssa sospirò. «Vi hanno affidati a me. Potete contare solo su di me. Se volete saperlo, sono la più adatta per questo compito in quanto leggermente più interessata a portarvi incolumi da A a B rispetto a qualsiasi altro agente e... sono un tipo tosto.»

Hollis sorrise. Falyn lo attirò a sé con una mano tenendo saldamente Hadley con l'altra. Alyssa, o l'agente Davies, rappresentava una minaccia per la nostra famiglia più di quanto non lo fosse il nostro matrimonio in crisi.

«Posso rivedere quelle credenziali?» domandò Falyn.

Alyssa afferrò il documento, lo tirò finché non si staccò dalla tasca e glielo porse. «Guarda pure, ma per favore fa' in fretta. Non è il caso di restare troppo a lungo nello stesso posto.»

Lei lo studiò, poi me lo passò, guardandola in cagnesco. «Ma lavori con Thomas?»

«Sì», rispose semplicemente.

«Quindi sei pure tu nella pubblicità?» chiesi mostrando il documento anche a Tyler.

«No, Thomas è nell'FBI», affermò Ellie capendo tutta la faccenda nel momento stesso in cui disse quelle parole. «E tu...» Si interruppe guardando Falyn con comprensione.

Tutto quadrò, e d'un tratto le numerose bugie che Thomas mi aveva raccontato mi fecero ribollire il sangue nelle vene.

Tyler passò il documento a Ellie, ma lei lo rifiutò. «Dobbiamo andare. Questa storia è così assurda...» disse.

Seguimmo Alyssa che ci condusse a un furgone nero con i finestrini oscurati. Tyler salì dietro con Ellie. C'era già un seggiolino pronto per Gavin. Mentre armeggiavano per allacciare le cinture al bambino addormentato, Alyssa assicurò la sua e controllò tutti gli specchietti comunicando via radio a qualcuno che c'eravamo tutti e stavamo partendo.

«Falyn», dissi prendendole la mano. Lei la allontanò di scatto e io strinsi i denti. «Come può, in nome di Dio, essere colpa mia?»

«Sta' zitto», sibilò. Come sempre quand'era imbarazzata iniziarono a comparirle delle chiazze rosse dall'attaccatura dei capelli fino alla scollatura.

Alyssa non stava prestando attenzione al nostro battibecco ma più di una volta guardò Hollis nel retrovisore. Mi aspettavo che Falyn la sorprendesse e dicesse qualcosa ma, quando i loro occhi si incrociarono, Falyn evitò di essere meschina.

Con mio stupore, Hollis posò la testa sulla spalla di mia moglie. Lei lo cinse con un braccio, e sembrarono rilassarsi entrambi. Falyn gli passò le dita fra i capelli cantandogli sommessamente la stessa melodia che gli aveva sussurrato la sera in cui lo avevamo portato a casa. Alyssa osservava curiosa, senza giudizio né gelosia, come se guardasse le auto di passaggio.

Hollis non aveva idea di aver reso a me la vita molto più facile e di aver permesso alla sua mamma di sentirsi più a suo agio. Falyn lo baciò sulla fronte e guardò fuori dal finestrino, continuando a canticchiare.

Posai il braccio sullo schienale e mi girai verso mio fratello. Lui e Ellie mi stavano fissando, mentre Gavin dormiva ancora, la testa appoggiata di lato e la bocca spalancata. Lei mi rivolse un sorriso di incoraggiamento. Avevamo passato sere a parlare dopo che Falyn se n'era andata. Mia cognata aveva fatto terapia a tutti, e io ne avevo beneficiato. Più di una volta le avevo detto che, se riuscivo ad andare avanti, era grazie ai suoi consigli e alla sua amicizia.

Mi posò la mano sul gomito e io annuii in segno di apprezzamento. Era bello sapere che capiva la tensione esistente tra me e Falyn, e che fosse là con me.

Diedi un colpetto affettuoso a mia moglie e lei si contrasse all'istante. Non si girò dalla mia parte, perciò accettai che non avesse intenzione di parlarmi finché in macchina ci fosse stata Alyssa. «Ti amo», dissi sfiorandole la pelle tra la spalla e il collo. Lei non si scrollò la mia mano di dosso, il che fu la prima sorpresa; un attimo dopo si voltò e mi sorrise. Pensai di dirglielo di nuovo sperando di suscitare una reazione ancora migliore. «Qualsiasi cosa succeda, io ti amo.»

Le spuntò una lacrima che le scese sulla guancia tempestata di lentiggini. Gliela asciugai con il pollice e poi le tenni la mano sul viso. Lei vi si appoggiò e a quel punto il cuore mi esplose nel petto.

«Grazie», disse con il solo movimento delle labbra.

Allora quello era il punto. Aveva solo bisogno che Alyssa sapesse qual era il suo posto. Fatti, non parole. Adesso capivo perché aveva stroncato il mio riservato tentativo di tenerle la mano. Aveva bisogno di una dimostrazione. Le donne erano estenuanti. Quando se n'era andata ed era rimasta lontana, Ellie aveva cercato di spiegarmi la logica della sua decisione. Per me era più sensato risolvere i problemi insieme, Ellie invece mi aveva assicurato che era meglio tentare di capire i vari perché invece di lasciare che la frustrazione si trasformasse in rabbia. Le ragioni di Falyn si rivelavano sempre molto più profonde di quanto pensassi, a volte anche più di quanto fosse disposta ad ammettere lei stessa. Riguardavano questioni come il bisogno di tenere ogni cosa sotto controllo o la decisione di mollare prima di essere mollata, la vergogna, il senso di colpa o, ancor peggio, l'apatia. Tutti i miei fratelli sembravano relazionarsi con le loro mogli meglio di quanto facessi io, però, a mia discolpa, devo dire che gran parte delle volte Falyn si teneva tutto dentro.

Volevo disperatamente riuscire a capirla, e che lei capisse me. E proprio quando stavo per perdere la fiducia, c'era stato un momento d'intesa e avevo percepito un barlume di speranza. Dal suo sguardo intuii che anche lei provava lo stesso. Eravamo due persone che avevano scaricato tutti i loro fardelli in una relazione e cercato di fare ordine in quel caos, innanzitutto per scoprire l'amore che le aveva unite.

Infilai la mano sotto i suoi capelli e le massaggiai il collo. Ero solito farlo quando sedevamo sul divano a guardare un film, dopo che i bambini si erano addormentati. Era passato tanto tempo dall'ultima volta, e i suoi muscoli si rilassarono.

Alyssa toccò la radio. «Ne ho forse una a ore quattro, sei auto più indietro.» Non riuscii a sentire la risposta ma lei non parve allarmata.

«Qualcuno ci sta seguendo?» chiese Hollis.

Alyssa sorrise. «Forse, sapientone.»

«È lo stesso uomo che ha sparato allo zio Tommy?»

«No», rispose.

«Come lo sai?»

«Perché è in prigione.»

«Come lo sai?» insistette Hollis.

«Hols», lo richiamò Falyn dandogli un colpetto.

«Perché ce l'ho messo di persona», rispose Alyssa.

«Davvero?» esclamò lui allungandosi in avanti, frenato dalla cintura di sicurezza. «Quante persone hai arrestato?»

«Molte.»

«A quante hai sparato?»

Mi infastidii. «Dai, tesoro.»

Hollis attese una risposta.

«Solo a quelle a cui ho dovuto», disse Alyssa.

Il piccolo si appoggiò allo schienale, colpito. Esitò prima di fare la domanda seguente. «Mio zio Tommy ha mai sparato a qualcuno?»

«Chiediglielo tu», replicò lei. Hollis fu soddisfatto, ma Alyssa no. «Mi piace il tuo nome.»

«Grazie.»

«E il mio?» saltò su Hadley.

«Anche il tuo», affermò lei.

«Dovremmo lasciare che Alyssa si concentri sulla guida», osservò Falyn.

Alyssa non si scompose. «Posso fare entrambe le cose.»

I muscoli del collo di Falyn iniziarono a contrarsi, e io cercai un cartello che ci indicasse quanti chilometri mancavano a Eakins.

«Se pensi che qualcuno ci stia seguendo, forse non dovresti», disse Falyn.

Nel momento stesso in cui le parole le uscirono di bocca, si pentì di averle dette. Hollis la guardò, stupito dalla sua scortesia. Io e Falyn avevamo passato molte sere a parlare fino a tardi di quello che avremmo fatto se Alyssa avesse voluto rientrare nella vita di suo figlio o se lui avesse preso a farci domande. Hollis sapeva solo che Falyn non era la sua madre biologica ma niente di più, e di certo non aveva idea che la donna impassibile e armata al volante era l'enigma su cui si sarebbe arrovellato per tutta la vita. In realtà Falyn non voleva impedire che si parlassero, ma capivo benissimo che per lei doveva essere dura.

«Voglio dire», affermò schiarendosi la voce. «Scusa. Non dovrei insegnarti come fare il tuo lavoro. Tu sai meglio di me quello di cui sei capace.»

«Nessun problema», rispose Alyssa imperturbabile.

Scusandosi, Falyn guadagnò parecchi punti agli occhi di Hollis, che le si accoccolò di nuovo accanto.

Alyssa uscì dall'autostrada e io mi raddrizzai per vedere dove fossimo. Non era sicuramente Eakins. Proseguì per cinque chilometri, imboccò una strada e dopo altri cinque chilometri un'altra, poi parcheggiò in una stradina sterrata. Spense il motore e mi lanciò le chiavi. «Restate qui», disse.

«Cosa facciamo?» chiese Tyler. «Non siamo a Eakins.»

Una Corolla rossa si fermò alle nostre spalle e Alyssa prese la pistola. «Hadley, Hollis. Chiudete gli occhi e copritevi le orecchie.»

«Che succede?» frignò Hadley.

«Fatelo e basta.»

Scese e raggiunse la strada.

«Ma che cavolo?» esclamò Ellie. «Questa storia mi preoccupa, io...»

Si udirono alcuni spari, e io mi gettai sopra la mia famiglia. Tyler fece lo stesso. Dopo l'esplosione di altri colpi, gli unici rumori che sentimmo furono il frinire delle cicale sugli alberi e dei grilli nell'erba attorno al furgone.

La portiera del guidatore si aprì e Alyssa risalì. Mi allungò la mano e io le porsi le chiavi.

«Avremmo gradito anche solo una parola di avvertimento», dissi.

«Hai... hai sparato alle persone che ci seguivano?» domandò Hollis.

«Be'», disse lei avviando il furgone. «Per essere precisi... sono stati loro a sparare a me per primi.»

Hollis deglutì e lei fece retromarcia per ritornare verso l'autostrada. Si toccò il piccolo apparecchio nero nell'orecchio. «Venite a ripulire.» Attese la conferma. «Mi ero stancata di aspettarvi. Sì. Abbiamo tre Carlisi in meno. Cinque chilometri a ovest e cinque a nord.» Sorrise. «Grazie.»

Temevo che, superando la Corolla, i bambini vedessero una scena raccapricciante, perciò coprii loro gli occhi, ma le vittime in macchina avevano la testa nascosta dalla maglietta o da un giornale. Appena fummo lontani, tolsi le mani dal viso dei miei figli, diedi un colpetto sulla spalla a Hollis e un bacio sulla testa a Hadley.

«Chi accidenti sono i Carlisi?» domandò Tyler.

«Avrete le risposte quando arriveremo a destinazione, ve lo prometto», rispose Alyssa.

«Ma è davvero successo?» chiese Falyn con il respiro affannoso, aggrappandosi alla portiera. «Che diavolo sta accadendo?»

Scossi la testa, incapace di rispondere. Non sapevo cosa mi sconvolgesse di più, il fatto che la nostra autista fosse proprio la donna che, dopo un'avventura occasionale, mi aveva concesso di adottare nostro figlio, il fatto che ora capissi il motivo della sua decisione, visto che era una killer addestrata, o l'idea che la donna che avevo fatto godere per una notte intera avesse appena ucciso tre persone senza batter ciglio.

«Grazie a Dio, Gavin dorme come me e non come te», disse Ellie a suo marito.

Alyssa imboccò la rampa dell'autostrada e puntammo in direzione di Eakins. Andava più veloce rispetto a quando avevamo lasciato l'aeroporto, e io guardavo dall'alto i passeggeri nelle macchine che superavamo. Non avevano idea che fossimo appena stati testimoni di un'esecuzione a pochi chilometri dall'autostrada né che il giustiziere fosse la nostra autista. Più ci avvicinavamo a Eakins, più mi sentivo a disagio.

«Con questi, quanti sono in totale?» chiese Hollis.

«Hollis!» urlò Falyn.

«Non rispondere, Alyssa», affermai. Falyn allungò il collo verso di me. Era la prima volta in tanti anni che pronunciavo quel nome e ovviamente mia moglie non ne fu contenta. «Agente Davies», mi corressi deglutendo.

Lei ridacchiò.

«Cosa c'è di divertente?» chiesi.

«È solo che sei molto diverso rispetto a quanto ricordassi.»

«Sì, è sobrio... e vestito», disse brusca Falyn.

«Oddio», esclamò Tyler. «Lei è...» Per fortuna si interruppe, non volendo sconvolgere Hollis.

«Caspita», mormorò sottovoce Ellie.

Sprofondai nel sedile rivivendo daccapo il momento in cui avevo raccontato tutto a Falyn. Il fatto che non se la fosse presa con me perché era stata lei a prendersi una pausa dal nostro rapporto, era stato ancor peggio. Se Falyn non mi aveva mai dato una strigliata, Ellie non perdeva l'occasione non solo di ricordarmi quanto fosse schifoso che avessi dormito con un'altra pochi giorni dopo che la mia ragazza mi aveva chiesto un po' di tempo per riflettere, ma anche quanto assurdo e clamoroso fosse che Falyn si ritenesse responsabile.

A ogni modo, non si poteva parlare di colpe perché il risultato era stato Hollis, e nessuno poteva concepire di vivere senza di lui.

Sorpresi Alyssa a lanciargli un'altra occhiata nel retrovisore.

«Notizie di Tommy?» chiesi.

«No», disse, ma capivo che c'erano cose che non ci diceva.

«Nessuna?» fece insospettita Ellie.

«Nessuna che possa riferire.»

«Roba da matti!» esclamò Tyler.

«Così è.» Alyssa scrollò le spalle, per nulla mortificata.

Restammo in silenzio per il resto del viaggio ma, quando entrammo nel parcheggio dell'ospedale, nel furgone c'era una nuova energia. Tyler slacciò la cintura di sicurezza di Gavin, che si era infine svegliato, Falyn si buttò sulla portiera per aprirla. Raggiunsi lei e i bambini sul retro, ansioso di tirar giù i bagagli e di vedere la nostra famiglia.

Dopo che tutti, tranne Gavin, si furono caricati di borse, zaini e trolley, corremmo all'ingresso dell'ospedale e puntammo dritti all'ascensore. Fui l'ultimo a entrare, ma un attimo dopo dietro di me comparve Alyssa.

A Falyn non fece piacere.

«Devo accompagnarvi di sopra», spiegò. «Poi vi libererete di me.»

Falyn batté le palpebre. «Grazie. Per averci portati qui sani e salvi.»

Alyssa sembrò sinceramente toccata da quelle parole. Guardò Hollis e gli scompigliò i capelli. «Prego.»

Le porte dell'ascensore si aprirono e ci ritrovammo davanti alla nostra famiglia.

14.

TYLER

«Ce l'avete fatta», disse papà facendomi cenno di avvicinarmi per abbracciarmi. Aveva preso il bastone ed ero tanto contento di vederlo che, quando lo strinsi, mi scordai di mollare i tre trolley che mi portavo in giro dal mattino. Papà, raggiante, abbracciò anche Taylor, facendogli perdere l'equilibrio.

Quando infine ci lasciò andare, abbracciammo a turno Jack e Deana, Trenton, Shepley e America, e loro dopo abbracciarono i bambini.

«Dove sono i ragazzi e i gemelli?» domandò Falyn.

«Dormono tutti nella sala d'attesa con l'agente Blevins», rispose America. «Abbiamo preparato dei giacigli per terra e sui divani, e spento le luci. È stata una lunga giornata.»

Papà ci invitò a seguirlo. Aveva un suo modo di procedere: faceva un piccolo passo, zoppicando, e usava il bastone per sostenersi, poi ricominciava daccapo. «Da questa parte. Vi avverto: l'agente Blevins è un gigante.»

«Più grande dello zio Travis?» chiese Hadley.

Papà la strinse a sé. «Più grande di chiunque tu abbia mai visto.»

Lei sgranò gli occhi e papà rise sotto i baffi.

«Come sta Abby?» domandai.

«È entrata in travaglio», rispose America. Sorrise, ma colsi un lampo di preoccupazione nei suoi occhi.

«È prematuro, vero?» disse Ellie.

America annuì. «Mancavano sette settimane. Ma hanno deciso di non bloccare le doglie.»

Non sapevo se fosse un bene o no, ma Ellie e Falyn non furono contente di quella risposta.

Sapevo quale fosse la sala d'attesa perché fuori dalla porta c'era un gigante dalla pelle scura. Aveva le mani giunte all'altezza della vita. Sembrava più un agente dei servizi segreti che dell'FBI. Parlò con una voce insolitamente fonda. «L'infermiera porterà altre coperte e cuscini.»

«G-grazie», rispose Hadley allungando il collo per guardarlo.

Mentre passava, Blevins le strizzò l'occhio.

Ellie e Falyn fecero entrare i bambini nella stanza buia. Un'infermiera con i capelli biondi corti e un sorriso da pubblicità di un dentifricio le seguì. In braccio teneva una pila di coperte e cuscini e ringraziò Blevins che le tenne aperta la porta.

«Dov'è Cami?» chiese Taylor.

Trenton guardò l'orologio e poi l'agente.

«Tra cinque minuti sarà qui», disse il gigante salutando l'agente Davies con un cenno. Fui contento che avessero assegnato lui ai bambini. I Maddox erano quasi tutti riuniti e, anche se eravamo una forza notevole, Blevins da solo equivaleva a un esercito. «Ho sentito che hai fatto un pit stop.»

«Sì», confermò Davies.

Non riuscivo a smettere di guardarla. Non perché fosse bella – e lo era – ma perché Hollis le assomigliava molto. Ero curioso, mi chiedevo come avesse potuto portarlo in grembo tanto a lungo e dopo lasciarlo. Poi pensai quanto generosa fosse stata decidendo di darlo a Taylor. In genere gli uomini non hanno scelta. Avrebbe potuto abortire e lui non lo avrebbe mai saputo. Nessuno di noi era in grado di immaginare un mondo senza Hollis Maddox. Era molto sveglio, fin troppo bello e affascinante: non poteva che essere figlio di una temibile agente.

Falyn e Ellie sgattaiolarono fuori dalla sala d'attesa e io smisi di fissare l'agente Davies incuriosito. Attirai Ellie a me e la baciai sulla tempia. «Gavin ha ripreso a dormire?»

«Già», disse. «Neanch'io riesco a crederci. Probabilmente deve ancora crescere.»

«Se crescerà ancora, tra poco entrerà nella National Football League», commentò papà.

Mi si gonfiò il petto d'orgoglio. Non potei farne a meno. Era un bambino ben piazzato. Mi ricordava Travis alla sua età. Se avesse continuato così, persino l'agente Blevins lo avrebbe guardato dal basso in alto. Strinsi di più mia moglie. «E Ellie lo ha portato in giro tutto il giorno. Sono sorpreso che abbia ancora le braccia», dissi.

«Ci sono abituata», rispose lei.

Aveva ragione. Molto prima che arrivasse Gavin, seguiva la mia squadra nei boschi per documentare la stagione degli incendi per la rivista locale, «L'Orecchio dei Monti». All'inizio della seconda stagione si portava già dietro l'attrezzatura per chilometri e sugli elicotteri come noi. Si era impegnata tanto per riprendere in mano la sua vita e aveva cercato di fare tesoro della seconda occasione che il nostro capo le aveva dato, seguendoci con la macchina fotografica. C'erano stati alcuni problemi ma, quand'era tornata dal centro di riabilitazione, ci eravamo fidanzati piuttosto in fretta e sposati poco dopo. Non era stato perfetto, ma non avrei barattato un momento dei giorni brutti con mia moglie per un giorno buono con un'altra.

Aveva impiegato molto a capire di essere pronta per diventare madre, e di meritarselo, ma quand'era arrivato Gavin fare la mamma le era venuto naturale. Quando nacque, iniziò a stare a casa e a fargli da madre e da padre insieme, se ero via per lavoro.

«Non vedo l'ora che faccia giorno», disse papà. «Sarà nato il figlio di Travis e Abby, Liis sarà qui con Stella e per la prima volta dopo tanto tempo tutti i miei nipotini saranno insieme in un unico posto.»

«Sei sicuro che sia un maschietto?» chiesi.

«È quello che ha detto Abby», rispose alzando le spalle. «Presumo che abbia ragione.»

«So di non dover scommettere contro di lei», affermò Trenton guardando di nuovo l'orologio. Fissò l'agente Blevins. «I cinque minuti sono passati, capo, e mia moglie?»

L'ascensore si aprì e all'interno apparve Camille insieme

a quello che immaginai fosse un altro agente. Trenton si affrettò a raggiungerla, la abbracciò e la sollevò da terra. Le stampò diversi baci sulla bocca per un buon minuto e infine ci raggiunse in corridoio.

«Qui, papà», fece lei indicando al suocero di accomodarsi su una panca accostata al muro. Non c'erano braccioli né schienali, erano semplici sedili rivestiti di finta pelle verde con le gambe color argento.

Papà si sedette e il ventre gli coprì metà delle cosce. Portava una giacca sopra la camicia del pigiama, un paio di pantaloni larghi e mocassini scamosciati. Aveva un'aria stanca ma felice.

Mentre ci stavamo sedendo anche noi, un medico girò l'angolo e si bloccò vedendo quanti eravamo. Pur con i bambini e i genitori di Shepley addormentati nella sala d'attesa, eravamo un gruppetto considerevole.

Il dottore era calvo, con un pizzetto bianco e in discreta forma per la sua età. Gli occhiali rotondi lo facevano sembrare un hippy più che un medico, e la cosa mi piacque. «Buongiorno. Il bambino è nato e sta bene. E anche la mamma. Presto trasferiremo il piccolo nell'unità di terapia intensiva neonatale per tenerlo sotto osservazione, ma è forte. La dottoressa Finn, la pediatra, pensa che avrà bisogno solo di un po' di ossigeno supplementare, ma lo terrà comunque sotto controllo. Le infermiere tra poco lo porteranno giù per questo corridoio. Potrete vederlo, allora.»

«Lo portate via a Abby?» chiese America.

Il medico sorrise, mostrandosi paziente davanti al consueto fuoco di fila di domande. «Tutti i neonati al di sotto della trentacinquesima settimana vanno in terapia intensiva. La mamma e il papà potranno vederlo appena lo avremo visitato e collegato alle apparecchiature.»

«Quanto pesa?» domandò Falyn.

«Penso che abbiano detto due chili e mezzo», rispose il medico sorridendo. «È piuttosto grande, considerato tutto.»

«Grazie», disse papà.

Il dottore annuì, ansioso di tornare a casa e godersi un po' di sonno prima di quella che probabilmente sarebbe stata una giornata piena di visite prenatali. Un gruppo di infermiere e un altro medico arrivarono con un'incubatrice fermandosi quando ci videro in fondo al corridoio. America fu la prima a balzare in piedi, seguita da Shepley e dal resto di noi. Camille e Trenton rimasero indietro per aiutare Jim ad alzarsi e accompagnarlo in corridoio.

Davanti al figlio più piccolo di Travis esplodemmo in un coro di «ooh» e «aah».

«È proprio identico a Travis!» disse America, e gli occhi le si riempirono di lacrime.

«Non lo so», fece papà. «Vedo quel mento caparbio, sporgente.»

«Hai ragione», affermò America. «Quello è indubbiamente il mento di Abby.»

«Tieni duro, piccolo», esclamò Trenton stringendo la moglie.

Mi chiesi cosa volesse dire per Trenton e Camille vederci avere un secondo e un terzo figlio mentre loro stavano ancora provando a diventare genitori. Sapevo che erano felici per Travis e Abby, glielo leggevo in faccia, ma trapelavano anche un desiderio e un dolore che non sarebbero svaniti finché non avessero avuto un figlio loro.

Le infermiere portarono via il bambino e tutti, tranne America, tornammo alle nostre scomode panche. Sorrisi quando vidi Travis toccarle leggermente la spalla. Lei gli gettò le braccia al collo e pianse di felicità. Parlarono per un attimo, poi lui l'accompagnò da noi.

Mi alzai e gli strinsi la mano un paio di volte prima di abbracciarlo. «Complimenti. È un bellissimo bambino.»

«Questo sì», disse. Sembrava stanco e nello stesso tempo elettrizzato, felice e preoccupato.

«Come avete deciso di chiamarlo?» fece papà.

Travis applaudì, già fiero del nome. «Carter Travis Maddox.»

Tutti restarono stupiti, e poi risero allegri.

«Giusto per non fare confusione», osservò Trenton. Papà gli diede una pacca sulla nuca. «Ahi!» Mio fratello si sfregò la testa. «Cos'ho detto?»

«Ezra, James, Hollis, Eli, Emerson, Gavin e Carter Maddox», disse America. «Povere Jess, Hadley e Stella.»

«Dieci», esclamò papà raddrizzandosi un po' di più. «Finora ho dieci nipotini.»

«Finora», ripeté Trenton. «Presto ne aggiungeremo uno.»

Camille fece un sorriso forzato. Non capii se fosse stanca o avesse perso la speranza.

«Torno da Abby», disse Travis.

«Posso venire con te?» chiese America. Lui annuì. Lei saltò su, salutò il marito con un bacio e un attimo dopo erano scomparsi.

Ci sistemammo sulle panche per la quarta o quinta volta nel poco tempo che avevamo trascorso lì. All'inizio restammo tutti in silenzio, abituandoci all'idea, sfiniti e contenti di essere insieme. Negli occhi di Ellie, Falyn e Taylor vedevo ancora lo stesso shock che provavo io. Avevamo assistito a tre omicidi e non sapevamo come metabolizzarli. Non sapevo neanche se sollevare il discorso.

Alla fine papà parlò. «Dovremmo cercare di dormire un po'. In mattinata Liis sarà qui.»

15.

TRENTON

«Tu sapevi, papà? Di Thomas?» chiese Tyler.

«A cosa ti riferisci?» rispose.

«Che è nell'FBI.»

Scoppiai a ridere, ma sembrava che fossi l'unico in vena di scherzi. Scossi la testa. «Non ci credo. Tommy un agente dell'FBI?» Mi guardai attorno e lo sguardo si fermò su mia moglie. Arrossì. «Tu lo sapevi?» le domandai, ferito.

«Baby», fece lei allungandosi verso di me. Indietreggiai. Qualche ora prima ero pronto a picchiare qualcuno se non mi avesse permesso di andare a prenderla al lavoro. Adesso non riuscivo quasi a guardarla in faccia. «Papà?» dissi. «Sapevi anche tu?»

Lui rimase a lungo in silenzio, poi annuì. «Sì. Fin dall'inizio.»

Tyler si accigliò. «Come?»

Papà scrollò le spalle. «Ho notato delle piccole cose. Faccio attenzione, sai.»

«Cos'altro sai?» domandò Taylor.

Lui sorrise e strinse le labbra. «So tutto, figliolo. Siete i miei ragazzi. Sapere è compito mio.»

«A cosa ti riferisci?» chiesi.

«Noi siamo... ehm», iniziò a dire Taylor, «non vendiamo assicurazioni.»

Ellie aveva preso per mano Tyler prima che lui ammettesse: «Siamo vigili del fuoco».

«Ma non mi dire», sbottai sconvolto. «Sono l'unico che non mente sul suo lavoro?»

«Be'», fece Ellie. «Se Thomas non lavora nella pubblicità, allora Travis non lo ha sostituito.»

Si guardarono tutti in cerca di risposte.

Ellie inarcò le sopracciglia. «O forse sì, solo, non come manager pubblicitario.»

«Non è possibile», esclamai. «Travis un federale?» Guardai Camille che aveva un'aria imbarazzata: «Mi stai prendendo per il culo?». Mi alzai.

Papà si irritò. «Trenton, il linguaggio.»

«Per tutto questo tempo hai sempre saputo dei miei fratelli. E me lo hai nascosto? Che cazzo, Cami...»

Lei si alzò a sua volta sollevando entrambe le mani. «Non spettava a me rivelare questo segreto.»

«Balle», ribattei. «Sono tuo marito. Tu non devi avere segreti con me... sui miei fratelli. È già successo una volta e ti ho perdonato, ma adesso...» Mi allontanai da lei con le mani sulla testa.

«Trent!» esclamò Cami, sorpresa e ferita.

Quando tornai da lei, mi accorsi che tutti gli altri guardavano da qualsiasi parte pur di evitarci. Avevo visto i miei fratelli discutere con le loro mogli, ed era sempre una cosa fottutamente imbarazzante, ma noi non avevamo altra scelta che tirar fuori la questione davanti a tutti. Non potevo prendermela con Thomas perché lottava per la sua vita dall'altra parte del paese né con Travis perché era con sua moglie, che aveva appena partorito. Mi voltai verso Camille ma mi limitai a scuotere la testa. Gli occhi le si riempirono di lacrime, perciò distolsi lo sguardo.

Indicai i gemelli, poi mi misi le mani sui fianchi. Avevo il respiro affannoso, come se avessi corso per un chilometro in salita. «E se vi fosse successo qualcosa? Avreste lasciato che lo scoprissi così? Come è successo con Tommy?»

«Lo tenevamo nascosto a papà», rispose Tyler. Parlava con voce bassa e calma come se stesse recuperando qualcuno da un cornicione, cosa che mi fece solo infuriare di più, quasi trovassero esagerata la mia reazione.

«Perché?» urlai.

«Tu non ricordi, Trenton», disse Taylor. «Papà aveva promesso alla mamma di proteggerci. Lei non voleva che restasse nelle forze dell'ordine. Non voleva che nessuno di noi seguisse le sue orme. Sono sicuro che Thomas abbia mentito per la stessa ragione. Amavamo il nostro lavoro ma non volevamo ferire papà.»

«Quindi ci mentiamo a vicenda? Così funziona adesso in questa famiglia?» replicai fremente di rabbia.

«Io lo sapevo», intervenne papà. «Lo sapevo e non ve l'ho detto perché i ragazzi ce lo tenevano nascosto per un motivo. Non ve l'ho nascosto perché amavo di più loro, figliolo. Semplicemente non toccava a me dirlo.»

Scossi di nuovo la testa, andando avanti e indietro per la stanza. Camille tentò di toccarmi ma io le allontanai il braccio. Tutto ciò che sapevo dei miei fratelli era una menzogna. Le loro esperienze sul campo, i loro colleghi, il loro addestramento: ero stato tagliato fuori da tutto. Però mia moglie sapeva.

«Sapevi anche di Taylor e Tyler?» le chiesi. Lei fece cenno di no con le lacrime che le rigavano le guance. «E adesso guarda. Tommy è ferito. Abbiamo i federali che ci fanno da baby-sitter. E qualcuno sta cercando di ucciderci!»

«Abbassa la voce», disse Tyler.

«Vaffanculo!» sbottai, continuando a fare su e giù.

Tyler si alzò ma papà sollevò una mano. «Siediti, figliolo.»

Puntai il dito contro Camille. «Mi hai già mentito una volta. Adesso scopro che non hai mai smesso? Cosa... cosa dovrei fare, Camille?»

«Non chiamarmi così», replicò. Così la chiamava suo padre quand'era arrabbiato, e anche Thomas quando litigavano perché lei non si sentiva al primo posto nella sua vita. Per me invece era sempre stata al primo posto. La adoravo, accidenti, e lei per tutto quel tempo mi aveva mentito. Tutta la mia famiglia mi aveva mentito, in una maniera o nell'altra.

«Sei fortunata che ti chiami solo così», sibilai.

Lei restò a bocca aperta e le altre mogli erano senza fiato.

«Adesso basta», tuonò Ellie.

Shepley si alzò. «Andiamo a prenderci un caffè, Trent.»

Travis svoltò l'angolo con America e il sorriso gli scomparve dal viso. «È pronta a ricevere altre visite», annunciò, guardandosi attorno. «Va tutto bene?»

«Mi hai mentito?» chiesi.

Travis sbiancò. «Io... non sono nella posizione di discutere i dettagli fino a domani mattina, quando Liis sarà qui.»

Feci un passo verso di lui. «Noi siamo la tua famiglia, Travis. Tu e Tommy non fate parte di un circolo segreto del cazzo in cui potete giocare con le nostre vite. E non puoi chiedere a mia moglie di mentirmi per te.»

«Non è quello che ho fatto, Trent. All'inizio non ho avuto scelta, e non è stata una mia decisione quella di dirlo a Cami o di chiederle di mentire.»

Lo guardai sospettoso. «Ma hai accettato tutto.»

Travis si avvicinò. «Ho dovuto, altrimenti sarei finito in prigione per l'incendio del campus.»

Strinsi le mani a pugno. Non sapevo chi o cosa avrei voluto colpire, ma stavo per esplodere.

Papà si alzò e mi mise una mano sulla spalla. Barcollò, il che mi placò un po'. Lo aiutai a stare in equilibrio e lui mi abbracciò. Quando cercai di scostarmi, mi tenne stretto finché la rabbia non svanì del tutto. Gli diedi una mano a riaccomodarsi sulla panca e mi sedetti anch'io nell'angolo. Camille fece un passo verso di me ma io alzai la mano. «No.»

Ellie le indicò la panca vuota al suo fianco e lei si mise là, con il labbro che le tremava.

«Allora», disse Taylor. «Sei un federale. Thomas è un federale, e tutto questo riguarda un caso a cui state lavorando?»

Travis inspirò, guardò gli agenti Blevins e Davies, dopodiché svuotò i polmoni. «'Fanculo.» Si sedette accanto a papà, posò i gomiti sulle ginocchia e giunse le mani come se pregasse, toccandosi le labbra con le dita. Un attimo dopo si raddrizzò. «Ero là quella sera... quando l'edificio della Eastern bruciò. Avevo convinto Trenton a restare con Abby mentre affrontavo John Savage. Era uno scantinato piccolo. Troppo, per l'incontro finale. Una volta per poco non ci avevano beccati, perciò Adam non volle luci. Avevamo solo alcune lanterne appese al soffitto. C'erano...» Si interruppe ricordando. «...mobili coperti da teli contro le pareti della stanza e nel corridoio principale. Una lanterna cadde e in pochi secondi l'intero posto prese fuoco. Fui separato da Abby e da Trenton, e andai a cercarli. Trovai Abby ma non Trenton, se non molto dopo. È stata la sera più spaventosa della mia vita.»

A quel punto mi sentii sprofondare capendo di aver mentito anch'io per anni. Avevo mentito all'FBI perché mi trovavo in quell'edificio quando era divampato l'incendio, e solo Travis e Abby sapevano che l'avevo abbandonata perché avevo avuto paura. Attesi che mio fratello mi smascherasse.

Travis proseguì. «Quella sera morirono tanti ragazzi. Adam fu arrestato. Sarei stato il prossimo, anche se Abby aveva escogitato il piano di fuggire a Las Vegas e sposarci per avere un alibi.»

America guardò Travis. «Lo sapevi?»

Abbassai lo sguardo. Anch'io sapevo del piano di Abby, e lo avevo nascosto a mio fratello. "Cazzo, adesso sono un ipocrita." Credevo che fossimo una famiglia unita, invece stava saltando fuori che eravamo dei ragni presi nella tela delle nostre bugie. Mi sentii arrossire. La rabbia stava tornando.

«Come potevo non saperlo? All'improvviso la mia ragazza voleva andare a Las Vegas, un'ora dopo che eravamo scampati a un incendio. Dopo che i nostri compagni di classe erano morti! O era pazza, o era insensibile, oppure aveva un piano. Comunque fosse, non vedevo l'ora di diventare suo marito. Ho fatto finta di niente. Probabilmente non è stata la cosa più onesta da farsi. Per fortuna», disse indicando in direzione della stanza di Abby, «ha funzionato.»

«Ma quell'agente...» dissi. «Venne a casa. Chiese di te. Non si erano bevuti la storia del matrimonio a Las Vegas, vero?»

«Mi diedero una possibilità», rispose Travis.

«Ma perché proprio tu?» chiese Tyler. «Perché non Adam... perché...»

«Mick Abernathy», disse papà.

«Non so se questa sia fortuna o no», commentò Taylor.

«Allora in che modo c'entra Tommy con tutto questo?» domandai. «Era già un federale. Da tempo, immagino.» Guardai Camille che se ne stava fastidiosamente in silenzio.

«Ancora adesso non parli?» dissi. «Sta venendo tutto fuori e tu te ne stai là... fedele a lui?»

«Non poteva dirtelo, Trent», intervenne Travis. «C'era un problema di sicurezza.»

Mi alzai, mi guardai attorno e sollevai le mani. «Perché, adesso siamo al sicuro? Svegli alle tre del mattino con due... anzi tre federali che ci fanno da baby-sitter per evitare che chiunque tu abbia fatto incazzare non uccida i nostri figli?»

«So che sembra brutto e capisco la tua rabbia. E non è ancora finita. Mi dispiace, Trent, mi dispiace davvero. Non ho mai voluto che andasse così.»

Il fatto che mio fratello fosse così paziente e calmo mi irritò ancora di più. Mi avvicinai a lui ma Camille si mise in mezzo.

«Trenton!» gridò sollevando le mani.

«Travis, torna da tua moglie», affermò papà. «E tu, Trenton, posa le chiappe su quella panca. Adesso. Non è il momento adatto per andare a fondo di questa faccenda. Quello che importa è tenere la nostra famiglia al sicuro.»

Mi sedetti malvolentieri obbedendo a mio padre. Era debole. Non era neanche l'ombra dell'uomo minaccioso che ricordavo dall'infanzia, ma era mio papà e si meritava il mio rispetto.

Camille fece alcuni passi verso di me, negli occhi una domanda silenziosa. Mi spostai e sollevai il braccio. Lei corse a sedersi vicino a me, sprofondando la faccia nel mio collo e cingendomi la vita con le braccia. Nel mio cuore sapevo che la sua decisione di mantenere il segreto di Thomas non dipendeva dalla volontà di essergli leale a scapito di essere onesta con me, però era difficile scacciare del tutto quel pensiero dalla testa. L'abbracciai, ma solo perché mi rifiutai di lasciare che un senso di tradimento nato solo sette minuti prima oscurasse l'amore che provavo da sempre per Camille.

«Abby dorme?» domandò Ellie.

«Non riesce», rispose America. «Vuole vedere Carter. Dovrebbero dirci quando potrà farlo.»

«Vorrei andare da lei, se possibile», fece Ellie.

«Anch'io», disse Falyn.

Travis le invitò a seguirlo e loro gli si accodarono. Falyn si girò verso di me con uno sguardo di chiaro avvertimento perché non facessi infuriare Camille mentre era via. Sospirai e baciai mia moglie sui capelli. Stava tirando su sommessamente con il naso, scossa da tremiti. Però ancora non riuscivo a dirle che andava tutto bene. Non sapevo se sarebbe stato così. Mi chiesi quali altri dolori ci avrebbe portato il domani e quanti ancora la nostra famiglia avrebbe potuto sopportarne.

16.

TRAVIS

Entrai nella stanza privata di Abby con Falyn e Ellie pentendomi all'istante di aver portato qualcuno che non fosse Carter. Per una frazione di secondo mia moglie si illuminò, poi cercò di nascondere la delusione con il suo sorriso dolce.

«Tra pochi minuti andremo a vederlo», la rassicurai.

Poche ciocche erano ancora raccolte nella coda di cavallo. Gran parte le incorniciavano il volto. Aveva gli occhi rossi per la fatica del parto e per le lacrime che aveva versato dopo. Non l'avevo mai vista così disperata come quando avevano portato via nostro figlio.

«È bellissimo», disse Ellie sorridendo.

«Lo hai visto?» chiese. Si rizzò a sedere e si sistemò i capelli dietro le orecchie.

«In corridoio. È proprio in fondo a quest'ala», spiegò Falyn.

«Questo mi conforta.» Gli occhi di Abby iniziarono a velarsi. Guardò il soffitto cercando di trattenersi.

«È giusto piangere.» Ellie prese la sedia più vicina al letto. «Hai avuto una lunga giornata. Sei sfinita. I tuoi ormoni sono impazziti.»

Abby si asciugò le guance. «Non voglio piangere.»

Mi sedetti sul letto accanto a lei e le tenni la mano. Diversi pezzi di cerotto le fissavano il catetere venoso con cui le stavano somministrando antibiotici per combattere l'infezione che aveva causato il parto prematuro. Quando il dottore le aveva detto che avrebbero fatto nascere il bambino, era crollata. Il parto dei gemelli era avvenuto senza problemi e ci stupimmo che quello di un solo bambino si fosse rivelato tutt'altro che una passeggiata.

Sapevo, però, che la causa non era soltanto l'infezione. Abby aveva subito lo stress dovuto al mio lavoro del cavolo. Non solo stavo devastando la mia famiglia per proteggerla, ma avevo messo in pericolo mia moglie e il neonato. Finita questa storia, avrei trovato il modo di mollare l'FBI. Io e Thomas saremmo stati fortunati se ne fossimo usciti incolumi.

«Smettila», disse Abby vedendo l'espressione sulla mia faccia. «Non c'era niente che potessimo fare. Sono cose che succedono.»

«E poi sta bene», aggiunse Ellie. «Ha strillato come un matto fino in fondo al corridoio. Ha i polmoni e il temperamento di un Maddox. È perfetto.»

«Pensi che potremo portarlo a casa?» chiese, d'un tratto speranzosa.

Le diedi un colpetto affettuoso sulla mano. «Probabilmente no. Non subito, comunque. Ma aspettiamo notizie dall'unità di terapia intensiva prima di agitarci troppo.»

«Vuoi dire prima che io mi agiti troppo», mi corresse.

Avvicinai la sua mano alle labbra e chiusi gli occhi. Il senso di colpa era quasi insopportabile. Ero contento che papà fosse intervenuto con Trenton perché avevo una voglia disperata di tornare indietro ai giorni in cui risolvevo le cose a pugni. I miei diciannove anni mi sembravano appartenere a un'altra vita e, detto molto francamente, essere adulti faceva schifo. Era molto più facile perdere il controllo e tirare due cazzotti che vedere Trenton comportarsi da idiota insicuro e darmi lezioni di vita quando stavo solo cercando di salvargli la pelle.

«Baby», disse Abby guardandomi mentre il mio tumulto interiore cominciò a trasparire.

«Trenton ha scoperto dell'FBI», affermò Ellie. «E che Cami lo sapeva già. La sta prendendo piuttosto male.»

Abby mi guardò. «Se l'è presa con te.»

«E con chi, se no?» brontolai.

Intrecciò le dita con le mie. «Dobbiamo solo resistere ancora un poco.»

Annuii, sapendo che non potevo dire di più davanti a Ellie e a Falyn.

Abby raccontò loro del travaglio e piansero tutte quando descrisse in dettaglio il momento in cui le infermiere avevano portato via Carter. Si abbracciarono, poi le mie cognate tornarono in corridoio davanti alla sala d'attesa a vedere come stessero le rispettive famiglie.

Abby sospirò e posò di nuovo la testa sul cuscino.

«Vuoi che ti abbassi il letto?» chiesi.

Scosse la testa sussultando, premendosi con delicatezza l'addome. «Dovresti cercare di dormire. Domani hai una lunga giornata.»

«Vuoi dire oggi?»

Abby guardò l'orologio sul muro. «Già. Liis atterrerà tra qualche ora. L'infermiera ha detto che la poltrona si reclina fino a essere quasi orizzontale.»

Mi alzai e assentii, girai attorno al letto e raggiunsi la poltrona color malva. Mi sedetti, mi avvolsi in una delle due coperte che l'infermiera mi aveva lasciato assieme a un cuscino, azionai la leva e mi appoggiai allo schienale.

Abby usò il telecomando per spegnere le luci, e per alcuni istanti ci fu silenzio. Proprio mentre mi stavo addormentando, la porta si aprì e udii l'infermiera muoversi frusciando per la stanza. Accese la lucina sopra il letto di Abby.

«Ecco, signora Maddox. Ho pensato che forse volesse provare a estrarre il latte.» Sollevò un piccolo apparecchio con alcuni sondini e quella che sembrava una mini pompa pneumatica.

Abby inorridì. «Perché?»

«Carter non sarà subito abbastanza forte da poppare, perciò dovremo nutrirlo attraverso una cannula. Abbiamo una formulazione speciale per prematuri, ma, se preferisce, il suo latte è migliore. Le andrebbe di provare?»

«Io...» Si interruppe guardando quell'affare. Era una cosa che le era del tutto estranea. Aveva allattato al seno i gemelli. «Non so neanche se ci sia qualcosa da estrarre.»

«Si stupirà», rispose l'infermiera. «E comunque lo stomaco del bimbo è minuscolo, non gliene servirà molto.»

«E con gli antibiotici non ci sono problemi?» chiese Abby sollevando la mano. Ero così orgoglioso di lei. Pur sfinita, si informava di cose che a me non sarebbero mai passate per la testa.

«No, assolutamente», spiegò l'infermiera.

«Okay», rispose, e ascoltò le istruzioni. Quando fummo di nuovo soli, guardò con sprezzo i tubi e il contenitore.

Mi misi a sedere. «Vuoi una mano?»

«Assolutamente no», disse.

«Posso solo...»

«No, Travis. Se devo starmene seduta qui con questo coso attaccato come una mucca da latte, non mi darai una mano. E non guarderai.»

«Baby, non è una brutta cosa. Lo fai per nostro figlio.»

«È solo che mi sembra molto... personale.»

«Okay», dissi lasciando il mucchio di coperte sulla poltrona. «Ne sei sicura?»

«Ne sono sicura.»

«Torno fra quindici minuti. Ti serve qualcosa prima che vada?»

«No.»

«Buona fortuna, Pidge.»

Abby agitò la mini pompa pneumatica in segno di approvazione e io sogghignai: avrei fatto qualsiasi cosa pur di avere un attimo di spensieratezza in tutta quella faccenda. Chiusi la tenda e la porta alle mie spalle tornando in corridoio davanti alla sala d'attesa dove si trovava la mia famiglia. Camille era seduta sola su una panca.

«Dove sono tutti?» chiesi.

«Le infermiere hanno portato delle brandine. Dormono tutti nella sala d'attesa, tranne papà.»

«Lui dov'è?»

Indicò con un cenno una stanza privata e subito udii il suo caratteristico modo di russare. Inspirava dal naso, le sue guance si riempivano d'aria ed espirava infine dalla bocca.

«Le ha convinte a dargli una stanza?»

«Temeva di svegliare i bambini russando. Ha insistito perché gli mettessimo una brandina qui fuori, ma le infermiere lo hanno sentito e, sai... Tutti adorano Jim.»

«Non sei stanca?» domandai.

Scrollò le spalle. «Non credo che Trent voglia la mia compagnia.»

Mi sedetti accanto a lei. «Cami... Sai che ti ama. È tanto da digerire tutto insieme.»

«Lo so», rispose torcendosi le mani. «La storia fra Thomas e me... ha covato sotto la cenere in tutti questi anni. Sapevo che alla fine sarebbe saltata fuori e che Trent si sarebbe arrabbiato. Solo non mi aspettavo di sentirmi tanto in colpa.»

«Perché non vuoi vederlo soffrire.»

«Proprio così.»

Abbassò lo sguardo. «Stavolta non sfuggirà nessuno.»

«Hai avuto notizie di Liis? Aggiornamenti?»

«No», dissi. Era la verità. Non mi servivano aggiornamenti. Sapevo esattamente cosa sarebbe successo.

«Hanno detto che sarebbe venuta qui. Non è strano? Mentre Thomas si sta riprendendo?»

«Ha una bambina e...» Mi interruppi. Non volevo più mentire e il peggio doveva ancora arrivare.

Camille tacque. «Non ce l'ha fatta, vero? Vuole dircelo di persona.» Quando non risposi, mi fissò finché non la guardai in faccia. «Dimmelo, Travis. È morto?»

«Vuoi nascondere altri segreti a Trenton? E se scopre che hai saputo un'altra cosa su Tommy prima di lui? Di nuovo?»

«Dimmelo», insistette. «Merito di saperlo.»

«Più di chiunque altro?»

«Trav. Ho mantenuto il suo segreto per anni.»

«E guarda il risultato.»

Camille rifletté sulle mie parole e sprofondò sulla panca. Chiuse gli occhi, afflitta. «Hai ragione.»

Mi alzai e la lasciai sola con le sue lacrime silenziose. Allontanandomi, mi stupii di sentirmi ancor più pesante di prima. In teoria era una persona in meno che avrei dovuto ferire di lì a poco. Mi fermai davanti alla stanza di Abby rendendomi conto che sarei stato costretto a comunicarlo anche ai bambini. Ai *miei* bambini. Avrei dovuto guardarli negli occhi e dire che il loro zio era morto.

Strinsi le palpebre chiedendomi in che modo avrei spiegato loro che non avrebbero dovuto mentire nella vita. Come potevo pretendere che si fidassero di me, dopo? Spinsi la porta mentre Abby chiudeva il coperchio del contenitore.

«Com'è andata?» chiesi.

Lei si bloccò. «Che c'è?»

«I bambini», risposi.

Scattò su. «I bambini cosa?»

Sospirai. «Cazzo. No, scusa. Stanno bene.» Mi sedetti vicino a lei, presi la pompa e i tubi con una mano e il contenitore con l'altra. La baciai sulla fronte. «Stanno bene. Mi è solo venuto in mente che dovremo dir loro di Thomas.»

Lei mi guardò con gli occhi sgranati. «Gli si spezzerà il cuore.»

«E poi... dopo...»

Lei si coprì gli occhi e io l'abbracciai. «Lo so, Abby. Mi dispiace.»

«Non si fideranno più di noi.»

«Forse capiranno.»

Gli occhi le si riempirono di lacrime per l'ennesima volta quel mattino. «Per un bel po' no.»

L'infermiera bussò e il suo caschetto biondo rimbalzò. «Buongiorno», mormorò.

«Non sono riuscita a estrarne molto», disse Abby mentre le dava l'apparecchio e il contenitore.

L'infermiera lo sollevò, socchiuse gli occhi e sorrise. «Basterà. Sarà contento.»

«Possiamo vederlo?» domandò Abby.

«Sì. Subito dopo che lei avrà riposato un po'.»

«Stiamo cercando di farlo», dissi.

«Non c'è problema. Metterò un biglietto di non disturbare.»

«A meno che...» cominciò a dire Abby.

«A meno che non succeda qualcosa. Sì, signora.» L'infermiera chiuse la porta e io mi stesi sulla poltrona.

Abby spense la luce sopra di lei, e, fatta cccezione per il chiarore dell'alba che filtrava ai lati delle veneziane, la stanza piombò nel buio. Gli uccelli cinguettavano e mi chiesi se sarei ancora riuscito a dormire.

«Ti amo», bisbigliò Abby.

Avrei voluto infilarmi nel letto con lei ma il catetere rendeva la cosa difficoltosa. «Io di più, Pidgeon.»

Sospirò, e il letto frusciò quando si sistemò.

Chiusi gli occhi ascoltando respiro di Abby, la pompa del catetere e il fastidioso trillo allegro degli uccellini fuori. In qualche modo sprofondai nell'oblio e sognai di essere steso accanto a Abby per la prima volta, nel mio appartamento ai tempi del college, quando mi chiedevo come diamine avrei fatto a tenermela stretta.

17.

SHEPLEY

America mi tenne per mano trascinandomi nella stanza d'ospedale di Abby. Odorava di candeggina e di fiori, e proprio per questo ero contento che mia moglie avesse avuto gli ultimi due figli a casa. Gli ospedali mi davano i brividi, mi evocavano brutti ricordi. Il Mercy Hospital era il luogo dove ero andato con i miei genitori a trovare Diane, quando mi ero rotto il braccio, quando Trenton aveva avuto quel brutto incidente con Mackenzie e quell'altro con Camille. Gli unici bei momenti erano collegati alla nascita di Ezra e poi dei gemelli di Travis e Abby.

«Ciao», disse Abby con un sorriso, abbracciando America appena si chinò per stringerla.

«Sei così bella!» esclamò lei ripetendo la frase che ogni mamma amava sentirsi dire dopo il parto.

Abby s'illuminò. «Presto mi porteranno a vederlo.»

«Bene», commentò l'amica sedendosi al suo fianco e tenendole la mano. «È una bella cosa.»

Stavamo tutti recitando. Noi quattro eravamo stati uniti fin dalla prima sera in cui Abby era venuta a casa mia con Travis. Non era da loro avere dei segreti. Almeno, questo era ciò che pensavo. Io e America avevamo discusso spesso del fatto che l'FBI sembrava aver ignorato il coinvolgimento di Travis nell'incendio, tacitando interrogativi e sospetti. Per non parlare di quello strano episodio, il mattino dopo il loro matrimonio a Saint Thomas, in cui Travis era rimasto così sconvolto da qualcosa che non era più riuscito a parlare.

Allora era stato. Allora era successo: Tommy gli aveva dato un ultimatum.

America tacque. La ragazza di cui mi ero innamorato avrebbe dato una bella lavata di capo a Abby per essere stata disonesta, ma mia moglie, nonché la madre dei nostri tre birbanti, era ormai una donna, più saggia e più lenta all'ira. Ascoltava di più e reagiva di meno. La loro amicizia aveva resistito grazie all'assoluta sincerità. In quale altro modo, se no, avrebbero potuto volersi bene al di là di tutto? Ma ora eravamo arrivati a una fase della nostra vita in cui dovevamo mettere al primo posto il nostro partner. Il matrimonio rendeva le amicizie, anche quelle di antica data, difficili da gestire.

«Mare», fece Abby. «Volevo dirtelo.»

«Dirmi cosa?» chiese lei. Ora che il discorso era iniziato, non avrebbe lasciato che se la cavasse tanto facilmente.

«Di Travis. Io stessa l'ho scoperto qualche anno fa.»

«Quando hai smesso di fidarti di me?» domandò America, cercando di non apparire ferita.

«Non è questo il punto. Lui non mi stava tradendo né stava combattendo contro una dipendenza dalla droga. Lavorava sotto copertura per l'FBI. Era entrato in contatto con la mafia, all'inizio era un loro soldato, poi ha fatto l'esattore nei locali di strip-tease di Las Vegas e minacciava chi non pagava. Non potevo parlartene al telefono o mandarti messaggi. Non avremmo potuto discuterne sottovoce in piscina, come se spettegolassimo, mentre guardavamo i bambini giocare. Travis era sorvegliato. Perché mai avrei dovuto dirtelo?»

«Per non portare quel peso da sola.»

«Non ero sola», replicò Abby. Guardò Travis con un lieve sorriso.

«Quel mattino a Saint Thomas?» dissi. «È stato allora che ti hanno reclutato?»

«Non avevo scelta», ribatté lui.

Mi grattai la nuca, una miriade di pensieri mi vorticavano in testa. Come aveva fatto Travis a mantenere il segreto per tanti anni? Quando viaggiava per la palestra e dopo, una volta preso il posto di Thomas, aveva sempre lavorato per l'FBI. Questo spiegava come avessero potuto comprare casa con uno stipendio da personal trainer, però ancora non riuscivo a credere che non ce l'avessero detto.

«Ma anche Thomas ci ha tenuto all'oscuro di tutto.»

Travis scrollò le spalle. «La mamma. Aveva fatto promettere a papà di lasciare il suo posto di detective e che noi non avremmo seguito le sue orme. Ma Thomas è nato per fare questo lavoro.» Parlava di lui con rispetto e gli credetti, per quanto ancora non comprendessi le bugie.

«Jim avrebbe capito, Trav. C'è di sicuro un'altra ragione.»

Scrollò le spalle. «È l'unica ragione che mi abbia mai detto. Non voleva deludere papà. Non voleva che papà gli dicesse di non seguire una carriera che lo appassionava.»

America guardò Travis mentre parlava e socchiuse gli occhi. Aveva colto qualcosa che mi era sfuggito. «Quindi Thomas sapeva che stavi per essere arrestato e ha parlato con qualcuno nel Bureau perché ti offrisse un lavoro per via dei tuoi contatti con Mick e Benny? Perché non Abby?»

Abby rise sotto i baffi. «Lui era in grado di fare cose per Benny che io non potevo fare. E non avrebbe mai accettato un patto del genere.»

America annuì, ma non era ancora soddisfatta. Qualcosa ancora non le tornava. Le stavano nascondendo dell'altro. «Quindi adesso Thomas...» America s'interruppe. Lo faceva spesso con i bambini sperando che completassero le frasi.

Travis si schiarì la voce. «È stato preso di mira, sì.»

«E quel taglio sul sopracciglio?» chiesi.

Trav si scambiò un'occhiata con la moglie. «Anch'io sono un bersaglio. Per questo gli agenti sono venuti da papà. Per questo sono qui. Per questo dobbiamo restare insieme.»

«Hai presunto automaticamente che avrebbero dato la caccia al resto della famiglia perché avevano preso di mira te e Thomas?» domandò America.

«Non avevano preso di mira Travis», intervenne Abby. «Lui stava guidando la mia macchina. Il loro obiettivo eravamo io e i miei figli.»

America restò sgomenta.

Travis guardò per terra. «Gli uomini che mi hanno buttato fuori strada... erano sicari di Benny Carlisi. Avevano le nostre foto. Di tutti noi, delle nostre famiglie, dei bambini...»

«Perché?» chiesi. «Perché la tua copertura era saltata?»

«Ho combinato un casino», ammise Travis. «Ho ucciso Benny. Vogliono vendicarsi.»

«Lo hai ucciso?» esclamò stupefatta America. «Il mio amico Travis, il cugino di mio marito, il marito della mia migliore amica ha ucciso un capomafia? Siamo finiti in un episodio dei *Soprano*? Come diavolo è potuto a succedere?»

«Non ha avuto scelta», spiegò Abby. «O lui o Benny.»

«E Mick?» fece America.

«Era stato messo sotto protezione. È scomparso.»

«*Scomparso?*» strillò mia moglie guardando Abby.

«Abbassa la voce», disse Travis.

Lei si alzò e prese a camminare su e giù. «E adesso che si fa? Resteremo prigionieri a casa nostra finché non li prenderete tutti?»

«Non ci vorrà molto», rispose Travis. «Te lo prometto, Mare. Hanno sparato a uno dei nostri agenti... mio fratello. Non ci fermeremo finché non verranno tutti sbattuti dentro o eliminati.» Incrociò le braccia al petto. Se al college era grosso, adesso era una montagna. Aveva le braccia più robuste delle mie gambe, il petto largo quasi il doppio rispetto a un tempo. Era tutto muscoli. Non riuscivo a immaginare che qualcuno, guardandolo, avesse creduto che voler far fuori la sua famiglia fosse una buona idea, ed era pure difficile concepire che Thomas lo avesse coinvolto in quel pasticcio.

Travis notò che ero profondamente assorto nei miei pensieri. «Cosa c'è, Shep?»

Scossi la testa.

«Avanti», incalzò.

«Hai detto che è stato per evitarti la prigione. Thomas non avrebbe potuto farlo senza chiederti di lavorare sotto copertura? Ogni volta che andavi in missione eri in pericolo. Perché tuo fratello avrebbe fatto una cosa del genere?»

«Non è stata una decisione facile», spiegò Abby.

«Questo implica che aveva una scelta», dissi. «Vero?»

Travis spostò il peso da un piede all'altro, a disagio davanti alla piega che stava prendendo la conversazione.

«E se al posto tuo ci fosse stato un altro?» domandò America. «Se Abby fosse rimasta con il suo primo fidanzato Jesse o Parker o qualcuno non altrettanto... capace?»

Travis alzò le spalle. «Allora, se avesse fatto la fesseria di lasciarsi coinvolgere nei combattimenti del Cerchio e lo avessero giudicato colpevole per aver portato un centinaio di studenti in un piccolo seminterrato con vie di fuga discutibili, sarebbe finito in prigione.»

«Oppure sarebbe stato barattato con Abby perché collaborasse e manipolasse Mick. Io...» Mi interruppi, esitando a dire altro che avrebbe ferito ancor più la nostra famiglia. «Avrebbe potuto trovare un altro modo, se avesse voluto. Avrebbe potuto, Trav. Mi rendo conto che probabilmente non è il momento migliore per esprimere quest'opinione, ma a quel tempo non lo sapevo. Perciò lo dico ora.»

Travis abbassò lo sguardo e annuì inspirando dal naso. Mi guardò come se avessi portato alla luce una verità rimasta ai margini della sua coscienza. «Lui lo sa. Glielo leggo in faccia ogni volta che mi vede all'opera.»

«Sembra un po' troppo perfetto», commentò America. «Thomas è nell'FBI e suo fratello, guarda caso, frequenta la figlia di un uomo invischiato in una cosca su cui stanno indagando.»

«È stato un colpo di fortuna», replicò Travis.

«*Fortuna?*» ringhiò America. «Lo hanno promosso?»

Abby e Travis si irrigidirono.

«È così?» disse autoritaria America.

«Sì», rispose mio cugino. «È così.»

«Incredibile, cazzo», esclamò lei lasciando cadere le mani sulle cosce. «E a te tutto questo andava bene?»

«No!» ribatté Travis. Stava esaurendo la pazienza. «No, non mi andava bene. Ho fatto solo il mio dovere.»

«Thomas ti ha venduto», concluse America puntandogli un dito contro.

«Allora Liis viene qui? Senza di lui?» chiesi. «Immagino

che sia in un ospedale federale segreto sorvegliato da un esercito di persone.»

«Non posso parlarne», tagliò corto Travis. «Non ancora.»

«Eravamo vostri amici», disse America. «Almeno pensavamo di esserlo.»

Travis sospirò, sfregandosi la nuca. «Qui non si tratta di quanto ci fidiamo di voi. Si tratta di chi ci ascolta.»

«La verità è pericolosa», intervenne Abby. «Più restate all'oscuro, meglio è.»

«Abby», replicò disgustata America. «Siamo sotto protezione. Siamo *già* in pericolo.»

Travis e Abby si scambiarono un'occhiata. «Non c'è molto altro che non sapete», affermò lui.

«Allora ragguagliaci», disse lei alzandosi. «Mi sfugge la ragione per cui non siamo sufficientemente importanti o svegli, o non abbiamo la patente di affidabilità, per sapere perché qualcuno vuole uccidere noi o i nostri figli.»

«Avevano... le foto dei nostri figli?» domandai.

Travis esitò e poi annuì.

America si ritirò vicino a me formando un fronte unito. Sapevo cosa sarebbe successo e, vedendo l'espressione di Abby, anche lei lo sapeva.

«Ci avete coinvolto in questa faccenda senza il nostro permesso», affermò. «Noi vi abbiamo appoggiato fin dall'inizio. Siamo sempre stati presenti per voi in tutto. Adesso scopriamo che ci avete mentito per anni. Okay. Capisco le circostanze ma *ora* è venuto il momento di essere sinceri. Ora questa storia ci riguarda. È un nostro problema. C'è altro che dovremmo sapere?»

Aveva ragione. I nostri figli stavano dormendo nella sala d'attesa d'un ospedale, e prima ancora lo avevano fatto su un giaciglio improvvisato per terra, perché fossimo sorvegliati dagli occhi attenti dell'FBI. Non sapevamo da quanto tempo i Carlisi fossero in città o da quanto ci stessero controllando. Non eravamo in grado di proteggere noi stessi o i nostri bambini senza sapere esattamente a cosa ci trovavamo di fronte.

«E dopo che farai, Mare?» chiese Travis.

«Trav», lo avvertii.

«No, vorrei saperlo. Tu pensi che Thomas o io volessimo tutto questo? È l'ultima cosa che volevamo. Ho lavorato sotto copertura per...»

«Sotto copertura?» esclamò America fremente di rabbia. «Mentire ai mafiosi non si chiama lavorare sotto copertura, Travis! Loro sapevano chi eri, chi avevi sposato e dove vivevi! Eravamo a Las Vegas con te. Avevano le fotografie dei miei figli!» disse, e gli occhi le si riempirono di lacrime. «Siamo stati in pericolo dal momento stesso in cui hai acconsentito a farlo. Non fingere di essere il salvatore, ora. Tu e Thomas siete la *causa*!»

«America, basta», disse Abby. «Tu non sai tutto.»

«Esatto», replicò brusca. Mi afferrò la mano e ci incamminammo insieme verso la porta.

«Shep», mi supplicò mio cugino.

Mi girai verso di lui. Ero sempre stato dalla sua parte ma per la prima volta non sapevo se fosse là per aiutarmi; ero indeciso se credere alle sue parole. Non aveva scelto di mentirci ma non aveva più il controllo della situazione. «Non ti sei neanche scusato, Travis. So che non volevi farlo, ma ci hai coinvolto. E per che cosa?»

«Per non finire in carcere», rispose brusca Abby. «Anche tu avresti fatto tutto il possibile per evitare che accadesse, e lo sai.»

«Io non avrei disegnato un bersaglio sulla schiena dei miei figli», risposi. «Tu lo hai fatto.» Guardai Travis in cagnesco e trascinai mia moglie fuori dalla stanza.

18.

LIIS

Val caricò le cose mie e di Stella sul sedile del passeggero e sul pianale del furgone di Travis, salvo la borsa per bebè grigia e rosa che mio cognato si era messo sulla spalla. Sorrisi per la prima volta da quando Thomas se n'era andato. Vedere un uomo così grosso e minaccioso come Travis Maddox portare una cosa così tenera mi sembrò buffo. La sensazione, tuttavia, svanì con la stessa rapidità con cui era arrivata, sostituita da un dolore profondo. Non potevo credere di essere a Eakins, in Illinois, con Stella ma senza suo padre. Gli ultimi giorni mi avevano lasciato stordita.

Travis posò la borsa dietro, accanto al seggiolino già pronto, rivolto all'indietro. Sembrava avere tanti pensieri in testa, oltre alla notizia con cui di lì a poco avrebbe spezzato il cuore a tutta la famiglia.

«Devo tirare le cinghie», disse allungandosi verso la bambina. Quando si rivolse a lei, la sua voce divenne più acuta. «Sei così piccola, ma rispetto a Carter sei un gigante. Sì, eccome.»

Andai dall'altra parte e mi sistemai sul sedile accanto al seggiolino, dietro a Val. Lei era già seduta davanti e stava digitando sul cellulare.

«Carter?» chiesi.

Prima che Travis potesse rispondere, lei osservò: «Perché gli uomini si comportano in modo così stupido con i bambini?».

«Felice di vederti, agente Taber», replicò lui sarcastico, sapendo cosa sarebbe successo.

«'fan...» cominciò a dire come d'abitudine, ma poi pensò a Stella.

«Perché ti dà tanto fastidio?» le domandò Travis. «Perché entrare nell'FBI se odi essere chiamata agente?»

«Non lo odio. È solo una scusa per mandare la gente a 'fan... lo sai.»

«Notizie, Val?» chiesi.

«Progressi significativi da ieri», disse riprendendo a digitare sul telefono. «Ho anche sentito Lena. L'operazione Coco è approvata. È dentro.»

Travis sospirò, sollevato da entrambe le informazioni. Sistemò Stella e si assicurò che fosse comoda. Prima di mettersi al volante, le diede un bacio sulla testa e io restai di sasso, ricordando che Thomas aveva fatto esattamente lo stesso prima di lasciarci.

Chiuse la portiera e si allacciò a sua volta la cintura di sicurezza. «Tutto a posto?» chiese a Val. Lei lo ignorò, occupata com'era a parlare con il direttore. Travis strinse il volante e guardò dritto davanti a sé senza accendere il motore. «Liis?»

Chiusi gli occhi. «Tutto bene.»

«Non credo.»

Guardai dal finestrino. «Fingiamo che sia così.»

«C'è una cosa che devi sapere. Gliel'ho detto.» Travis sputò le parole come se gli bruciassero in bocca.

«Cosa?» dissi.

«Cosa?» ripeté Val.

«Ieri sera è venuto fuori parecchio. Sanno che io e Thomas siamo federali. Che la mia carriera è iniziata con l'incendio. Papà lo sapeva già, Liis.»

«Però non sa tutto.»

«Sì. Ma ho dovuto raccontargli parte della storia prima che arrivassi tu. Altrimenti per lui sarebbe stato troppo.»

«E gli altri?»

«Anche loro sanno. In buona parte. Tranne di te e... del piano.»

«Capisco», risposi. Non avevo altro da aggiungere. Come poteva una persona prepararsi a comunicare alla sua famiglia che fino a quel momento aveva mentito? Che non ero quella che credevano fossi, e nemmeno Thomas? Che lui non c'era più? Per poi guardarli affrontare il dolore peggiore possibile?

«Ti starò vicino», mi rassicurò Travis.

Impiegai molto a parlare. Quando riuscii a controllare le mie emozioni quel tanto da pronunciare una frase, stavamo già superando il cancello dell'aeroporto. «Non mi perdoneranno», dissi. Quelle parole mi si piantarono in gola.

«Sì, invece. Ci perdoneranno tutti e due.» Conoscevo Travis abbastanza da capire quando fingeva. Abby era più abile a recitare, ma anche lui era migliorato con gli anni. Sua moglie era un'ottima maestra.

«Non so se ce la faccio. Sono tutta scombussolata.»

Travis si voltò a guardarmi. «Hai appena partorito, Liis. Sei passata dall'avere una nuova famiglia a essere madre single in un giorno. Datti tregua.»

Lo guardai in cagnesco, irritata dalla sua schiettezza. Benché detestassi ciò che aveva detto, era vero. «Sono sempre la stessa. Non sono debole.»

«Cazzo, no che non lo sei. E comunque le madri sono maledettamente forti. Non ho mai visto nessuna come te.»

Mi agitai sul sedile. La sua risposta mi stupì. «A parte Abby.»

«Non è una gara», replicò rivolgendomi un lieve sorriso.

Mi rilassai. Travis riusciva sempre a farmi sentire al sicuro, proprio come Thomas. Per quanto mi spaventasse viaggiare con una neonata, sapere che presto sarei stata con i Maddox era di grande conforto. «Tu come stai?»

Si schiarì la voce e mise la freccia. «È stata dura. Non mi va di farlo più di quanto non vada a te.»

«Dov'è Abby?»

«In ospedale con tutti gli altri.»

«In ospedale? Perché?» chiesi allarmata.

«Il bambino è nato stanotte.»

Io e Val ci scambiammo un'occhiata. Abby non era per nulla prossima al parto. Mi sentii subito in colpa. Anni fa avevo spiegato in dettaglio a Abby l'accordo che Travis aveva fatto con l'FBI. Lei aveva già intuito qualcosa, e avevo deciso di evitare a Travis l'onere di essere lui a infrangere il silenzio. Io non sarei andata in prigione se glielo avessi rivelato, lui forse sì. In definitiva avevo salvato il loro matrimonio. Abby aveva capito allora perché suo marito fosse tanto misterioso e se ne andasse tanto spesso, ma la verità era un peso. Dal momento in cui vieni a conoscenza di un segreto, sorge l'inevitabile domanda: che prezzo pagherò per custodirlo?

«Stanno bene?» domandai.

«Abby sì. Carter starà bene presto.»

Carter. Era lui che faceva sembrare Stella un gigante. Lei pesava poco più di tre chili. Carter doveva essere minuscolo.

«Che bella notizia», osservò Val, sincera. Era il suo modo di scusarsi per avergli dato del filo da torcere prima.

«Abby è sola in ospedale?» domandai.

«Tutta la famiglia è là, sorvegliata. Tra gli agenti c'è anche Davies.»

«Mi dispiace per questo», disse. «Comunque lei è la migliore...»

«Lo so. Però non riuscirai a spiegarlo a Falyn.»

«Quindi... sanno?»

«Hanno fatto due più due quando l'agente Davies è andata a prenderli in aeroporto.»

Mi sistemai sul sedile guardando Stella che dormiva serena. Era un mix perfetto di Thomas e di me. Aveva già i suoi orari: mangiava e si addormentava alla stessa ora. Cambiava ogni giorno, e Thomas si stava perdendo tutto questo.

Sentii gli occhi inumidirsi, e avevo appena infilato la mano nella borsa della bambina in cerca di un fazzolettino quando Travis me ne porse uno. «Andrà tutto bene, Liis. Promesso.»

Mi tamponai gli occhi e tirai su con il naso. «Sarà meglio, maledizione, altrimenti per una volta sarà il direttore a rispondere a me.»

«Sì. E anche lui lo sa.»

Dalla periferia di Eakins ci avvicinammo al centro. Non era cambiato molto. Prosperavano solo fabbriche e stabilimenti petroliferi, stazioni di servizio e piccoli negozi, solarium e catene di fast-food. Tutto il resto sembrava piuttosto abbandonato.

«È quello?» chiese Val quando gli edifici più alti del college si stagliarono sopra la linea degli alberi.

«Sì», rispose Travis, per nulla felice di ricordare. «Sì, è quello.»

Da tempo le macerie carbonizzate di Keaton Hall erano state rimosse e i danni erano stati riparati. Nei pochi minuti che impiegammo a superarlo, Travis non guardò neanche una volta in direzione del piccolo college. Immaginai che gli ricordasse troppo la strana piega che la sua vita aveva preso a causa di una sera, l'ultima volta in cui aveva partecipato al Cerchio, la rete di combattimenti clandestini della Eastern State. Distolse lo sguardo dai ricordi dell'incendio, quando per poco non aveva perso Abby.

«Sai», dissi pensando a voce alta. «Che Thomas ti abbia sacrificato o no all'FBI...»

«In cambio dell'immunità», aggiunse.

«Sì, ma tra il padre di Abby e Benny Carlisi saresti comunque finito in questo pasticcio. In un certo senso l'incendio ti ha mantenuto dalla parte giusta.»

«Direi di sì», concordò Travis, perso nei suoi pensieri. «In realtà non credevano che valessi qualcosa, che da risorsa mi trasformassi in un agente, vero?»

«In realtà penso che lo credessero», affermai. «L'FBI vi prenderebbe tutti e cinque, se Trenton e i gemelli lo volessero.»

«Trent?» esclamò con scherno Travis mettendosi l'auricolare.

«Ha fegato», dissi. «Non scordarti che dopo l'incidente ha trasportato Camille per un chilometro e mezzo con un braccio rotto.»

«In due posti diversi», precisò.

«Esatto.»

Prima che svoltasse in direzione del Mercy Hospital, lo sorpresi a guardare la Eastern. Superò la strada che conduceva all'appartamento dove lui e Abby si erano innamorati e avevano vissuto all'inizio, il condominio di Trenton e Camille, la via in cui si trovava la casa di Shepley e America. Dopo altri sei isolati rallentò.

Il Mercy Hospital ci apparve davanti, i vecchi mattoni dorati illuminati dal sole mattutino.

«Travis?» dissi infuriandomi con me stessa per il suono della mia voce.

«Va tutto bene», intervenne Val. «Fa' solo un respiro.»

Travis trovò un posteggio libero, vi entrò e girò la chiave. Restammo seduti in silenzio per vari minuti. Nemmeno Val osò parlare.

«Non posso!» sbottai.

Mio cognato scese dall'auto sul vialetto di ghiaia. «Sì che puoi.» Spalancò la portiera posteriore, si allungò all'interno e si mise la borsa della bambina in spalla, poi fece per prendere Stella.

«Lasciamo i bagagli qui o...?» chiese Val.

Abbassai lo sguardo sentendo sul naso il calore delle lacrime che gocciolavano giù. «Vi odio tutti perché mi costringete a fare una cosa del genere.»

«Neanch'io sono contento del piano. Ma è sempre il piano. Devi farlo e sai perché.» Inclinò il seggiolino quel tanto da permettermi di vedere il visetto dolce di mia figlia. «Se ci fosse un altro modo, pensi che ti troveresti qui sola?»

Scossi la testa e mi asciugai il naso.

«Conserva le lacrime», disse Travis stendendo la copertina di Stella sopra l'impugnatura per proteggere mia figlia dal sole intenso. «Ti saranno utili.»

«Vaffanculo», sibilai tra i denti.

Una portiera d'auto si richiuse e Val si girò, la mano sull'arma che aveva al fianco. Vedendo l'agente Hyde, si rilassò. «Non sapevo che saresti stata dei nostri», esclamò.

«Sono nella squadra di protezione dell'agente Lindy», rispose.

Val mi guardò per conferma e io annuii. «È uscita da Quantico. È più che in gamba. Assegnata dal direttore.»

La squadrò da capo a piedi. «È così?»

«È così», rispose Hyde sollevando il mento con sicurezza.

«Per il momento l'agente Lindy è soltanto Liis, agente Hyde», affermò Travis. «La mia famiglia non sa ancora che fa parte del Bureau.»

«Sì, signore», rispose.

Travis chiuse la portiera, venne dalla mia parte e mi aiutò a scendere per accompagnarmi all'ingresso dell'ospedale. Val restò dietro. Oltre a me e a Travis, ci sarebbero stati Hyde, Wren, Blevins, Davies, Perkins e Taber, tutti gli agenti che avevano lavorato al caso fin dall'inizio e di cui ci fidavamo al punto da mettere la vita della nostra famiglia nelle loro mani. Ed erano inoltre gli unici, a esclusione del direttore, che conoscessero la verità su Thomas.

Travis si toccò l'auricolare. «Stiamo salendo», disse. La porta dell'ascensore si aprì in un corridoio stranamente silenzioso. Hyde uscì per prima, seguita da Travis con Stella. Val si accodò a me, l'ultima a lasciare la cabina. Da quando eravamo atterrati a Eakins sembrava inquieta. Un'infermiera arrivò di corsa, spaventandola.

Travis sorrise. «Siamo un po' tesi?»

«'fan...» ringhiò Val. Poi strinse la mascella, frustrata.

Travis mi portò alla sala d'attesa e si spostò per lasciarmi entrare. Si alzarono tutti, stanchi ma sorridenti. I bambini avevano i capelli appiattiti o dritti, arruffati e scompigliati dopo una lunga notte passata sui divani o sugli scomodi giacigli a terra. Gli adulti erano messi peggio, mi fissavano tutti in attesa di notizie. La mia espressione confermò probabilmente le loro paure, perché Falyn si coprì la bocca con la mano e Ellie abbracciò Tyler.

«Ehilà, mia cara», esclamò Jim cercando un paio di volte di tirarsi su dal divano. Camille alla fine lo aiutò. Stava facendo del suo meglio per sorridere, per restare positivo malgrado fossi arrivata senza Thomas. Mi abbracciò con forza.

«Sono venuta il prima possibile. Volevo dirvelo di persona», affermai. Già la bugia mi grattava in gola, irritandomela. «Thomas...» Mi guardai attorno. Lo sapevano ma stavano ancora aspettando, ancora sperando.

Travis mi attirò a sé.

«Thomas se n'è andato.»

Il labbro di Jim tremò, poi lui fece un passo indietro. Camille lo aiutò a sedersi e lo strinse in un abbraccio. Trenton fece lo stesso.

«Come?» domandò Trenton. «Perché?»

Jim pescò un fazzoletto dalla tasca della camicia. Si asciugò gli occhi e rimise quel pezzo di stoffa bianca ricamata al suo posto. «Siediti, mia cara», disse scostandosi da Camille per farmi spazio.

Stella si mise a piangere e Travis posò il seggiolino per terra, sganciò le cinghie e me la mise in braccio. Era chiaro che ormai era un padre esperto: stava già cercando nella borsa qualcosa che mi aiutasse a calmarla.

La cullai per un istante e la girai verso Jim perché potesse vederla. Lui si chinò sorridendo, con un dolore irrefrenabile negli occhi. Mi guardò. «Assomiglia a te e un po' a Tommy, no?»

Assentii. «Molto. Gli assomiglia *molto.*»

«È bellissima», esclamò Jim accarezzandole il pugno con l'indice. «Ricorda la mia Diane.»

Annuii e un istante dopo lo vidi crollare. Trenton gli mise un braccio sulle spalle e lo resse. Camille si allungò per stringergli il ginocchio. Era atroce. Avrei dovuto festeggiare la nascita di mia figlia, invece stavo piangendo la perdita di suo padre.

«Possiamo vederlo?» chiese Taylor.

«Lo mandano a casa domani», risposi asciugandomi una lacrima che mi era sfuggita. «Voleva essere sepolto qui.»

Maledissi il Bureau dentro di me. Il giorno prima il direttore mi aveva chiamato per scusarsi ma, alla luce dei rischi che avevamo corso, solo se il suo piano del cavolo avesse avuto successo mi sarei convinta che ne era valsa la pena. E per successo intendevo che non venissero presi di mira altri membri della nostra famiglia. La loro incolumità dipendeva dal fatto che gli uomini di Benny credessero d'essersi vendicati ma, condizione altrettanto importante, dovevano capire che, se avessero continuato con gli attacchi armati, avrebbero subito ulteriori perdite. Di questo aspetto si era già occupato Travis. Dalle informazioni ottenute avevamo saputo che la finta morte di Thomas aveva funzionato. I Carlisi erano tornati a Las Vegas e, almeno per il momento, io e Stella non ci eravamo trovate sicari alle calcagna. Appena si fossero resi conto che era una messinscena, però, sarebbe ricominciato tutto daccapo. Dovevamo far sì che la morte di Thomas sembrasse molto reale. Era un grosso rischio. La mafia ci stava sorvegliando tutti. Eravamo stati fortunati che il colpo non lo avesse raggiunto alla testa. Il giubbotto antiproiettile aveva fatto il suo dovere.

«Mi dispiace tanto», dissi a Jim, ed ero sincera.

«Non posso pensare che gli abbiano sparato. Voglio dire... Che cazzo?» affermò Trenton con il labbro che gli tremava.

Fissarono tutti nella mia direzione per avere una risposta.

Mi guardai attorno e feci un respiro prima di sputare il veleno che avrebbe ucciso a poco a poco la famiglia di Thomas. Travis mi porse il ciuccio di Stella e io mi appoggiai allo schienale, cullandola finché le sue urla non si ridussero a un piagnucolio.

«Noi, ehm... noi eravamo appena arrivati a casa dall'ospedale. È successo sul prato antistante l'ingresso, quand'è uscito a prendere il resto delle cose della bambina. Travis mi ha detto che sapete già che Thomas era un agente dell'FBI. Quello che non sapete... è che lo sono anch'io.»

Falyn e Ellie ebbero un sussulto, Trenton restò a bocca aperta.

«Per questo ci siamo conosciuti.» Incrociai per caso lo sguardo di Camille e distolsi il mio. «Quando Thomas ha saputo dell'incendio e delle accuse che probabilmente sarebbero state mosse a Travis...»

«Lui non era là durante l'incendio», affermò Jim.

«Sì, c'ero, papà», ammise Travis pieno di vergogna. «C'ero. Ero là.»

Jim aggrottò la fronte digerendo la verità un po' alla volta.

«...è andato dal direttore e gli ha proposto un patto. Thomas a quel punto sapeva che la strada di Travis si era incrociata con quella di Benny Carlisi, il capo di una cosca di Las Vegas.»

«Quando?» chiese Jim a Travis.

Lui deglutì. «Il padre di Abby si era cacciato in un guaio. Aveva un debito con Benny. È andato da lei a chiederle aiuto. Siamo partiti per Las Vegas e là lei ha vinto buona parte dei soldi che servivano a suo padre. Io ho vinto il resto.»

«Come?» fece Tyler. «Non a poker.»
«Sul ring», rispose.
Proseguii. «Thomas sapeva che Travis avrebbe potuto sfruttare l'aggancio straordinario con Benny in cambio dell'immunità, ma aveva poco tempo per convincerlo ad accettare e voleva farlo di persona; perciò glielo abbiamo detto il giorno dopo il rinnovo dei voti.»
«A Saint Thomas?» chiese Falyn.
Annuii e sentii le lacrime bagnarmi gli occhi al ricordo. Non era un bel ricordo. Non ero mai stata in grado di dimenticare la vergogna negli occhi di Thomas. «Così abbiamo preso Travis sotto la nostra ala e da allora lavora sotto copertura, ci fornisce informazioni.»
«Non capisco. Perché tenercelo nascosto?» domandò Trenton.
«È stata un'idea di Thomas. Temeva di turbare Jim.» Guardai il padre del mio compagno. Era chino con gli occhi lucidi e un'aria disfatta. «E», aggiunsi rivolgendo lo sguardo a Travis, che mi diede il permesso con un cenno, «non voleva che tutti veniste a conoscenza di ciò che aveva fatto.»
Tyler si incupì. «Cos'ha fatto?»
Sospirai. «Per essere sinceri fino in fondo... Thomas sapeva che, se avesse portato Travis nel Bureau come risorsa, gli avrebbe evitato la prigione. Ma sapeva anche che avrebbe ottenuto una promozione.»
«La scelta però è stata mia», si affrettò ad aggiungere Travis.
Trenton si accigliò. «Fragola o cioccolato è una scelta. Andare in prigione o diventare una pedina dell'FBI non è una scelta. Adesso la tua famiglia è in pericolo, Trav. Come hai potuto farci questo?»
«Trenton», lo ammonì Jim.
«Pensi che avrei potuto evitarlo?» affermò Travis infuriandosi all'improvviso. «Pensi che volessi che succedesse anche solo una minima parte di tutto questo?»
«Ragazzi», intervenne Jim.
«*Io* penso che la mamma non voleva che nessuno di noi lavorasse nel campo di papà per un motivo, e voi due ve ne siete strafregati», rispose Trenton.

«Basta», tuonò Jim. «Oggi la nostra famiglia ha già sofferto abbastanza. Cerchiamo di non peggiorare le cose. Tu, Trenton, non disonorare tuo fratello mettendo in discussione le sue scelte. Quello che è fatto è fatto.» Aveva il respiro affannoso. «Abbiamo un funerale da organizzare.»

«Come, un funerale?» chiese Hollis. «Lo zio Tommy sta bene, vero?»

Anche Ezra e James si guardarono attorno, d'un tratto preoccupati.

Mi sentii male. «No», risposi affranta. Ero un essere spregevole.

I bambini scoppiarono in lacrime e Travis si inginocchiò davanti a loro. «Lo zio Tommy ha avuto un incidente.»

Hollis aveva le guance paonazze. «Lo so ma... è in ospedale.»

«Lo era. Adesso gli faremo un funerale per dirgli addio.» Travis disse le ultime parole con voce strozzata. Prese Hollis per le spalle e guardò da un'altra parte. Si sentiva un mostro. E anch'io.

Il bambino abbracciò suo padre e poi tutti presero ad abbracciarsi a vicenda. Camille tentò di stringere Trenton, ma lui sollevò una mano per farle capire che aveva bisogno di un attimo.

«Questi Carlisi», disse. «Sono loro da cui ci stiamo nascondendo?»

«Non più», affermai. «Abbiamo appena ricevuto comunicazione che l'ultimo di loro ha lasciato la città nella notte.»

«Perché?» domandò Trenton. Si stava arrabbiando sempre più.

«Perché hanno saputo che ho deciso di non andare avanti con il caso. Il padre di Abby era stato messo sotto protezione prima del processo di alcuni loro pezzi grossi, ma è scomparso. Il Bureau non ha più niente contro di loro.»

«Non vi occuperete più del caso?» domandò Camille. «Lascerete che se la cavino così?»

Deglutii, cercando in ogni modo di non mettermi sulla difensiva. «Sono una vedova con una neonata. Devo concentrarmi su Stella.»

Camille si coprì la bocca con entrambe le mani e Trenton

scoppiò a piangere. Nel giro di poco stavano tutti singhiozzando, anche i bambini.

Travis abbracciò i gemelli. «Andiamo a trovare la mamma.» Li portò via lasciandomi sola con la sua famiglia. Lo guardai a bocca aperta supplicandolo con lo sguardo di restare. Lui si asciugò gli occhi. «Non starò via molto.»

Cullai Stella, che già dormiva serenamente; in realtà stavo confortando me stessa.

«Questa è una puttanata», urlò Trenton. «Una puttanata del cazzo!»

Camille lo abbracciò, ma lui si liberò dalla sua stretta, asciugandosi gli occhi e fissando per terra. In pochi minuti vidi i Maddox attraversare tutte le fasi del dolore, e più di una volta.

«Liis», disse Ellie inginocchiandosi davanti a me.

Scossi la testa per farle sapere che, malgrado apprezzassi il suo gesto, ero insensibile alla pietà. Non me la meritavo, e quello era un altro motivo per cui mi sarei odiata, dopo.

Travis tornò. Jessica e James si accoccolarono contro lo zio Trenton. «Finalmente Abby dorme», annunciò. «Quando si sveglierà, la porterò a vedere Carter. Gli agenti Davies, Wren e Blevins vi accompagneranno a casa.»

«Allora è finita?» chiese Trenton. «Siamo liberi di andare?»

«Siete liberi di andare», confermò Travis.

«Penso io a papà», disse Camille. Sembrava stordita, incapace di metabolizzare le ultime ventiquattr'ore.

Vedevo che Trenton avrebbe voluto insultare il fratello, ma si ricordò che Travis aveva accanto i bambini. Baciò Jessica e James sulla fronte e si raddrizzò indicando a Olive di seguirlo.

«Shep», disse Travis.

«Sì. Prendiamo noi i gemelli», disse lui senza esitare.

«Grazie.»

Shepley annuì aiutando America a radunare i figli e a piegare le coperte. Dopo che Trenton se ne fu andato con Jim, Camille e Olive, Shepley e America li seguirono con i loro bambini e Jessica e James, poi uscirono Jack e Deana, e infine i gemelli con le loro famiglie. Un po' alla volta la sala si svuotò e a un certo punto con me e Stella restò solo Travis, oltre alla squadra di protezione.

Lui guardò gli ultimi familiari andarsene e si sfregò la faccia con una mano. «Puttana, se è stato orribile.» Si sedette su un divano nella sala d'attesa intrecciando le dita dietro la nuca.

«Be'», disse Val raggiungendolo. «Il peggio è passato.»

«No, non è passato», replicò lui brusco. «Il peggio sarà guardarli in faccia e dir loro che ho mentito... di nuovo. Trenton mi metterà sicuramente le mani addosso, e intendo lasciarlo fare.»

«Io spero che saranno così felici da dimenticarsi di quello che abbiamo fatto. Altrimenti non ci rivolgeranno mai più la parola», osservai.

«Sì che lo faranno», replicò Travis.

Allungai il collo per guardarlo. «Tu lo faresti?»

Abbassò lo sguardo e si incupì. «No, non lo so, non so cosa farei.»

19.

FALYN

Arrivati a casa di Jim, ci facemmo tutti una doccia e ci cambiammo, poi ci riunimmo di nuovo al piano di sotto. Nell'ultima ora il mio telefono non aveva fatto che ronzare, ma sapevo già chi era. Quel mattino Peter Lacy aveva ricevuto da me la prima risposta: gli avevo detto che, se non avesse smesso di contattarmi, avrei sporto denuncia alla polizia di Estes Park. Per qualche motivo la cosa lo aveva divertito ancora di più.

Taylor e Tyler erano storditi, seduti al tavolo da pranzo a fissarsi, le mani giunte. Misi il cellulare in modalità silenziosa e me lo cacciai nella tasca posteriore. Non volevo spegnerlo, in caso Travis e Abby oppure Liis avessero avuto bisogno di qualcosa, ma una parte di me valutò seriamente se fosse più probabile quell'eventualità o che Taylor scoprisse che Peter stava ancora cercando di contattarmi. Visto il suo stato d'animo, non sapevo come avrebbe reagito. Di certo non volevo che facesse scenate davanti a Alyssa. Jim dormiva in camera sua, Alyssa era di guardia in soggiorno e i bambini erano di sopra a guardare un film, così noi quattro restammo là, soli con il nostro dolore. Avrei voluto abbracciare Taylor, toccarlo. Era mio marito, santo cielo, ma l'orgoglio mi bloccava le mani in grembo. Da quando me n'ero andata vivevamo secondo le mie regole, che ritenevo andassero seguite perché Taylor imparasse. Non era giusto mandargli segnali confusi per confortarlo.

La casa era silenziosa, si udiva solo qualche sporadico scricchiolio dei muri dovuto all'assestamento della struttura. Cercai di non pensare al fatto che Alyssa fosse nell'altra stanza, ma era impossibile. Era più facile lasciare che la mia mente si preoccupasse di cose che in qualche modo riuscivo a controllare. La caffettiera suonò e tutti d'un tratto si scossero dall'immobilismo.

«Vado io», disse Ellie alzandosi. Tornò con un vassoio, posò sul tavolo la caffettiera e poi riempì le tazze.

Tyler lo prendeva nero, ma dovevo cercare la panna e lo zucchero per Taylor. Mentre aprivo gli armadietti, notai certe cose in posti strani e mi bloccai vedendo una vaschetta per i cubetti di ghiaccio accanto alle spezie. La estrassi e l'acqua debordò. Rimasi sbigottita.

«Oh!» esclamai.

Alyssa arrivò svelta. «Tutto bene?» chiese, sapendo già la risposta.

Mi scrollai l'acqua dalle mani e mi strizzai i pantaloni. «Non sapevo che Jim tenesse le vaschette per i cubetti di ghiaccio nell'armadietto.»

Alyssa arricciò il naso. «Come?»

«Niente», dissi riempiendo di nuovo la vaschetta e mettendola nel freezer.

Lei annuì e si girò per tornare in soggiorno, poi però si fermò. «Ammetto di aver chiesto io quest'incarico.»

La fissai. «Io... Non so davvero cosa dire.»

«Desideravo vedere Hollis da un po', ma soprattutto dopo che hai lasciato Taylor.»

Feci una smorfia di disgusto. «Ci stai controllando?»

Scrollò le spalle, per nulla mortificata. «Avete mio figlio.»

«*Mio* figlio», la corressi. «Sono stata io a crescerlo. Sono stata io a vegliarlo un'infinità di notti per mettergli un panno freddo sulla fronte quando stava male. Io a preparargli la colazione tutte le mattine e le torte di compleanno, a cullarlo ogni sera. Io ero là il suo primo giorno di scuola e quando ha segnato il suo primo gol a calcio. Lui è *mio* figlio.»

«Lo è», riconobbe lei. «In ogni senso.»

«Allora perché sei voluta venire qui?»

«Curiosità, perlopiù. Il resto è sentimentalismo.»

Mi agitai, innervosita, ignorando le sue intenzioni. «Gli dirai chi sei?»

«No», rispose Alyssa abbassando lo sguardo. «Soprattutto non ora. Sarebbe inopportuno dargli questa notizia quando soffre già per suo zio.»

Anche se non aveva dormito e portava i capelli raccolti all'indietro, era pressoché la stessa dall'ultima volta che l'avevo vista. Con quei lunghi capelli neri e lisci e quegli occhi da cerbiatto mi ricordava Cher quand'era sposata con Sonny, fatta eccezione per le curve da capogiro che facevano sembrare Alyssa più un'attrice nel ruolo di un'agente che un'agente vera. Non dovendo correre dietro a nessun bambino e avendo solo sé stessa di cui prendersi cura, era invecchiata molto meglio di me. Con un paio di pantaloni da casa, una maglietta oversize, dieci anni di matrimonio sulle spalle e le zampe di gallina attorno agli occhi, mi sentii subito indifesa. Alyssa era una top model capace di rubarmi il marito e un'agente dell'FBI con le palle in grado di rubarmi il figlio. L'inferiorità che provai fu schiacciante.

Guardai Taylor, che girò la testa dall'altra parte fingendo di non stare osservando. Non sapevo se stesse ascoltando o fissando Alyssa.

«Non sono risentita per i momenti che stai passando con Hollis», ripresi. «Mi sono spesso chiesta come tu abbia fatto, come sei riuscita a lasciarlo senza voltarti indietro. È semplicemente...»

«Sconcertante», disse Alyssa concludendo la frase per me. «Capisco. E non voglio renderti questa settimana ancora più difficile. Ho visto come ti guarda. Non potrei conquistarlo neanche se ci provassi. Volevo solo... vederlo.»

«Hollis?» chiesi. Non potei farne a meno, mi uscì di bocca, e sentii all'istante le guance in fiamme.

«Certo, Hollis. E chi se no?»

Controllai se Taylor ci stesse osservando. Lui si girò, colto di nuovo sul fatto. Avrei voluto fare i bagagli e saltare sul primo aereo per il Colorado. L'imbarazzo di solito mi rendeva furiosa, ma non riuscii nemmeno a trovare dignità sufficiente per arrabbiarmi.

«Oh. No», rispose lei. «No, no, no. Hai frainteso. Completamente, totalmente.»

Incrociai le braccia al petto con la sensazione di essere pazza. Ero in effetti *indignata* che non fosse interessata a mio marito.

Alyssa notò la mia irritazione e sospirò. «Lascia che riformuli la frase. Taylor non è mai stato un'opzione. Ci sei sempre stata tu. Lo sapevo allora e lo so adesso.»

Era strano vedere una persona così pericolosa confortarti in quel modo.

All'improvviso tacque e percorse silenziosamente il corridoio. Si avvicinò alla porta d'ingresso e premette l'orecchio sul legno. Restò per un attimo in ascolto, alzò gli occhi al cielo e aprì l'uscio. Olive si bloccò di colpo attendendo il permesso di entrare. Lei le spalancò del tutto la porta e poi la chiuse a chiave alle sue spalle.

«Mi dispiace», esclamò Olive. «Non sono abituata a trovarla chiusa.»

Alyssa tornò al suo posto in soggiorno. Guardai Olive abbracciare Taylor, Tyler e Ellie. Dopo mi si avvicinò. Da tempo avevo smesso di chiedermi quando il mio cuore avrebbe cessato di battere all'impazzata in sua presenza. Mi gettò le braccia al collo e io la strinsi, tenendole una mano sulla nuca. Sapevo esattamente cosa provava Alyssa, e potevo solo farla sentire la benvenuta. Hollis era anche suo figlio. Il fatto che lo avesse lasciato non significava che non lo amasse.

«Un caffè?» chiesi a Olive portando lo zucchero e la panna sul tavolo.

Lei scosse la testa e mi seguì. «Mi sono appena bevuta la seconda tazza della giornata prima di venire qui.»

«Come sta tua mamma?» le domandai sedendomi vicino a Taylor. «È pronta all'idea che ti trasferisca allo studentato?»

Olive scosse la testa e ridacchiò. «Per niente. È una tale bambina!»

La stuzzicai scherzosa. «Dalle un po' di tregua. È un cambiamento importante.» Il mio telefono ronzò. Guardai e lo misi via.

«Le ho detto di Thomas. Più tardi porterà uno stufato a Jim», disse.

«Che pensiero gentile», commentai. Le scostai una ciocca

che le era caduta sul volto. Adesso era una giovane donna, ogni giorno si avvicinava un po' di più all'età in cui l'avevo messa al mondo. Lavorava in un supermercato locale come cassiera, cosa che faceva ogni estate da quando aveva quindici anni, ma questa sarebbe stata l'ultima prima del college.

Taylor bevve un sorso. «Grazie, baby.» Si irrigidì quando si rese conto della parola affettuosa che mi aveva rivolto, ma io misi la mano sulla sua. Adesso le regole, l'uso dei vezzeggiativi, la decisione di vivere per conto mio finché non avessi capito che Taylor aveva scontato la sua condanna ed era ridotto sufficientemente a pezzi, sembravano banalità. Lui avrebbe potuto perdere il lavoro ed era già finito in prigione, e io volevo punirlo ancora di più. Provai una fitta al petto. Avevo sbagliato. Stavo sbagliando.

«Taylor», dissi, ma il mio telefono ronzò. Lo guardai e lo misi via di nuovo.

«Sono i bambini?» chiese.

«No», risposi semplicemente.

Lo sguardo gli cadde sulla mia tasca posteriore. «È lui, vero?»

«Non è strano che ce l'abbia con lui?» esclamò d'un tratto Tyler guardando il gemello.

«Con lui chi?» fece Taylor.

«Con Thomas. Sono incazzato nero. Continuo a pensare che, se fosse qui, gli spaccherei quella faccia da bugiardo a forza di pugni.»

Taylor scosse la testa.

«Io lo trovo strano», ammise Tyler. «Non dovrei provare questi sentimenti, però li provo.» Il labbro gli tremò. «E poi mi ricordo che lui non è e non sarà più qui. Però lo prenderei a pugni lo stesso e poi lo abbraccerei fino a soffocarlo.

Ellie gli massaggiò la schiena. «Non è strano. Tutto questo è molto sconcertante. I sentimenti non sono mai sbagliati. Qualsiasi cosa tu stia provando è esattamente ciò che è giusto provare.»

Sorrisi a mia cognata. Da ubriacona dipendente dalle pillole si era trasformata in una mamma premurosa e dedita alla meditazione. Si era impegnata tanto per smettere di bere e aveva speso una fortuna per le terapie prima che arrivasse

Gavin. Da allora, non solo era rimasta sobria, ma cominciava a parlare come la sua terapeuta, e a me piaceva.

«Falyn?» disse Olive.

Immancabilmente quando pronunciava il mio nome, il mio cuore sussultava di gioia. Grazie a Taylor ero presente nella sua vita più di quanto avessi creduto possibile. Era stata la nostra damigella alle nozze, faceva da baby-sitter a Hollis e Hadley quando venivamo qui e ora era seduta accanto a me, la mia immagine speculare, in cerca di un consiglio. Posai il mento sulla mano e la guardai sorridendo. «Sì, tesoro?»

«Quando pensi che si terrà il funerale? Devo chiedere una giornata di permesso. Voglio esserci.»

«Lo domanderò al nonno quando si sveglia. Oggi dobbiamo decidere un sacco di cose, perciò è bene che riposi un po'.»

Lei si rosicchiò le unghie annuendo, assente. «Sì, signora.»

Guardai Taylor. Quanto avrei voluto ringraziarlo per quel momento e per tutti i momenti trascorsi con Olive in passato. Mi ero sbagliata, ed era ora di ammetterlo. Il telefono ronzò di nuovo. Stavolta non lo presi.

Lui guardò verso la fonte del rumore e incurvò le spalle. «È la persona che penso?»

Esitai. «Io... Non so chi sia.»

«Falyn», disse Taylor con tono stanco. «È lui?»

«Chi?» domandò Tyler.

«Peter Lacy», rispose mio marito.

«Il figlio del sindaco?» chiese sorpresa Ellie.

«Falyn non gli ha dato il suo numero e quindi non gli risponde», spiegò.

«Stamattina l'ho fatto», dissi. Taylor restò malissimo. «Gli ho detto che se non avesse smesso, sarei andata alla polizia a denunciarlo.»

«E insiste ancora?» fece Ellie.

«Sì», risposi seccata.

«Lo hai fatto davvero?» domandò Taylor. «Gli hai detto così?»

Mi voltai verso di lui. «Te lo ripeto. Non voglio avere niente a che fare con lui.»

Abbozzò un mezzo sorriso. Non perse il controllo. Non sferrò un pugno in aria, non urlò né sbatté qualche porta.

Forse il motivo è che era psicologicamente sfinito, ma gli avevo chiesto di cambiare e lui ci era riuscito. «Vorrei essere migliore. Questo ti meriti.»

Le espressioni sconvolte attorno al tavolo mi spinsero a prendergli la mano. La sua vulnerabilità in quel momento era incredibilmente commovente.

Guardò la mia mano sulla sua e batté le palpebre, stupito.

«Vieni fuori sul portico?» gli chiesi.

Mi fissò come se avessi parlato in una lingua straniera, e dopo aver elaborato la mia richiesta, annuì. «Sì, voglio dire, certo.»

La sedia grattò sul pavimento quando la scostò per alzarsi. Uscendo lo presi per mano. Lui non si ritrasse, sembrava avesse messo il pilota automatico e si lasciò condurre fuori. Ci sedemmo sul primo gradino e ascoltammo gli uccellini fischiettare e il vento frusciare tra le foglie, guardando le auto passare. Era una splendida giornata estiva. Sarebbe dovuto piovere, visto il cielo grigio, invece la tempesta era nei nostri animi. Taylor aveva le guance bagnate di lacrime silenziose e io mi sentii sempre più disperata.

«So che probabilmente è il momento peggiore, ma devo farlo. Già l'altra sera volevo dirti una cosa, perciò non pensare che siamo qui per altre ragioni, a parte quella di comunicarti la decisione che ho preso.»

«Falyn.» Attese vari secondi prima di continuare. Avevo paura che mi dicesse di tacere, che non voleva sentire niente. Che qualsiasi cosa fosse, avrebbe avuto scarsa importanza, e io non avrei potuto arrabbiarmi perché aveva ragione. «Se mi stai dicendo che vuoi il divorzio, ti avverto... potrei anche andare in strada e stendermi là in mezzo.»

Non potei fare a meno di sorridere, ma ritornai subito seria. «Non voglio il divorzio.»

Il suo sguardo incrociò il mio e per la prima volta dopo tante ore mi vide davvero. «No?»

Scossi la testa. «Io ti amo. E hai ragione. Dovremmo lavorarci su insieme, non divisi. Questa situazione non fa bene a nessuno, soprattutto ai bambini e...»

«Allora mi stai dicendo che, quando torneremo a casa, non saremo più separati.» Attese, cautamente ottimista.

«Ti sto dicendo che non siamo più separati.»

«Non più? Vuoi dire da ora?»

«Sì.»

«Da questo momento?» insistette, ancora insicuro.

«Se a te sta bene. Non voglio dare niente per scontato.»

Chiuse gli occhi e si prese la testa fra le mani piegandosi in avanti fin quasi alle punte dei piedi.

«Attento», dissi tenendolo per un braccio.

Emise un urlo strozzato e mi prese tra le braccia. Scoppiò in singhiozzi e io lo tenni stretto. I muscoli della schiena cominciarono a bruciarmi, ma non osai muovermi. Se aveva bisogno di me, sarei rimasta seduta in quella posizione per tutto il giorno.

A un certo punto le spalle smisero di tremargli. Fece due profondi respiri, si tirò su e si asciugò gli occhi. Non l'avevo mai visto soffrire tanto, nemmeno la sera in cui l'avevo lasciato. «Io ti amo», disse con il respiro irregolare. «E migliorerò. Neanch'io posso perderti. Mi distruggerebbe, Falyn... Forse mi ha già distrutto.»

Mi chinai per baciargli la guancia e poi l'angolo della bocca. Lui si irrigidì non sapendo come reagire, temendo di fare la cosa sbagliata. Premetti le labbra sulle sue una volta e poi un'altra. La terza volta le socchiusi e Taylor ricambiò il bacio tenendomi il viso tra le mani. Non ci toccavamo da mesi e, quando iniziammo, non riuscimmo più a smettere. Piangevamo e ci baciavamo. Ci abbracciavamo e ci facevamo promesse, e non c'era cosa più giusta.

Taylor avvicinò la fronte alla mia con il respiro affannoso, sollevato ma ancora una volta cauto. «Questo è solo per adesso? Quando torneremo in Colorado e ci ritroveremo con gli stessi problemi sarà diverso?»

«Lavoreremo sugli stessi problemi, ma sarà diverso.»

Annuì e una lacrima gli gocciolò dalla punta del naso. «Sarà diverso. Promesso.»

20.

ELLIE

Strisciai il dito verso sinistra sul mio e-reader voltando pagina, e mi risistemai, quando Tyler si mosse. Dormiva sulla mia coscia destra da due ore, Gavin su quella sinistra da tre. Non capii perché l'avevo fatto. Cercare di risistemarmi dopo che uno dei miei ragazzi si era messo comodo di solito sortiva l'effetto di farlo muovere di nuovo. Qualsiasi fosse la ragione, pensavo di sapere meglio di loro cosa li facesse stare bene, e quasi sempre mi sbagliavo. In parte era un problema di controllo e di istinto materno. In quel momento avevo bisogno di sapere che li aiutavo a stare più comodi, quando in realtà, se fossi rimasta immobile, ci avrebbero pensato loro.

Scorsi la pagina assimilando i vari suggerimenti per affrontare la morte, per aiutare gli altri a farlo e trovare conforto; secondo quanto sosteneva l'autore, un esperto nel campo, le nostre energie continuano nella vita successiva. Non sapevo se questo mi rendesse un tipo strambo, new age, però mi fece sentire meglio e, per quanto mi riguardava, quello era lo scopo: esistere e curare le ferite nel modo più sano possibile.

Avevo faticato a trovare pace dopo la morte di Thomas, le bugie e il pericolo corso. Cercai di non pensare al fatto che la foto di Gavin era una delle tante sparse sul sedile di un'auto con a bordo tre sicari della mafia, o che probabilmente fosse stata sporcata dal loro sangue, rosso scuro come quello di Gavin, che scorreva fino a poco prima nelle vene di un uomo che era stato ragazzo, diverso da me solo perché aveva fatto una serie di scelte sbagliate dovute alle esperienze d'infanzia, influenzate a loro volta dalle scelte sbagliate dei suoi genitori: un ciclo che non si spezzava mai.

Il mio cuore soffriva per gli uomini che avrebbero ucciso mio figlio senza pensarci due volte, e anche questo era estenuante. Avevo detto no alla rabbia e, liberandomene, mi ero ritrovata senza lo strumento necessario per poter odiare. Avrei potuto odiarli, certo, ma dopo aver passato tanti anni a considerare gli adulti alla stregua di bambini e a capire le cause delle loro azioni, era difficile. Una volta imparato a vedere il mondo in un modo nuovo, non avrei mai immaginato di dover lottare con sentimenti che dieci anni fa mi nascevano così spontanei nel cuore.

Però quegli uomini che non riuscivo a odiare non erano immaginari. Erano venuti a Eakins armati e costituivano una minaccia molto concreta per la nostra famiglia. Era facile incolpare Thomas e Travis per averli attirati nelle nostre vite, ma questo implicava biasimare le scelte altrui. I miei due cognati avevano sì fatto le loro su come rapportarsi con i Carlisi, ma erano dalla parte della ragione. L'unica altra scelta sarebbe stata permettere che i mafiosi vendicassero la morte di Benny. Detestavo la violenza ma, mentre stavo seduta in quella stanza con mio marito e mio figlio addormentati, capii che c'era davvero un momento per tutto.

L'unica soluzione era farsi avanti e combattere.

Quella consapevolezza mi distrusse e nel contempo mi diede forza, come sempre. Feci scorrere un'altra pagina, sentendo le guance bruciarmi per le lacrime che avevano cominciato a scendere. Tirai su con il naso e me lo asciugai svegliando mio marito.

Tyler vide la mia espressione e si mise a sedere sistemandomi una ciocca sfuggita allo chignon dietro l'orecchio. «Ellie», disse in poco più di un sussurro. «Cosa c'è?»

«Ho solo letto una cosa triste», risposi.

Sorrise. Mi prendeva spesso in giro perché ero l'unica persona di sua conoscenza che piangesse leggendo libri di saggistica, ma crescere era sconvolgente, e spesso dovevo lasciarmi alle spalle qualche pezzo ammaccato di me stessa, per quanto ci tenessi.

«Quale cosa?» chiese avvicinandosi.

«Sai, la scelta di Thomas e di Travis era logica, e farla sarà stato estremamente difficile. Devono essersi sentiti così combattuti...»

Rifletté sulle mie parole e sospirò. «Probabilmente.»

«In circostanze simili è difficile vedere la luce anche se hai in mano la candela.»

Tyler rise sotto i baffi e si girò verso di me. «Lo hai letto?»

«No.»

«La tua mente mi sorprende. I tuoi pensieri sono poesia.»

Scoppiai a ridere. «Forse, a volte. È importante trovare la forza nel dolore.»

Mi baciò sulla guancia e si allungò verso nostro figlio. Gavin era il mix perfetto di noi due: riflessivo anche quando si arrabbiava, aveva la pelle chiara e morbida, un animo gentile e coraggioso e una mente analitica. Gli passai le dita sui capelli, che insisteva a portare corti per assomigliare di più a suo papà, e le palpebre gli tremolarono. Le sue iridi calde color ruggine avevano tuttavia una nota più cupa. Come noi, avrebbe dovuto conoscere il peggio di sé prima di dare il meglio e, se da un lato la temevo, dall'altro accoglievo quella sfida. Dedicavo molto tempo a conquistarmi il diritto di essere sua madre.

«Dorme da parecchio», osservò Tyler.

«Non credo che abbia dormito molto in ospedale. Ne ha bisogno. Il suo corpo si sveglierà quando si sarà riposato.»

Udimmo alcuni passi al di là della porta: percorrevano il corridoio in direzione delle scale. Quando arrivarono di sotto, la voce attutita di papà salutò qualcuno.

«È in piedi», disse Tyler. «Dovremmo scendere.»

Annuii sollevando con attenzione la testa di Gavin dalle mie ginocchia. Tyler gli mise sotto un cuscino e io gli rimboccai le coperte. Mi tenne per mano mentre raggiungevamo il tavolo dove Jim era seduto con Liis e il signor Baird, l'addetto delle pompe funebri. Era venuto prima, quando Jim stava ancora sonnecchiando, e aveva insistito per aspettare che tutta la famiglia si riunisse. Era alto e allampanato, i capelli color cenere divisi da una scriminatura laterale, accuratamente fissati con il gel e pettinati all'indietro. Girò la pagina di un catalogo spiegando con calma i pro e i contro della quercia, del cedro e del pino, dei materiali più ecologici come il bambù o le foglie di banano, e le differenze tra i tipi di bara.

Due confezioni di fazzolettini facevano da centrotavola; Camille si allungò al di là del marito per prenderne uno e asciugarsi gli occhi rossi. Era in piedi alle sue spalle, intenta a massaggiargliele, ma anche lei sembrava trarre conforto da quel gesto.

Liis era seduta vicino a Jim, stoica, dissociata dalla realtà. Pensavo che avrebbe gestito la faccenda con piglio professionale, organizzata e meticolosa, invece si rimetteva a Jim per quasi tutte le decisioni.

«E un'urna?» propose Travis.

Jim si corrucciò, immaginando probabilmente la cremazione del corpo di Thomas.

Liis assentì. «Potremmo spargere le sue ceneri nel giardino sul retro. Raccontava sempre di quando sorvegliava i fratelli che giocavano là. Credo che apprezzerebbe.»

«Stavo pensando di cedergli il mio posto accanto a sua madre», osservò Jim.

«Che pensiero gentile», dissi apprezzando il gesto, ma Trenton sospirò, agitato.

«No, papà», replicò. «Accanto alla mamma dovrai starci tu. Liis ha ragione. Thomas non vorrebbe che gli altri guardassero il suo corpo chiuso in una cassa da morto.»

«Bara», lo corresse il signor Baird.

«Senza offesa, signor Baird», fece lui, «ma a me non importa un cazzo.» Guardò l'ora. «Accidenti. Devo andare al lavoro.»

«Ho chiamato io per te», disse Camille.

«Davvero?» esclamò sorpreso Trenton.

«Dovresti restare qui.»

«Nemmeno tu ci vai?»

«Posso lavorare a casa.» Gli posò le mani sull'avambraccio. La pelle di tutti e due era un capolavoro di linee e colori. «È giusto che stia qui con te.»

Lui si girò, annuì e fece un profondo respiro. Le piccole

cose sembravano aiutare ognuno a capire che non era un brutto sogno. Thomas era morto e presto gli avremmo detto addio.

«Gran parte di noi non lo vedeva da Natale», osservò Taylor tenendo la mano di Falyn sulle ginocchia. Da quando avevano fatto pace, non riusciva quasi a smettere di toccarla. «Vederlo per me sarebbe chiudere il cerchio.»

Fissarono tutti Liis, che incespicò nelle parole. «Non penso... credo che in questo caso sia preferibile un'urna.»

«Lo dici perché lui non ha più lo stesso aspetto o perché la bara aperta è da escludere?»

Cercai di restare impassibile, ma ebbi un sussulto. E anche Olive.

«Penso», disse Liis scambiando un'occhiata con Travis, «che l'urna sia preferibile.»

Jim distolse lo sguardo cercando di tenere sotto controllo le emozioni prima di rispondere. Si schiarì la voce. «Allora vediamo le urne.»

Le carte frusciarono quando il signor Baird raccolse le varie foto di poco prima e le mise via. Prese un altro catalogo e Liis lo aprì alla prima pagina.

«Devo sapere», riprese Trenton.

«Ti prego, no», strillò Camille.

«Perché non si può avere una bara aperta?» chiese Trenton.

«Olive», intervenne Falyn. «Va' a controllare i bambini.»

«Sì, signora», rispose avviandosi subito verso le scale.

«Liis?» incalzò Trenton.

«Trent», fece lei chiudendo gli occhi. «Capisco che sapere fa parte del tuo processo di lutto, ma non posso. È troppo dura.»

Travis le si avvicinò e le strinse le spalle. «Non ha importanza, Trent.»

«Invece ce l'ha, cazzo! Voglio sapere cos'è successo a mio fratello.»

«È morto», rispose Travis.

Trenton pestò il pugno sul tavolo e si alzò. «Lo so! So che è morto! Voglio sapere perché! Voglio sapere chi ha permesso che succedesse.»

Travis parlò con un tono molto misurato. «Nessuno. Nessuno lo ha permesso. È andata così. Non dobbiamo trovare qualcuno da incolpare, Trent...»

«Sì che dobbiamo. Tommy è morto, Travis. È morto, per la miseria, e io do la colpa all'FBI. Do la colpa a lui. Do la colpa a lei», disse indicando Liis. «E a te.» Stava tremando, gli occhi rossi e velati di lacrime.

«Vaffanculo, Trent», sbottò Travis.

Suo fratello girò attorno al tavolo e i gemelli si misero tra loro. Travis restò dov'era, impassibile, deciso, mentre Trenton si agitava come un pazzo. Balzai in piedi e mi ritirai nell'angolo, le mani e la schiena contro il muro.

«Tutti voi figli di puttana con la divisa...!» urlò Trenton fremente di rabbia.

«Piantala!» intervenne Tyler afferrandolo per la maglietta. «Piantala, maledizione!»

«Fottiti!» replicò suo fratello, spintonandolo. Andò su e giù con il respiro affannoso guardando in cagnesco Travis come se fosse sul ring per un incontro di arti marziali.

Taylor era davanti a Travis e indicò a sua moglie di spostarsi. Falyn obbedì, allontanandosi dal tavolo. Lo aggirò e mi raggiunse. «Che facciamo?» bisbigliò.

«Sta' qui», le dissi.

«Tutte quelle dannate bugie», riprese Trenton. Indicò Travis. «Hai sparato a quel loro capo del cavolo e loro hanno ammazzato nostro fratello!» Fece qualche passo e Taylor si preparò. «E che cosa aspettavi a dirci quello che stava succedendo? Che cazzo hai che non va, amico?» Fece un altro passo addentrandosi fin troppo nello spazio di Taylor.

«Non costringermi a stenderti», gli disse lui, cupo in volto.

Chiusi gli occhi. «Per favore, fermatevi», dissi con voce troppo debole perché qualcuno oltre a Tyler mi potesse sentire. Mio marito mi lanciò un'occhiata per accertarsi che stessi bene.

«Nessuno stenderà nessuno», intervenne Camille mettendosi dietro Trent. «Va' indietro, Taylor.»

Falyn avanzò. «Taylor? Di' piuttosto a tuo marito di calmarsi. Così non si risolve niente.»

Camille guardò sospettosa la cognata. «Sai cosa non ha risolto niente? Il fatto di averci messi tutti in pericolo e di aver mentito al riguardo. Credo che Trent abbia il diritto di essere infuriato.»

«Davvero?» sbottò Falyn incrociando le braccia al petto. «Davvero, Cami? Fingi di non aver fatto parte del team Thomas ventiquattr'ore fa?»

«Oh, chiudi il becco, Falyn», ribatté lei disgustata.

«Ehi», tuonò Taylor. «Non parlarle mai più in quel modo.»

«Allora deve stare attenta al tono che usa», osservò Trenton.

«Lei è mia *moglie*!» disse Taylor. «Nessuno le parla così.»

Falyn rincarò la dose:«Ieri non hai litigato con Cami per lo stesso motivo? Perché aveva dei segreti? Adesso incolpi Liis che è qui a piangere suo marito? Liis non ti deve niente, Trent».

«Mi deve la verità!» gridò lui.

Jim stava ancora girando le pagine, cercando di ignorare il fatto che la sua famiglia andava in pezzi. Per lui era troppo, e lo era anche per Liis, che non riuscì a trovare le parole né la volontà per fermarli.

«Hai finito?» chiese Travis.

La porta d'ingresso si spalancò e i figli di Shepley si precipitarono in corridoio senza quasi salutarci per schizzare quindi su per le scale. Quando Shepley e America ci videro quasi tutti in piedi, e notarono me appoggiata al muro, si bloccarono di colpo.

«Cosa sta succedendo?» domandò lui con lo sguardo che guizzava dall'uno all'altro.

«Perché non lo chiedi a Travis?» replicò Trenton sollevando di scatto la mano in direzione del fratello.

Shepley guardò Travis, apparentemente a disagio. «Cosa sta succedendo?»

Lui sospirò rilassandosi un po'. «Trenton ha un altro dei suoi scoppi d'ira.»

Il fratello gli lanciò un'occhiataccia.

Travis scrollò le spalle. «Glielo hai detto tu di chiedermelo.»

America si avvicinò al tavolo e scostò una sedia, senza scomporsi all'idea che stesse per scoppiare una guerra. «Adesso che c'è? È di nuovo incazzato per via di Cami?»

Camille la guardò con sospetto. «Ancora?»

«Ancora», ripeté lei rosicchiandosi l'unghia del pollice.

«Non volevo ferire nessuno», affermò Camille fremente di rabbia. «E se tutti quelli che ora mi giudicano avessero saputo la faccenda fin dall'inizio, non sarebbe cambiato niente, neanche una maledetta virgola. Perciò mettete via i forconi. Ho rispettato il desiderio di Thomas. Tutto qui.»

«America non intendeva questo, Cami», spiegò Shepley.

«Invece sì», replicò impassibile mia cognata.

«Mare», la rimproverò lui.

America alzò gli occhi al cielo e si raddrizzò. «Cinque persone ci hanno mentito su un problema di sicurezza che riguardava tutta la nostra famiglia. Thomas, Liis, Travis, Abby e Cami. Quindi non cercare di discolparti, Cami. Il fatto che tuo marito sia arrabbiato per le bugie e che tu voglia stare dalla sua parte non nega questa verità.»

Camille divenne paonazza e i suoi occhi si fecero lucidi. «Non ho chiesto io di essere messa in questa posizione.»

«Però hai accettato.»

Alla fine Liis si fece sentire. «Abby lo sa solo perché gliel'ho detto io. E le ho chiesto di trattare con discrezione le informazioni che aveva.»

Travis la guardò, stupito. «Glielo hai detto?»

Passarono diversi secondi prima che Liis riuscisse a guardarlo negli occhi. «Anni fa.»

Lui incurvò le spalle. «Quindi ogni volta che andavo fuori città e le mentivo spudoratamente sulla mia destinazione... tutto quello che inventavo... lei sapeva?»

«Era sprofondata in un tunnel», affermò Liis. «Era sicura che tu avessi una relazione. Dirglielo ha significato salvare il vostro matrimonio.»

«Allora perché non avvertirmi?» domandò Travis agitandosi. «Hai lasciato che continuassi a mentirle?»

«Se glielo avessi detto tu, l'FBI avrebbe annullato l'accordo: Abby doveva avere una valida ragione per arrivare a capire. Le informazioni che ti ha dato ultimamente su Mick erano la prova lampante che ormai era al corrente di tutto; del resto il Bureau sa che Abby è una persona estremamente intelligente.»

«Lascia perdere la psicanalisi, Liis.» Chiuse gli occhi e scosse la testa sfregandosi la nuca. «Oggi la dimettono dall'ospedale. Devo tornare là.»

I gemelli si sedettero commentando a voce bassa gli ultimi sviluppi. Anche loro avevano mentito tormentandosi per anni, ma il segreto di Thomas e di Travis aveva messo in ombra il loro, permettendo a entrambi di cavarsela con facilità e in modo inaspettato. Mi tornò in mente la volta in cui mia sorella Finley era uscita di nascosto rubando la macchina dei nostri genitori. Non aveva un piano. Voleva solo che si accorgessero di lei visto che stavano sempre dietro a me. Quando si resero conto di ciò che aveva fatto non si arrabbiarono neanche: in quel momento erano troppo occupati a trovarmi un avvocato che mi tirasse fuori dai guai, dato che avevo incendiato la casa di vacanza del socio di mio padre. Non le proibirono nemmeno di uscire di casa. I miei colpi di testa facevano sembrare una sciocchezza qualsiasi cosa fosse meno grave di un incendio doloso.

Trenton notò che i gemelli erano impegnati a parlare e sfruttò l'occasione per sbattere Travis contro il muro. Qualche secondo prima che accadesse, Liis spinse la sua sedia nell'angolo tirando indietro Jim e il signor Baird: era un'agente dell'FBI, pensai, aveva i riflessi pronti. I suoi colleghi si precipitarono nella stanza ma Travis alzò una mano, invitandoli a indietreggiare.

Trenton aveva il volto bagnato di lacrime. «Perché hai ucciso Benny, Travis? Perché non sei rimasto con Thomas e non lo hai protetto, se sapevi che era in pericolo?»

«Non lo sapevo, Trent», rispose suo fratello guardandolo negli occhi. «Non lo sapevo. E anche se lo avessi saputo, dovevo proteggere la mia famiglia.»

Trenton lo afferrò per il colletto e lo spinse di nuovo contro il muro. Travis non provò nemmeno a reagire, e mi chiesi perché. «Lui faceva parte della tua famiglia. Ha contribuito a crescerti, Travis. E tu hai lasciato che affrontasse tutto questo da solo?»

«Mi dispiace», disse sincero Travis. «Mi dispiace maledettamente tanto, Trent. Non hai idea di quanto stia male e di quanto peggio starò dopo, quando... Non è giusto. Forse sarebbe dovuta toccare a me.»

Trenton lo lasciò andare e indietreggiò di qualche passo.

Shepley gli diede un colpetto affettuoso sulla schiena. «Sarebbe potuta toccare a te. A Abby o a James o a Jess o a Ezra o a Mare. E noi non avremmo mai capito.»

Tyler chinò la testa con aria confusa. «Cosa stai dicendo, Shep? Che quello che è successo a Thomas è un bene per il resto di noi?»

«Ovviamente no.»

«Sta dicendo che hanno ucciso Thomas per darci un avvertimento», disse Trenton. «I federali avrebbero dovuto informarci e prepararci appena Travis è entrato in contatto con quei maledetti mafiosi per fare da spia.»

Tyler arricciò il naso. «E vuoi dare la colpa a Travis per questo? Non lo ha chiesto lui. Ha solo giocato le carte che aveva, amico. Perciò lascia perdere queste stronzate prima di dire qualcosa di cui ti pentirai.»

«Di sicuro Travis non si pentirà di aver fatto troppe domande», osservò Shepley. «Del resto anche noi, se le avessimo fatte anni fa, forse adesso non staremmo organizzando un funerale.»

Travis sembrò ferito dal fatto che Shepley avesse preso le parti di Trenton. «Allora è così?» osservò.

Shepley diede una pacca sulla spalla a Trenton in segno di solidarietà.

«Sei il mio migliore amico», disse incredulo Travis.

«In questo caso ti sbagli, Trav. Abbiamo il diritto di arrabbiarci per le tue azioni», rispose.

«Se non vi spiace», intervenne Jim riaccostando la sedia al tavolo, «ho da fare. E se non vi spiace, ve ne dovete andare. Questo funerale non si farà da solo.»

«No», disse il signor Baird sistemandosi la cravatta. Aveva un tic all'occhio. «In effetti.»

I ragazzi si calmarono e si sedettero. Jim li guardò uno a

uno negli occhi. «Non voglio sentire più una sola parola. E dico sul serio.»

«Sì, signore», risposero in coro.

«E voi?» fece Jim guardando America, Camille e Falyn.

Annuirono tutte.

Mi sembrò strano, anche dopo dieci anni di astinenza dall'alcol, di non essere inclusa nei cattivi. E ancora più strano fu sentirmi orgogliosa e approvata.

«Okay allora.» Girò un'altra pagina e Liis gli si accostò guardando le urne come se niente fosse.

21.

CAMILLE

Jim scelse di fare il funerale nell'auditorium della scuola superiore. Ci sarebbe stata troppa gente perché le piccole chiese di Eakins potessero contenerla. I presenti – ex allievi della Eastern, vecchi amici di scuola e compagni della squadra di football – erano assiepati contro il muro in fondo e ai lati. Il palco sembrava un giardino botanico in miniatura: l'urna era circondata da piante, ramoscelli e mazzi di fiori. Una ghirlanda aveva una fascia con la scritta FIGLIO, un'altra con la scritta PADRE, un'altra ancora con la scritta MARITO. Ero seduta nella seconda fila dietro a Liis e non smettevo di osservarla in cerca di qualche reazione. Aveva un'aria stoica, e le poche volte che si girò a scrutare incredula la folla sembrò a disagio, quasi vergognandosi un po'.

Nel silenzio si udiva bisbigliare e tirare su con il naso, e l'acustica amplificava il dolore della gente. Era incredibile vedere quante persone conoscessero Thomas e gli avessero voluto bene. C'erano persino i suoi colleghi dell'FBI: occupavano le tre file alle spalle della famiglia. Il direttore era seduto dietro Travis, e a un certo punto si allungò per dargli un colpetto affettuoso sulla spalla.

Jack si alzò e con l'aiuto di Shepley salì cauto i gradini del palco. Con un foglio in mano si piazzò dietro il podio. La carta scricchiolò quando lo aprì, e un attimo dopo si schiarì la voce.

«Mio fratello mi ha chiesto di leggere questa lettera per lui. Io stesso non sono convinto di arrivare in fondo, perciò, vi prego, abbiate pazienza.» Pescò gli occhiali dalla tasca della giacca, li inforcò e se li sistemò sul naso.

«Mio carissimo Thomas, sei il mio primogenito, e questo significa che io e te abbiamo passato parecchio tempo insieme da soli prima che arrivassero i tuoi fratelli. Tra noi si è creato un legame particolare e non so... non so come farò ad andare avanti senza di te. Ma questo l'ho già detto tante volte.

Ricordo quando sei nato. La prima volta che ti ho tenuto in braccio. Eri un piccolo gigante. Agitavi le braccia e urlavi, e io ero orgoglioso e nello stesso tempo terrorizzato. Allevare un altro essere umano è una responsabilità terribile, ma tu hai reso tutto semplice. Quando è morta tua madre e sono stato travolto dal mio stesso dolore, sei subentrato tu con naturalezza. Quando sono nati i gemelli, hai insistito per essere l'altro paio di braccia per cullarli. Seguivi Trenton con i fazzolettini di carta e facevi attenzione a Travis come se in qualsiasi momento potesse rompersi. Non ho mai visto un ragazzino prendersi cura dei fratelli più piccoli come hai fatto tu, e avrei tanto voluto vederti fare lo stesso con tua figlia.

Quando avevi undici anni, ti ho portato a caccia. Avevi già imparato a sparare ed eri piuttosto bravo, ma quel giorno pioveva, faceva freddo, e tu hai deciso di aspettare nel furgone. Io ho raggiunto a fatica la mia postazione preferita e ho passato due ore ad asciugarmi gli occhi, congelandomi fino alle ossa e desiderando la tua compagnia in quella mattina nebbiosa, deprimente. Non ho visto un solo cervo. Poi ho sentito uno sparo, e un altro ancora. Ho raccolto l'attrezzatura e sono tornato al furgone il più velocemente possibile. Per poco non sono caduto nel fango quando ti ho visto esaminare l'animale che avevi ucciso. Diamine, avevi abbattuto il tuo primo cervo, un bel dodici punte. Ed eri quasi asciutto, mentre io ero rimasto a inzupparmi seduto sotto la pioggia gelida. Avrei dovuto capire allora che sapevi cosa facevi, che avevi l'intuito di tua madre, non solo i suoi occhi.

Quando Diane non c'era più, non mi hai mai chiesto cosa fare, lo sapevi e basta, come se lei te lo suggerisse all'orecchio. Cullavi Travis finché non si addormentava, calmavi

Trenton e vestivi i gemelli in modo identico come faceva la mamma. Li pettinavi e ti assicuravi che andassero a scuola puliti, anche se dovevi lavarli più volte prima di caricarli sullo scuolabus. Pensavi tu a tutti. E poi te ne sei andato e hai fatto quello che desideravi, e io non potrei essere più fiero, figliolo. Davvero non potrei.

Vorrei che avessimo potuto avere ancora una sera, seduti al tavolo da pranzo con le carte in mano a parlare del mondo e a sentirmi raccontare di come non smettevi mai di stupirti osservando la madre di tuo figlio. Farei qualsiasi cosa per sentirti parlare del tuo futuro e del tuo lavoro, anche se non potresti dirci tutto. Non so perché ti sia successo questo: tu eri il più attento di noi, il più sicuro del fatto tuo, il più preparato. Tu eri il più forte. Ma il pensiero che alla fine potrai di nuovo riabbracciare tua madre mi conforta in modo indescrivibile. So che la sua morte è stata più dura per te che per gli altri; non per il carico che ti sei ritrovato sulle spalle, ma perché dei nostri figli eri quello che l'aveva amata da più tempo. Però non hai mai lasciato che questo interferisse con quanto ti aveva chiesto di fare: prenderti cura dei tuoi fratelli. Non l'hai mai delusa, nemmeno ora. Darei qualsiasi cosa per prendere il tuo posto e lasciarti qui con tua moglie ad allevare tua figlia, perché so che saresti un padre maledettamente in gamba, proprio come sei stato un figlio maledettamente in gamba. Mi mancherai quanto mi è mancata tua madre, e so quanto questo mi farà soffrire.

Grazie per aver tenuto la nostra famiglia unita e al sicuro fino alla fine e grazie per aver trascurato tutto e tutti, persino te stesso, per fare ciò che era giusto. Ti conosco da troppo per sapere che non prendi una decisione senza buoni motivi, e questo caso non fa eccezione. Ti ho adorato dal primo respiro che hai fatto. Sei stato un bravo bambino e un uomo buono, e questa famiglia si risolleverà per tornare a dare del suo meglio in tuo onore.»

Jack serrò le labbra e piegò il foglio, infilandolo nella tasca della giacca. Si tolse gli occhiali e Shepley lo riaccompagnò al suo posto, mentre dalle casse si diffondevano le note di una delle canzoni preferite di Thomas.

Jack si sedette accanto al fratello e si confortarono a vicenda mentre la musica continuava. Persino Abby e Travis stavano piangendo. Abby abbracciò Liis mentre Travis cullava Stella, la sua guancia a contatto con la fronte della piccola, le lacrime che gli gocciolavano dal naso. Intrecciai le dita con quelle tremanti di mio marito e gliele strinsi con forza. Lui si asciugò il viso e inspirò bruscamente tra un singhiozzo sommesso e l'altro. Scrutai le facce della nostra famiglia, eravamo così distrutti, così persi. Mi sentii mancare quando vidi il pastore salire sul palco. Avrebbe cercato di darci un po' di conforto e di pregare per la nostra perdita, ma niente poteva cancellare il dolore. Neppure Dio. Guardai Trenton: aveva abbandonato il suo atteggiamento da duro davanti a quella folla enorme. Vedere crollare uomini che avrebbero affrontato qualsiasi altra cosa senza batter ciglio era straziante. Adesso ogni loro respiro era pervaso di dolore e io ero là in mezzo ai fratelli di Thomas, ansiosa di alleviare la loro pena e anche la mia, in qualche modo. Era troppo. La musica non fece che peggiorare la sofferenza, perciò decisi di non provare niente, come quand'ero piccola e mio padre picchiava mia madre.

Numerose auto erano parcheggiate nel vialetto, avevano invaso anche entrambi i lati della strada davanti alla casa di Jim Maddox, proprio come avevo immaginato. Via via che la notizia della morte di Thomas si diffondeva, altra gente arrivava portando cibo e dolci ricordi.

Deglutii, preparandomi per le condoglianze. Jim era un padre che seppelliva il suo primogenito. Liis la vedova. Io la cognata ed ex fidanzata. Avevo la sensazione che il mio dolore fosse più profondo di quello di Falyn o di Abby, il che mi suscitava un senso di colpa. Sentii un rimescolio allo stomaco e il naso bruciarmi. Non c'era niente che desiderassi di meno che entrare in quella casa e recitare la parte della moglie e della cognata che dava conforto, ignorando il fatto che Thomas era stato anche il mio primo amore, che avevamo condiviso il letto e che per poco non siamo andati a vivere insieme. Mi aveva amato e io avrei dovuto fingere che niente di tutto questo fosse mai esistito per rispetto nei confronti della sua compagna e di mio marito.

Trenton mi strinse la mano. «Lo so», disse semplicemente. Con quelle due parole mi placò, esprimendo comprensione e amore incondizionato. La sera prima mi aveva perdonato per le mie bugie e le mie omissioni. Non era bello, aveva precisato, ma era comprensibile, e mi amava comunque.

Una marea nera di amici e familiari più o meno stretti si aggirava per la casa trascinandosi sul tappeto scelto da Diane, nelle stanze in cui Thomas aveva giocato e in cui una volta i Maddox erano una famiglia completa, non ancora toccata dalla morte. Per questo Diane aveva costretto Jim ad allontanarsi dalla polizia. Per questo gli aveva fatto promettere di impedire ai figli di seguire le sue orme. Da quando se l'era portata via, Jim e i ragazzi si erano resi conto che la morte sarebbe potuta arrivare anche per loro. In quel momento era diventata reale, tangibile. Aveva preso *lei*. Il loro tutto, il loro sole, la loro costante. Poi, giorno dopo giorno, Diane era diventata un ricordo sempre più sbiadito. Trenton aveva detto che faticava a ricordare il suono della sua voce e il colore esatto dei suoi occhi. Quando se n'era andata, avevano visto la morte, e la morte aveva visto loro.

Taylor e Tyler erano seduti al tavolo da pranzo davanti alle pietanze preparate in casa e a una pila di piatti puliti. Le loro mogli erano lì accanto, cercavano di aiutarli a sopportare quel dolore che non se ne andava. Non se ne sarebbe mai andato. Per quanto avessero urlato, tirato pugni o perso il controllo, non avrebbero potuto vincere.

Per colmo dell'ironia, chi la stava prendendo meglio era Travis. Si assicurava che i fratelli avessero l'acqua o la birra e regolava il termostato. Trenton e Shepley erano ancora arrabbiati con lui, e i gemelli tuttora dalla sua parte, ma quel giorno non ci sarebbero stati scontri. Ognuno aveva bisogno di una tregua.

Abby spiccava in mezzo agli altri con il suo abito blu chiaro. La guardai armeggiare con il vestito, tirarlo dov'era troppo stretto o dove la scollatura quadrata non riusciva a coprire il seno prosperoso da neomamma.

«Sei bellissima», la rassicurai.

Alzò gli occhi al cielo. «Grazie. È più stretto di quello che pensassi, ma non avevo proprio niente per l'occasione.»

«È perfetto», dissi. «Io ho molte cose nere. Avresti dovuto chiamarmi.»

«Niente di quello che hai nell'armadio mi andrebbe bene ora», rispose.

«A dire il vero sono un po' sorpresa che Travis non corra qui a coprirti.»

Travis, notoriamente geloso, aveva da ridire quando Abby indossava qualche abito troppo rivelatore e troppo aderente. All'inizio lo faceva per evitare risse, ma, mi disse lei, una volta sposati qualcosa era cambiato e non era più stato così suscettibile. Eppure, vedere Travis indifferente a un seno prosperoso non era cosa da tutti i giorni.

«Buon per te», osservai incrociando le braccia e appoggiandomi allo schienale. I visi cupi nella stanza mi ricordarono perché ci trovavamo da Jim, e il rimescolio che provavo da giorni allo stomaco tornò. Non era solo dolore. C'era qualcosa che non mi quadrava e non riuscivo a mettere a fuoco. Travis e Liis si appoggiavano molto l'uno all'altra e Abby non sembrava sconvolta dalla morte di Thomas, al di là della sua proverbiale imperturbabilità.

«Abby», mormorai. «Se tu sapessi qualcos'altro... su Thomas... ce lo diresti, vero?»

Sospirò. «Quando ho lasciato l'ospedale senza mio figlio, ho pianto per un'ora intera. Non volevo ma ho dovuto farlo, perciò l'ho fatto. L'ho lasciato là solo per venire qui e stare con la mia famiglia. E tornerò dritta in ospedale appena tutto questo sarà finito. Lo faccio ogni giorno da quasi una settimana. Tengo in braccio mio figlio, attenta a tutti i cavi e i tubi che ha addosso. Mi preoccupo, mi godo il mio tempo con lui, mi sento in colpa perché sto lontana dai gemelli e poi gli dico addio, piango e me ne vado.»

Aspettai che arrivasse al dunque, ma non sembrava che ce ne fosse uno. Conclusi che fosse il suo modo per dirmi che avevo fatto una domanda inopportuna e che avrebbe parlato solo di ciò che voleva.

«Però sta migliorando, vero?» chiesi.

«Diventa ogni giorno più forte. Speriamo di portarlo a casa la prossima settimana.»

«Sei una buona mamma. So che è dura.»

«Avere il cuore diviso in tre e andare in giro vulnerabile, come uno zombi? Certi giorni è una tortura. Non ci sono parole per descrivere quanto sia spaventoso, splendido, terribile ed estenuante. Che mi preoccupi è normale, fa parte di me perché li amo tanto fin da quando li avevo in pancia, e se capitasse loro qualcosa di brutto, sarebbe peggio che morire. Quando vengo a sapere che è morto un bambino, resto apatica: se ci penso troppo, crollo. Dicono che sia il peggiore incubo di un genitore. Non è un incubo. Dagli incubi ti svegli.»

«La maternità sembra proprio... piacevole», commentai.

«Vedrai», fece asciugandosi le guance.

Arricciai il naso. «Non so se mi va.»

Travis si avvicinò dopo aver salutato qualcuno al telefono. Picchiettò il display e infilò l'elegante cellulare nella tasca del vestito. «All'unità di terapia intensiva dicono che ha appena mangiato come un lupo... Ehi, Cami.»

«Ehi», feci.

«Dov'è Trent?» chiese.

«Penso di averlo visto andare in soggiorno», rispose Abby.

«Da papà», disse Travis sedendosi con noi. Si rosicchiò una pellicina del pollice. «È sempre stato il suo cocco.»

«Non fingere di non esserlo anche tu. O che non lo siate tutti», osservò Abby maliziosa.

«Thomas no», replicò. Sembrò riprendersi prima di aggiungere altro. Abby gli afferrò la mano e lo zittì con un verso che sarebbe andato bene per uno dei suoi figli. «Presto sarà finita», gli bisbigliò.

Sprofondai sulla sedia, i muscoli della faccia stanchi, gli occhi irritati, i seni nasali congestionati. Trenton aveva messo fazzolettini e cestini dei rifiuti in ogni stanza, e i gemelli si occupavano di svuotarli e di rimetterli al loro posto. Mi soffiai il naso facendo un rumore orrendo e gettai il fazzoletto nel cestino più vicino stringendomi al petto la scatola di fazzoletti di carta. Davamo tutti un valore diverso alle cose a seconda dei giorni. In aeroporto avevo visto persone andare a caccia di un posto a sedere vicino a una presa di corrente o scegliere di stare sedute per terra pur di averla. Oggi si ammassavano tutti accanto agli alcolici e ai fazzolettini.

Io mi aggrappai a quella scatola come fosse un'ancora di salvezza. Era l'unica cosa a cui potevo tenermi. Trenton era in soggiorno a confortare Jim e io ero ai ferri corti con le mie cognate, ancora incavolata perché si erano schierate. Anch'io avevo dovuto farlo, pensai, ma era inevitabile. Durante lo scontro tra i fratelli e Shepley avevamo tutte fatto una scelta tranne Ellie «Peace and Love». Lei era rimasta fastidiosamente neutrale, mentre Falyn era arrabbiata con Trenton come lo era Abby. Trenton e Shepley erano in collera con Travis. Anche se al funerale si erano comportati civilmente, non potei fare a meno di chiedermi cosa sarebbe successo ora. Avevo in mente di tagliare la corda in fretta, in modo che Trenton non dicesse o non facesse niente di cui pentirsi.

«Non sarà mai finita», borbottai. «Non se lui non c'è più.»

Abby allungò il collo verso di me e capii che si stava mordendo la lingua.

«Non ho la sensazione che non ci sia più», confessai sentendo gli occhi riempirmisi di lacrime. La fissai. «Davvero non c'è più?»

Abby si guardò attorno prima di parlare. «Cami, te lo dirò solo una volta. Qualsiasi cosa tu abbia in mente, fermati. Se qualcuno ti sentisse... potresti turbare molte persone.»

«Devo saperlo», la supplicai, le labbra che mi tremavano.

Gli ingranaggi presero a girare e un attimo dopo Abby si voltò verso di me come una furia. «Cosa vuol dire "non ho la sensazione che non ci sia più"? Accanto a Jim c'è la sua compagna. E non sei tu», sibilò.

«Pidge», la ammonì Travis.

Restai sorpresa da quel tono velenoso. «Tengo ancora a lui. Quello che è successo tra noi non è stato cancellato dal fatto che abbiamo preso strade diverse», replicai.

Abby sembrò sempre più preoccupata per il tono della

mia voce. «Capisco che ti senta disorientata, ma non avete semplicemente preso strade diverse, Cami. Hai sposato suo fratello. Lui è andato avanti. Tu non sei la vedova in lutto, anche se lo vorresti.»

«Abby», fece Travis.

Lei si appoggiò allo schienale incrociando le braccia al petto. «Sapevo che avrebbe fatto sì che questa giornata ruotasse attorno a lei. Ha monopolizzato Jim, Trenton soffre perché non riesce a rimanere incinta e adesso vuole che tutti riconoscano che è stata lei la prima ad amare Thomas.»

«Mi piacerebbe che veniste qui più spesso», dichiarai.

«Tu non vivi qui», ribatté indignata. «Hai una bella faccia tosta ad accogliermi nella casa di Jim come se ne fossi la padrona. Faccio parte di questa famiglia da più tempo di te.»

«Non sto rendendo Trent infelice. Lui vuole un bambino quanto me», replicai, ignorando la sua risposta per riprendere una delle sue osservazioni.

«Però sembra vivere solo tra un test di gravidanza e l'altro, a meno che non stia cercando di dimostrarti quanto sia infelice.»

«Ho amato davvero Thomas», dissi infine.

«Lui stava per sposare Liis», ribatté brusca Abby. «So che ti senti in diritto di soffrire per la sua perdita quanto lei, ma lei è là dentro con sua figlia in braccio. Sei andata a farle le condoglianze almeno una volta?»

Incespicai nelle parole. Non mi aspettavo un attacco su tutti i fronti. Non sapevo da dove arrivasse tutto quel disprezzo, ma di sicuro stava covando da un po'. «È solo che non... non voglio metterla in imbarazzo.»

«Se pensi per un secondo che Liis veda in te qualcos'altro oltre alla cognata di Thomas, ti sbagli.»

Non avrebbe potuto dirmi parole più taglienti. Strinsi le labbra e guardai per terra coprendomi il naso con un fazzolettino.

«Baby», disse Travis toccando le spalle della moglie. «Vacci piano.»

«Cami?» esclamò Trenton avvicinandosi.

«Oh cazzo», mormorò Travis.

Si inginocchiò davanti a me aspettando che parlassi. «Hai bisogno di un abbraccio, Baby Doll?»

Mi asciugai il naso e gli occhi e alzai lo sguardo facendo un lieve sorriso. «È solo tristezza», dissi.

Lui mi gettò indietro i capelli con le dita. «Sì. Vieni. Papà ha chiesto di te.»

Mi alzai lasciando soli Travis e Abby. Mia cognata non mi aveva mai parlato in quel modo e la mia mente era già alla ricerca affannosa di scuse. Aveva appena avuto un bambino, i suoi ormoni erano impazziti, Carter era in ospedale mentre lei era qui a piangere Thomas e a sostenere Travis. Forse non intendeva dire niente di tutto ciò. Forse era stato solo uno sfogo. Però non era da lei perdere le staffe, soprattutto se non provocata.

Trenton mi condusse in soggiorno e io mi voltai a guardarla. Sembrava già mortificata. Travis la stava confortando ma avevano tutti e due un'aria diversa rispetto agli altri nella stanza. Spostai lo sguardo sull'urna collocata su uno scaffale, quella in cui si trovavano le ceneri di Thomas, sperando in Dio che mi avessero nascosto qualcosa e che il mio presentimento fosse giusto. Quando vidi Jim, restai senza fiato. Era chino e aveva due borse enormi sotto gli occhi che gli appesantivano il resto della faccia. Sicuramente, se fosse stata tutta una messinscena, glielo avrebbero detto. Non avrebbero lasciato che credesse che il figlio era morto.

Il suo bicchiere d'acqua con ghiaccio era quasi pieno, perciò lo presi dal tavolino accanto alla poltrona e lo invitai a bere. Ne prese un sorso e me lo ridiede. «Grazie, mia cara.»

Mi sedetti per terra vicino a lui e gli massaggiai il ginocchio. «Hai fame?»

I piatti con lo stufato che sommergevano il tavolo da pranzo non erano quasi stati toccati. Una settimana prima i Maddox avrebbero divorato tutto, ma ora gli unici a mangiare erano i bambini. Tutti gli altri si aggiravano per la casa come morti viventi, con un bicchiere da vino o da whisky in mano.

Jim scosse la testa. «No, grazie. Tu come stai? Hai bisogno di qualcosa? Non ti vedo da un po'.»

Sorrisi, non sentendomi esattamente il mostro descritto

da Abby poco prima. Mi prendevo cura di papà e vedevo che era contento quando gli stavo vicino. Sapeva che mi sarei occupata di lui. Abby poteva dire ciò che voleva, e forse in parte aveva ragione, ma ero una Maddox, e l'unica cosa che mi importava era come mi vedevano Jim e Trenton.

Mi alzai guardando la nostra famiglia allargata farmi posto sul divano accanto a Jim. Liis era seduta su una sedia pieghevole dall'altra parte, con in braccio la bambina addormentata. Stella era splendida, per metà Liis con i suoi occhi a mandorla, i capelli scuri dritti e le labbra pronunciate, e per metà Thomas. Le sue iridi avevano ancora una tonalità azzurra, ma già si intuiva che avrebbe avuto gli occhi verde nocciola del padre.

Notando che stavo fissando la bambina, Trenton mi strinse la mano. Una parte di me si sentì costretta a guardare altrove e a non farlo soffrire, un'altra però esigeva che vivessi onestamente ciò che provavo, perché potessi esprimere il mio dolore come chiunque altro.

«È bellissima», dissi a mio marito.

«Sì.»

«È stata una cerimonia magnifica», disse una cugina a Liis. L'anziana le diede un colpetto affettuoso sulla schiena e le sue dita indugiarono sull'abito grigio e blu di lei. «È così graziosa!»

«Grazie», rispose Liis avvicinando Stella al petto. Non avevo mai visto un paio di calzini o di scarpine così minuscoli; il suo pannolino era stampato con piccoli disegni di mutandoni blu con i pizzi.

Val si avvicinò a Liis e le bisbigliò qualcosa all'orecchio. Lei sgranò leggermente gli occhi e poi si rilassò, riuscendo persino a fare un piccolo sorriso. L'amica le mostrò in fretta un SMS e a quel punto le lacrime le scesero sulle guance.

Travis e Abby si precipitarono subito da lei e decisero di andare a parlare nella stanza accanto. La aiutarono a raccogliere le cose della bambina e tutti insieme corsero via.

«Che cosa... bizzarra...» commentò Trenton.

Presi la mano di mio marito, lo feci alzare, imboccai il corridoio e uscii dal retro. Jim aveva deciso di aspettare che non ci fosse più nessuno per spargere le ceneri di Thomas e ci aveva avvertito che probabilmente avrebbe atteso fino a poco prima che i figli tornassero a casa loro. Non aveva fretta di compiere un gesto così definitivo e aveva bisogno di alcuni giorni per riprendere fiato dopo il funerale.

«Che c'è?» fece Trenton.

Non mi fermai finché non fummo all'ombra dell'albero piantato nell'angolo più lontano del giardino, vicino al recinto. I ragazzi avevano inciso le loro iniziali nella corteccia; l'unica lettera diversa era quella in mezzo. Qua e là l'erba era secca, già disidratata dalla calura dell'Illinois. Le temperature oscillavano fra i trenta e i quaranta gradi, e il frinire delle cicale aveva sostituito il cinguettio degli uccellini. Faceva troppo caldo per cantare e per muoversi. La poca brezza che alitava sembrava il getto d'aria calda di una stufetta più che un sollievo. E noi eravamo là, vestiti di nero. Trenton aveva già l'attaccatura dei capelli bagnata di sudore.

«C'è qualcosa che non quadra», dissi.

«Lo so.»

«Lo sai?»

Si allentò la cravatta. «Qualcosa non torna. Travis si comporta in modo strano. Anche Abby e papà.»

«Pensi che lui sappia?» domandai.

«Che sappia cosa?»

«Il motivo per cui Travis si comporta in modo così strano. Sapeva che i gemelli erano vigili del fuoco specializzati. Sapeva di Travis e di Thomas. Forse anche lui sente che qualcosa non torna.»

Trenton scosse la testa. «Non lo so. Forse.»

«Non avrebbero...» Esitai. «Non pensi che potrebbero aver...»

«Mentito di nuovo?» bofonchiò Trenton. «Sì, lo penso.»

Abbassai la testa e arricciai il naso sentendomi stupida anche solo per averlo detto. «Ma non su... Voglio dire, non pensi che Thomas sia vivo da qualche parte e che riceva aggiornamenti sulla sua famiglia in lutto?»

«No», rispose. «Non farebbero una cosa del genere a papà. So che vorresti che fosse vivo. E anch'io. Hanno mentito, ma non su questo.»

«Li hai sentiti in ospedale. Liis non si occuperà più del caso. Mick è scomparso, quindi anche lui non testimonierà. I Carlisi sono stati visti lasciare la città. Forse tutto questo è stato fatto per evitare che altri vengano uccisi.»

Dal suo sguardo vedevo che voleva credere alla mia teoria, ma, dopo che ci avevano svelato la verità su Thomas e Travis, pensare che fossero capaci di causare alla nostra famiglia una sofferenza di quella portata era nel migliore dei casi inverosimile.

«Papà non gode di buona salute. Travis non rischierebbe.»

«Papà vorrebbe che lo facesse?» chiesi.

Rifletté sulle mie parole. «Sì. Probabilmente sì.»

«Thomas e Travis lo sanno?»

Lo sguardo di Trenton guizzò da un punto all'altro del terreno. «Sì ma...» Sospirò, ormai arrivato al limite. «Non posso sperare in una cosa del genere, Cami, dai! Se non è vero e Tommy non c'è più, lo perderei una seconda volta.»

«Tieni la voce bassa», dissi allungandomi verso di lui.

«Perché?»

«Perché, se tutto questo è stato architettato per dimostrare ai Carlisi che non hanno più bisogno di minacciare la nostra famiglia, allora qualcuno ci sta ancora sorvegliando.»

22.

ABBY

Mi sistemai sulla sedia a dondolo dell'unità di terapia intensiva neonatale, ringraziando l'infermiera quando mi portò una coperta piegata da usare come cuscino. Carter aveva un paio di vicini, nel senso che avevamo fatto amicizia con due coppie di neogenitori. La figlia di Scott e Jennifer, Harper Ann, aveva cinque giorni e nelle ultime dodici ore aveva lottato minuto dopo minuto per sopravvivere. Il figlio di Jason e Amanda, Jake, era nato due giorni dopo Carter. Temevamo che non ce la facesse, invece si era ripreso ed era già grande quasi quanto nostro figlio. Carter poppava regolarmente e aveva acquistato peso, perciò presto lo avrebbero trasferito nell'unità post intensiva e poi avremmo potuto portarlo a casa.

«'Giorno», disse Scott superandomi per andare a salutare Harper Ann. Anche se quelle coppie avevano un figlio in quel reparto, Travis aveva insistito per fare lo stesso un controllo su di loro. Scott era un ex marine. Una cicatrice lunga e curva, larga un centimetro, gli partiva dietro l'orecchio e si estendeva verso la nuca scompigliandogli i capelli argentei, ricordo di una ferita alla testa a cui era sopravvissuto in Afghanistan. Travis pensava che fosse meglio lasciarci soli quando Scott era là, e negli ultimi tempi accadeva spesso.

Gli feci un cenno e diedi un paio di colpetti sulla schiena a Carter. Lui emise un sonoro ruttino, e io Scott e sogghignammo.

Scott si lavò le mani e si chinò sul lettino di Harper Ann. «Ehi, piccola.» Lei si mosse e sul volto del papà apparve un ampio sorriso. «La mamma sta arrivando. Sì, è così. Sta parlando con la nonna e con il dottore. Non vede l'ora di vederti. Ieri sera ha parlato di te finché non si è addormentata.»

Cullai Carter girandomi per annusare il profumo dei suoi capelli. Dalla testolina gli spuntavano ciuffi scuri e ispidi: adoravo sentirli contro la mia guancia. Strofinare il viso su un solo bambino alla volta era una sensazione nuova. Jessica e James erano stati la mia prima esperienza con la maternità e avevano richiesto tanto impegno che non avevo avuto molte occasioni di godermeli. Carter era piuttosto tranquillo e amava essere tenuto in braccio. Stavamo insieme ogni giorno e le infermiere dicevano che si agitava leggermente poco prima che arrivassi, quasi mi sentisse. Quand'era tra le mie braccia, eravamo tutti e due contenti.

Presi a canticchiare cercando di imprimermi quel ricordo nella mente: il suo odore, quanto piccolo fosse il suo sederino nella mia mano, la dimensione e la morbidezza delle sue dita. La forma delle sue unghie. Le sue ciglia quando dormiva. I versi che faceva quando dormiva. Cresceva di giorno in giorno. Non volevo dimenticare.

«Ehilà, salve», esclamò Shelly salutando Travis.

Mi accorsi di avere spalancato gli occhi e cercai di non svegliare Carter tanto ero eccitata mentre guardavo l'infermiera aiutare Travis a indossare il camice sterile. Mi allungai in avanti mentre mio marito mi dava un bacio. Mi sfiorò le labbra e corse al lavandino a lavarsi le mani. Sembrava elettrizzato. Fece un cenno a Scott e tornò da me per prendere nostro figlio.

Sogghignai. «Ti è mancato?»

«Dammelo», disse.

Ci scambiammo di posto e Travis prese a cullarlo. Per quanto crescesse, sembrava ancora minuscolo tra le sue enormi braccia.

Travis si diede una leggera spinta con i piedi cullando e osservando il bambino.

«Stavolta sei stato via tre giorni», dichiarai. «Non scordartene, non c'è più Lena ad aiutarci.»

«Dovevo chiudere un paio di cose», rispose.

«Ci sono buone notizie?»
Mi guardò. «È fatta.»
Incrociai le braccia al petto non osando sperare. «Cosa è fatta? È chiusa in modo definitivo o è chiusa l'indagine e inizierà il processo?»
«Alcuni andranno a processo.»
«E gli altri?»
«È stato l'ultimo blitz, Pidge. Non ci sono più Carlisi. I rimanenti sono soldati. Manovalanza. Sono dentro senza cauzione. Resteranno nel sistema per un anno prima di essere condannati, e a quel punto si faranno trent'anni per scontare tutte le imputazioni.»
«E Mick?» chiesi sentendo la gola che mi si chiudeva.
«Ha l'immunità, come promesso. Purché giri al largo.»
Annuii soddisfatta. «E ora?»
Travis si schiarì la voce. Si stava emozionando un po'. Erano passate cinque settimane dal funerale. Liis era rimasta con noi, e vederla aspettare era dura.
«Lui torna a casa.»
«Oggi?»
Assentì.
«Liis lo sa?»
«Ho pensato che era meglio che le facesse una sorpresa.»
Mi coprii la bocca con la mano. «E tuo papà? I gemelli?»
«Stanno venendo a casa.»
Erano venuti qui due settimane fa. Ora tornavano più spesso per vedere come stesse Jim. Il funerale aveva lasciato il segno su di lui. Aveva perso peso ed era ogni giorno più fragile. Il sorriso di Travis svanì mentre guardava nostro figlio dormire. Il fardello della verità gli pesava sulle spalle. Era qui ma in realtà si trovava a un milione di chilometri di distanza, spaventato all'idea della reazione del padre e dei fratelli.
«Capiranno», dissi inginocchiandomi davanti a lui.
«No», replicò senza distogliere lo sguardo da Carter. «Ci odieranno.»
«Forse per un po', ma lo supereranno. Devono.»
Mi guardò con le lacrime agli occhi. «Ne è valsa la pena?»
«Probabilmente adesso che è andato tutto bene, ti sembra

di aver fatto tutto per niente ma prima, quando non ne eravamo sicuri? È andata proprio come speravamo. Hanno mollato. E noi ne abbiamo approfittato per elaborare un piano senza essere presi di mira.» Gli toccai il braccio. «Era un buon piano. Difficile dall'inizio alla fine, ma ha funzionato.» Travis annuì e guardò di nuovo nostro figlio. «Presto dovremmo andare. Sta per arrivare.»

«Qui? Ora?»

«Non vede Stella da quando aveva un giorno, Pidge. Non ne può più.»

Non potei che dargli ragione. «Quando?»

Travis guardò l'orologio a muro. «Tra due ore.»

«Oddio. Torna davvero a casa.»

«Torna davvero a casa.»

Liis era in piedi vicino alla culla di Carter, e sua figlia era circondata da tinte blu e verdi. Visto che stavano da noi, Stella usava la cameretta di Carter. Ero contenta. La presenza della mia nipotina faceva sembrare meno vuota la stanza di mio figlio.

Liis si infilò i capelli scuri dietro l'orecchio. Erano di una quindicina di centimetri più corti rispetto a quando l'avevo vista l'ultima volta, un paio d'ore prima.

«Ti sei tagliata i capelli», bisbigliai, sentendomi stupida perché avevo detto un'ovvietà.

Lei si girò appiattendosi le ciocche sulla testa con la mano. «Sì.» Gli occhi le divennero lucidi.

«Che c'è?» chiesi. Non l'avevo mai vista piangere finché non era arrivata da Jim a darci la notizia. Adesso sembrava che piangesse ogni volta che apriva bocca. «Non ti piacciono?»

«È solo...» rispose tirando su con il naso. «Non ci ho pensato. Sarò così diversa quando Thomas mi vedrà. Stella sarà così diversa. Se li avessi tenuti come prima, non avrebbe uno shock così grosso.»

«Gli piaceranno», dissi per rassicurarla. «Davvero. Non sei poi così diversa. Se ne accorgerà, ma gli piaceranno.»

Liis si voltò verso la culla. «Forse quando tornerà saranno cresciuti.»

«Spero di no», replicai. Lei mi guardò. «I capelli crescono lentamente.»

Scoppiò a ridere. «Giusto.»

Le indicai di seguirmi in soggiorno e lei obbedì voltandosi ancora una volta a guardare Stella prima di uscire silenziosa in corridoio. Recuperò il baby monitor dalla cassettiera e socchiuse la porta. Val era in cucina; il sacchetto delle patatine scricchiolava quando ci pescava dentro. L'agente Hyde era in piedi vicino alla finestra del soggiorno, sempre in allerta.

«Rilassati, Hyde», dissi. «Mi rendi nervosa.» Lei socchiuse gli occhi scuri e poi tornò vigile. Scostò la tenda e cambiò posizione preparandosi ad agire. Mi resi conto che non era la sua solita estrema cautela. «Cosa c'è?»

«Non lo so», rispose.

Travis controllò il telefono e le diede un colpetto affettuoso sulla schiena. «Calmati. Sta per arrivare una squadra.»

«Perché?» domandò lei.

Travis alzò le spalle. «Avranno notizie che vogliono darci di persona, presumo.»

Hyde e Liis si scambiarono un'occhiata. Liis fece un passo verso Travis. «È Thomas? È finita? Com'è andata la missione?»

«La missione è andata bene. Forse stanno venendo qui per congratularsi con me.»

La capacità di mentire di Travis era aumentata notevolmente durante la sua permanenza nell'FBI. Agli inizi gli si leggeva subito in faccia quanto si sentisse in colpa per avermi mentito. Poco prima che gli dicessi che sapevo la verità, non riuscivo quasi più a capire quando aveva in programma una riunione o un blitz. Non aveva avuto scelta se non imparare in fretta. Gran parte degli agenti sotto copertura stavano lontano da casa per mesi di fila, se non di più. Travis invece si nascondeva in piena vista. Gli avevano già offerto di lavorare per Benny, quindi non aveva dovuto fare altro che rispondere di sì. I Carlisi sapevano che sarebbe tornato spesso a casa a Eakins, ma il rovescio della medaglia era che sapevano anche che Travis aveva una famiglia... e come controllarlo.

Lui stava attento, però ovviamente era solo questione di

tempo prima che lo scoprissero. Gli anni tuttavia erano passati e Travis sembrava intoccabile. Ben presto era diventato uno degli uomini più fidati di Benny: da guardia del corpo era passato a fare l'esattore nei club di strip-tease della città e poi il consigliere. L'FBI lo osservava con entusiasmo scalare la gerarchia di una delle cosche più grandi e pericolose del paese. Travis aveva fatto carriera anche all'interno dell'agenzia: da risorsa, cinque anni dopo era stato promosso agente, e cinque anni dopo ancora Thomas sosteneva che avessero accumulato abbastanza prove per inchiodare Benny. Non aveva tuttavia tenuto conto di Giada, la moglie di Benny. Era una donna paranoica, che non si fidava di Travis, e grazie a lei i Carlisi avevano scoperto la verità. Da quel momento era avvenuto tutto molto in fretta. Thomas aveva chiamato per informarmi che avevano perso il contatto con mio marito e che molto probabilmente la sua copertura era saltata. Quella sera mi aveva riferito che era stato portato in un luogo sconosciuto ma che lo avrebbero ritrovato presto. Il giorno dopo era il nostro anniversario. Benny e alcuni dei suoi uomini erano stati uccisi. Uno avrebbe potuto essere Travis. Ci era andata bene, ma non sapevo quanto sarebbe durata la mia fortuna.

Gli avevo passato le informazioni su mio padre e in cambio Travis aveva promesso di non mentirmi mai più. La sera in cui era tornato a casa con un occhio gonfio, la fronte e il labbro tagliati, guardandomi negli occhi mi aveva detto che era tutto a posto e io avevo deciso di credergli. Era stato necessario che lo buttassero fuori strada e per poco non lo ammazzassero perché ammettesse di essere stato lui a premere il grilletto.

Mentire era l'abitudine più difficile da perdere, soprattutto quando eravamo convinti di proteggere chi amavamo.

Ora era in piedi nella nostra cucina ed eludeva le domande che Liis e l'agente Hyde gli stavano facendo. Lo guardai dire le sue mezze verità senza battere ciglio, e mi chiesi quanto sapesse che io ignoravo. Quante volte era riuscito a custodire dei segreti perché non avevo voluto credere che ne avesse.

«Congratularsi con te per la missione?» fece Liis. «Allora è fatta?»

«L'unica sospettata che ci è sfuggita è Giada. Non possiamo collegarla direttamente... non ancora... ma ci riusciremo.»

«Giada Carlisi?» domandò Val. «Allora non abbiamo finito. Perché Giada ha i suoi uomini, e il Bureau le ha ucciso il marito e i figli. È una pazza figlia di puttana.»

«Abbiamo finito», insistette Travis.

«E Giulia? Vittoria? La sua guardia del corpo Chiara? E la moglie di Angelo?» riprese Val con un tono quasi accusatorio.

«Angelo si è sposato? Quando?» domandai. Scapolo impenitente, votato alla sua famiglia d'origine, era noto per picchiare le sue fidanzate e solo una gli era rimasta accanto per più di un anno. Avevamo un mucchio di foto del suo corpo pesto. Io mi ero chiesta quanto avrebbe resistito e alla fine era scomparsa. Non sapevo, dunque, se temere la donna che lo aveva domato o avere paura per lei.

«Al momento non siamo in grado di rintracciare Coco», disse Travis.

«Da quando?» chiese Val preoccupata.

«Da ieri.»

«Coco è la moglie di Angelo?» domandai.

Travis annuì ma non mi guardò, segno che non era del tutto onesto.

«Allora non abbiamo finito», ribadì brusca Val. «Qualsiasi cerchio non chiuso è un lavoro incompleto. Le mogli dei Carlisi sono in giro e si sa che Chiara è la killer di Giada. E secondo te non sono pericolose perché sono donne? Dimmi che non sei così stupido!»

Travis si irritò. «Abbiamo provveduto, Val.»

«O tutto o niente», continuò lei indicandolo. «Sono parole uscite dalla tua bocca, Maddox.»

«So quello che ho detto.»

«Allora *perché* adesso sei così incosciente? Perché... oh.» Nei suoi occhi ci fu un lampo quando capì, e a quel punto comprese la ragione di tanta fretta. Thomas non vedeva l'ora di tornare a casa e davanti a questo nessuno poteva obiettare, neanche il direttore.

Liis restò sbigottita e iniziò a piangere.

L'agente Hyde mise la mano sulla fondina scostando la tenda della cucina con due dita. «Arrivano», annunciò.

Liis fece per correre alla porta ma Travis la bloccò. «Aspetta», disse.

Hyde si rilassò. «Non sono i nostri.»

Travis si incupì. «Chi è?»

Lei indicò la porta con un cenno. Bussarono due volte e dopo un istante Trenton entrò tenendo Camille per mano. Videro subito che c'era qualcosa di strano e si guardarono attorno osservando la posizione di tutti noi nella stanza.

«Cazzo», esclamò Travis guardando dalla finestra, e subito dopo cercò di mandare via il fratello. «Dovete andarvene.»

«Ma che diavolo...» fece Trenton sottraendosi alla sua presa. «Buongiorno a te, cazzone.»

«Sul serio, Trent. Non puoi restare qui ora.»

«Perché no?» chiese Camille.

«C'è una riunione di famiglia», dissi.

«E noi non ne facciamo parte?» replicò offeso mio cognato.

Travis sospirò, poi alzò entrambe le mani puntandole verso la porta. «Dovete andarvene, Trent, subito! Vi spiegheremo dopo, ma per ora...»

Qualcosa all'esterno attirò l'attenzione di Hyde, che sollevò un dito. «Tutti zitti. Arrivano.»

Travis alzò gli occhi al cielo e prese suo fratello da parte. «Qualsiasi cosa vediate tra pochi secondi, cercate... cercate solo di non uscire di testa. Lasciate che Liis viva il suo momento.»

«Cosa vuoi dire?» fece Trenton.

«Una volta tanto tieni chiusa quella bocca del cavolo», grugnì Travis.

«Che sta succedendo?» mi domandò Camille.

«Anche tu, nervi saldi. È solo Liis che conta, ora.»

Aspettammo dietro il divano fissando la porta. Liis era nel centro della stanza con il baby monitor nella mano tremante. La porta si aprì e al di là apparve Thomas con una camicia bianca e un paio di pantaloni blu navy, pulito e rasato di fresco. Ansimava perché aveva fatto il lungo vialetto di corsa.

Superò la soglia con un gran sorriso. Liis corse da lui e gli gettò le braccia al collo, singhiozzando.

Le gambe di Trenton cedettero. Camille e Travis lo ressero per alcuni secondi prima di lasciarlo scivolare a terra.

Camille si inginocchiò accanto a lui. «Lo sapevo, baby!» esclamò sorridendo. Lo baciò sulla guancia e gli sfregò emozionata il braccio.

Trenton scosse lentamente la testa, la bocca spalancata. «Cosa diavolo sta succedendo, Travis?»

«Ti spiegheremo dopo», disse lui guardando felice il fratello maggiore.

Trenton lo fissò. «C'è una *spiegazione*?» Si alzò e fece un respiro, pronto a inalberarsi. Prima che gli uscisse qualsiasi suono di bocca, Travis lo afferrò per la maglietta e lo trascinò in cucina. Io e Camille li seguimmo cercando di calmarli con tono sommesso.

Travis lo spinse contro il frigorifero. «Non cominciare, cazzo! So che per te è stato duro e incredibilmente ingiusto, ma Liis è quella che ha fatto il sacrificio maggiore e tu non le rovinerai questo momento. Intesi?»

Trenton contrasse i muscoli come per muoversi, poi però respirò profondamente. Gli occhi gli si inumidirono e il senso di tradimento prese il posto della rabbia. «Ci hai mentito? Sapevi che era vivo e ci hai mentito? La salute di papà è andata in vacca. Come hai potuto farlo?»

Travis strinse la mascella e lo lasciò andare. «Non volevo. Se ci fosse stato un altro modo, non lo avremmo fatto. Non avevamo scelta, Trenton. I Carlisi ci hanno lasciato in pace abbastanza a lungo da permetterci di studiare un piano, e ha funzionato. Abbiamo preparato la trappola e organizzato un blitz. Li abbiamo sbattuti dentro tutti o sono morti. La nostra famiglia è al sicuro.»

Trenton scosse la testa e andò in soggiorno aspettando che il momento di Thomas e Liis finisse.

Thomas lo guardò. «Spero che uno di questi giorni mi perdonerai. Che ci perdonerai. Mi dispiace davvero per quello che vi ho fatto passare.»

Trenton si avvicinò al fratello maggiore e lo strinse con

forza. Quando si sciolsero dall'abbraccio, corse fuori verso il suo furgone. Camille era ancora lì, immobile, allibita. Si mosse, sfiorò con delicatezza la guancia di Thomas, indietreggiò e gli diede un sonoro schiaffo.

Lui strizzò gli occhi per un secondo e poi la guardò. «Mi sta bene.»

«Sì», rispose lei avvicinandosi a Travis.

Mi misi tra loro. «Non mi importa se gli sta bene. Se adesso tocchi mio marito, ti prendo a sberle fino alla prossima settimana.»

Camille guardò torva prima me, poi Travis, dopodiché seguì suo marito fuori, sbattendo la porta alle sue spalle. Stella scoppiò a piangere ma, appena Liis si mosse per andare a prenderla, Thomas alzò la mano. «Ci penso io.»

Lo seguimmo verso la cameretta e lo guardammo dalla porta. Liis era qualche passo più avanti e si asciugava le guance rigate di lacrime.

«Ciao, Stella», disse Thomas con un tono basso e rasserenante.

La mia nipotina smise subito di piangere e guardò il suo papà. «Ti ricordi di me?» le chiese. «Posso prenderti in braccio?» La sollevò e la guardò mentre lei lo fissava. «Sei cresciuta tanto. Sei praticamente una signorina», sussurrò abbracciandola. Tirò su con il naso e Liis li abbracciò entrambi.

Travis chiuse la porta baciandomi sulla fronte.

«Dobbiamo seguire Trenton?» chiese Val. «Accertarci che non lo dica alla famiglia?»

Mio marito scosse la testa attirandomi a sé. «Non lo farà. Sa che non avrebbe dovuto essere qui.»

Lei era contrariata. «Non pensi che Giada farà qualcosa di drastico quando scoprirà che Thomas non è morto? Gli darà la caccia. Darà la caccia a tutti voi.»

«Sarò pronto», rispose Travis.

Val socchiuse gli occhi. «Che pazzo figlio di puttana! Hai fatto passare tutto questo alla tua famiglia e adesso usi Thomas come esca?»

La guardai truce. «Ci vai giù piatto, eh?» Fissai mio marito in attesa che negasse. Non lo fece. «Travis. Dimmi che non è vero.»

«Non sei riuscito a trovare un contatto diretto con Giada o con le mogli, quindi le stai attirando qui. Speri che facciano un altro tentativo con Thomas? O con Liis? Sei fuori di testa?»

«Travis!» esclamai, incapace di aggiungere altro.

«Io...» cominciò a dire, ma io feci dietro-front e cercai qualcosa da pulire in cucina. La decisione era già stata presa. Lo udii seguirmi a ruota. «Tesoro!»

Mi fermai davanti al lavandino e lui mi prese per un braccio.

«Fingere la morte di Thomas era già abbastanza, non credi? Adesso ci metti volutamente tutti in pericolo? E se non daranno la caccia a Thomas? O a Liis? Se la daranno a te? A James o a Jess?» chiesi furiosa.

«Non lo faranno.»

«Come lo sai, Travis?»

«Io... Pidge, ti prego, fidati di me.»

«Come posso fidarmi di te se non sei onesto?» Aprii il rubinetto e lo richiusi voltandomi a guardarlo. «Quando me lo dirai? Dopo che la nostra casa sarà stata crivellata di proiettili?»

«No», rispose balbettando. Era molto tempo che non mi arrabbiavo con lui, ed era impreparato davanti alla mia reazione. «So quale sarà il loro bersaglio. Dobbiamo solo scoprire quando, e lo faremo presto.»

«Tuo papà ha perso Thomas una volta. Cosa pensi che gli accadrà se lo perderà di nuovo?»

«Non lo perderà.»

«Come lo sai?» urlai lanciando per terra il piatto che avevo in mano. Andò in pezzi e il rumore richiamò Val, Hyde, Thomas e Liis.

Travis respirava affannosamente dal naso. Guardò suo fratello e poi di nuovo me. Si stava trattenendo, stava mantenendo dei segreti suo malgrado. Vedevo la sofferenza e il conflitto nel suo sguardo.

«È stata una mia idea», dichiarò allora Thomas. «Il mio modo di tornare a casa presto e nello stesso tempo di fare uscire allo scoperto Giada e le mogli.»

«Se qualcosa andrà storto...» dissi.

«Non succederà», replicò Travis.

«Non parlarmi!» gridai chiudendo gli occhi. Poi lo fissai, furibonda. «Non dire una sola parola, a meno che non sia l'assoluta verità.»

Lui fu sul punto di rispondere ma ci ripensò, il che mi fece infuriare ancora di più. Mi girai per prendere la scopa e sentii Thomas, Liis e gli agenti lasciare la stanza.

«Io ti amo, Abby. Devi saperlo. L'incolumità della nostra famiglia è la mia prima priorità. Ed è vero.» Mi prese la scopa e la paletta dalle mani. Il vetro grattò sulle piastrelle mentre lui ripuliva il danno che avevo combinato.

«So che mi proteggi, ma... è un piano terribile e affrettato, perché Thomas voleva tornare a casa.»

«Non è affrettato, credimi», brontolò mio marito chinandosi a raccogliere i cocci. «Ci lavoriamo da quando Thomas si è ripreso abbastanza da stare in piedi.»

«C'è dentro pure Liis?»

«C'è pure lei.»

«Anche se probabilmente ti sembrerò una bambina sfacciata, te lo chiedo lo stesso. Perché a Liis è dato di conoscere queste cose e a me no?»

Lui si alzò, aprì l'armadietto e lasciò cadere i pezzi rotti nel secchio delle immondizie. «Ha un nullaosta di sicurezza superiore al tuo.»

Mi irritai. «Allora il tuo essere onesto con tua moglie si basa sul nullaosta di sicurezza? Adesso mi stai prendendo per il culo?»

«Baby», disse allungandosi verso di me.

Indietreggiai.

Lasciò ricadere frustrato le braccia lungo i fianchi. «È quasi finita. Non puoi pazientare ancora un po'?»

«E poi? Mi mentirai anche con il prossimo caso?»

Sospirò allontanandosi da me e un attimo dopo tornò. «Mi dispiace. Mi dispiace che questa sia la nostra vita. L'alternativa sarebbe peggiore.»

«Glielo hai mai chiesto al Bureau? Hai mai chiesto che ti lascino andare? Hai scontato la tua condanna. Il tuo apporto è risultato decisivo in uno casi più importanti della storia dell'FBI. Basta. Non è un ergastolo.»

Travis mi fissò, incapace di rispondere.

«Ma tu non te ne vuoi andare.»

«Amo il mio lavoro, Pidge. Quando penso di riprendere a fare il personal trainer o di starmene in un ufficio dalle nove alle cinque, mi viene il voltastomaco.»

«Ami il tuo lavoro? Più di tua moglie? Dei tuoi figli? Dei tuoi fratelli? Di tuo papà? Quante volte mi hai mentito spudoratamente? Quante volte ci hai messo in pericolo? Sono passata sopra a tutto perché faceva parte di un accordo che ti avrebbe tenuto fuori di prigione, ma non puoi almeno *parlare* al Bureau della tua posizione?»

«Capisco d'un tratto come deve essersi sentito papà quando la mamma gli ha chiesto di lasciare la polizia.»

Sollevai un sopracciglio. «Però lui l'ha fatto.»

«Lei era in punto di morte, Pidge», ribatté con il tono di chi voleva lasciar perdere.

Lo afferrai per la camicia. «Se succederà qualcosa ai nostri figli perché tu devi giocare a guardie e ladri, che Dio mi trattenga, Travis.»

«Cosa? Mi lascerai? Hai intenzione di lasciarmi perché amo il mio lavoro?»

«Non è questo il punto, e lo sai! Non provare a distorcere le mie parole!» Litigare con lui era come vivere un'esperienza extracorporea. Non discutevamo così dal college.

«Non sto distorcendo le tue parole! Ho paura, Pidge. Una volta mi hai mollato per una ragione simile.»

«E guarda. Sei andato avanti lo stesso. Ti è andata bene. Adesso speri che continui a chiudere un occhio, ma non lo farò. Liis ha scelto questa vita, noi no. *Io* no! Non voglio più questo per i nostri figli. Non voglio crescere Carter da sola mentre tu sei via a combattere il crimine invece di fare il padre.»

Lui abbassò lo sguardo. «Io sono un buon padre, Abby.»

«Sì. Ma scegli di fare un lavoro che ti tiene lontano, a volte per settimane.»

«Okay», ammise, perso nei suoi pensieri. «E se lavorassi in un ufficio qui? In Illinois?»

«Lontano dall'affascinante unità anticrimine organizzato?»

«Potrei farmi trasferire. Liis conosce persone nell'ufficio di Chicago.»

«Basta missioni sotto copertura?»

«Solo le solite vecchie indagini.»

Ci riflettei per qualche istante. «Quando tutto questo sarà finito, prometti che chiederai il trasferimento?»

«Te lo prometto.»

Annuii lentamente, non capendo ancora quale sarebbe stata la mia decisione finale.

Travis si avvicinò e mi strinse fra le braccia baciandomi i capelli. «Non prendertela con me. Mi spaventa a morte.»

Premetti la guancia sul suo petto chiedendomi se ciò che era appena accaduto fosse un compromesso o una resa.

23.

AMERICA

«Puoi mescolarmi il sugo, amore?» chiese Shepley infilandosi i guanti da forno.

Con un cucchiaio di legno rimestai il liquido bruno nella pentola, sorridendo a Jim, Jack e Deana. Dopo il funerale i genitori di Shepley venivano a trovare Jim ogni giorno. A volte restavano a cena, a volte no. Quando Shepley non era esausto dopo il lavoro, li raggiungevamo. Questa sera stava preparando il suo famoso polpettone secondo la ricetta di Deana... che era ovviamente anche la ricetta della sua sorella defunta, Diane. Mangiare era un conforto, soprattutto quando un piatto ricordava a Jim la cucina della moglie.

Shepley chiuse il forno. «È quasi pronto.»

«Ha un buon profumo», esclamò Jim dalla sala da pranzo.

Il cellulare ronzò e lo ripescai dalla tasca posteriore degli shorts. Era un messaggio di Abby.

Tra poco saremo da Jim. Venite là.

Digitai la risposta.

Siamo già qui. Stiamo preparando la cena.

Oh, bene. Mandami un messaggio quando avrete finito. Aspetteremo.

Cosa?

Impiegò un po' di più a rispondere.

Che la cena sia finita.

Ce n'è abbastanza per tutti ma fa' come vuoi.

Credimi. È meglio che tutti prima mangino.

E questo che vuol dire?

A dopo.

Sbuffai, rimettendo il telefono in tasca.

Shepley si avvicinò, lo prese e lo posò sul banco. «Quante volte devo dirtelo? I cellulari emettono radiazioni. Vuoi che ti venga un cancro del colon? Non tenerlo in tasca.»

«Qualcuno forse lo *vuole*? Che razza di domanda è? Prima non posso mangiare gli snack al formaggio, poi devo sostituire le bottiglie d'acqua con contenitori di vetro perché quando si scaldano in macchina provocano il cancro, e adesso non posso mettere il telefono in tasca. Lo sai che il sole causa il cancro, vero? Dovremmo andare a vivere nelle caverne?»

«Ed è per questo che continuo a comprarti quella crema solare biologica», mi rispose baciandomi sulla guancia.

«Sei proprio una brava mammina», brontolai.

«Per me va bene», replicò lasciandomi per avvicinarsi al tavolo da pranzo.

Lo prendevo in giro ma sapevo che aveva paura di rivivere quello che lo zio Jim e sua mamma avevano passato con Diane. Dopo la nascita di Ezra aveva cominciato a documentarsi su tutto ciò che avrebbe potuto attentare alla nostra salute e a proibirci di mangiare certe cose, così, fingendo di infastidirmi, sdrammatizzavo un po' una realtà angosciante. Non eravamo più degli adolescenti, e ad alcuni nostri amici era già stato diagnosticato un tumore. A volte mi sembrava che tutto il mondo stesse morendo.

La porta d'ingresso si spalancò ed entrò Taylor con uno dei suoi figli in braccio. Falyn lo seguiva con i bagagli.

«Ehi!» esclamarono in coro Shepley, Jim e Jack. Shepley aiutò Jim ad alzarsi e abbracciarono calorosamente Taylor e i bambini, seguiti da Falyn, Tyler, Ellie e Gavin poco più indietro.

«Oddio!» esclamò Taylor. «Che profumo delizioso c'è qua dentro!»

Abbassai il gas e mi pulii la mano sul grembiule lasciando la cucina per abbracciare i miei familiari. Dopo che si furono tutti salutati, Jim si guardò attorno. «Dov'è Trenton?»

Tyler scrollò le spalle. «Oggi non è passato? Pensavo che sarebbe stato qui. Così aveva detto prima.»

«Gli mando un messaggio», disse Taylor prendendo il cellulare dalla tasca posteriore.

Sorrisi maliziosa a Shepley indicando il cugino e lui si spazientì.

«Non sono sposato con Taylor, o no?»

Si girarono tutti verso mio marito.

Taylor inarcò un sopracciglio. «Eh?»

«Niente», bofonchiò Shepley.

Falyn si guardò attorno. «Olive non viene?»

«Questa settimana sono in vacanza», spiegò Jim.

Falyn ci restò male. «Oh.»

Jim guardò l'orologio. «Dovrebbero tornare stasera.»

Lei s'illuminò. «Oh! Be', è... Sono proprio contenta. Mi è mancata.»

Jim annuì comprensivo. Sapevamo tutti che Falyn non vedeva l'ora di incontrare Olive quand'era in città, anche se lei non aveva idea di essere parte della famiglia, e non solo la migliore amica di Trenton.

Chiacchierammo del loro viaggio dal Colorado e del nuovo lavoro di Taylor e Tyler per la State Farm Insurance, e Shepley non resistette a fare battute sulla pubblicità dell'azienda. Ellie ricordò quando lavorava a Estes per «L'Orecchio dei Monti»; Falyn e i bambini avevano appena finito di togliere la roba dall'ultimo scatolone insieme a Taylor.

Lo sportello del forno cigolò quando Shepley lo aprì per estrarre la teglia con il polpettone. Schiacciai le patate mentre Ellie e Falyn preparavano il tavolo per i bambini. Le gambe delle sedie sfregarono sulle piastrelle quando gli adulti si sedettero a cena.

Jim si guardò attorno. «Trenton non è ancora arrivato a casa? Travis è ancora fuori città?»

Gli toccai il braccio. «Abbiamo mandato un SMS a Trent e sono piuttosto sicura che Travis torni oggi.»

Lui si agitò sulla sedia, a disagio.

Jack gli diede un colpetto sulla schiena. «Stanno bene, Jim.»

Cercai di non fare una smorfia. La morte di Thomas aveva segnato Jim. I vestiti gli stavano larghi, aveva due occhiaie viola sotto gli occhi stanchi e sembrava più fragile che mai. Chiedeva sempre dei ragazzi e chiamava tutti ogni giorno per sapere come stessero, se non erano loro a farlo per primi. In genere sapevano di dovergli fare uno squillo nella pausa pranzo per tranquillizzarlo.

Taylor controllò il telefono masticando. «Ha risposto. È a casa. Non riesce a venire a cena stasera.»

«Ma dai?» osservai stupita. Non era da Trenton. Veniva a cena da Jim tutte le sere, già da prima del funerale.

L'agente Wren si avvicinò al tavolo.

«Wren», disse Tyler tra un boccone e l'altro. «Si sieda. Prenda un po' di polpettone, è la ricetta di mia mamma e di mia zia. Il miglior polpettone che abbia mai mangiato, gliel'assicuro.»

«Non so perché cuciniamo», commentò Falyn. «C'è ancora una montagna di stufato nel congelatore.»

«Perché vostro papà voleva il polpettone di Diane», rispose Shepley. «E quello che Jim vuole, Jim ha.»

Jim abbozzò un sorriso sistemandosi gli occhiali sul naso. Qualche giorno prima Camille gli aveva preso un paio di bretelle e, anche se lui non ne andava pazzo, io lo trovavo adorabile.

L'agente Wren si toccò l'auricolare. «Sì.»

«Sì cosa?» chiesi. «Chi è?»

Lui mi ignorò tornando alla sua postazione in soggiorno. Lo guardai in cagnesco, più che irritata da tutta quella segretezza. *Cos'altro non sapevamo?* Guardai mio marito. «Perché è ancora qui?»

«Chi? Wren?» fece lui.

«Cos'è questa storia? Siamo...» – guardai i bambini e mi avvicinai di più – «...ancora in pericolo? Sappiamo a che punto sia Travis con il caso Carlisi?»

Jim scosse la testa piluccando il cibo.

«Non hai fame?» chiese Deana.

«È molto buono», rispose mortificato. «In questi giorni mi sento subito sazio. Non ho appetito.»

«Mangia ancora un po'», lo esortò lei. «È quello di Diane», disse con tono cantilenante. «Dio, quanto mi manca! Lei sì che ti avrebbe tirato su.»

«Forse sì», rispose lui con una risatina. Il sorriso gli svanì dal volto. «Adesso è con Tommy.»

Finimmo di cenare e servii il dessert, un semplice pan di Spagna con la glassa di cioccolato. I bambini fecero sparire gli ultimi pezzi rimasti.

La porta d'ingresso si spalancò. «Ciao, Maddox!» esclamò Olive dal corridoio con il suo sorriso luminoso. L'abbronzatura ne metteva in risalto i denti bianchi, nascondendo nel contempo le sue lentiggini. Aveva i capelli ancora più biondi di prima e Falyn s'illuminò appena la vide.

«Olive!» disse precipitandosi ad abbracciarla. «Accidenti, sei splendida! Com'è andata la vacanza?»

«Bene. Però è stata po' triste. La mamma si comporta come se fosse l'ultima. Continuo a dirle che ne faremo tante, ma lei è a pezzi.» Olive si tirò il bordo sbrindellato dei pantaloncini. Portava un top bianco senza maniche con sopra una sorta di kimono a maniche corte. Ci meravigliammo vedendo che splendore era diventata. Poveri quei ragazzi della Eastern che avessero messo gli occhi su di lei: i Maddox se li sarebbero mangiati a colazione. Alle superiori Olive aveva già rinunciato a portare a casa di Trenton qualsiasi ragazzo. Lui li terrorizzava tutti.

I gemelli avevano appena finito di sparecchiare insieme alle loro mogli, e Jessica, James e Ezra di caricare la lavastoviglie, e i bambini più piccoli ci stavano tormentando per andare a giocare fuori con l'irrigatore; Wren, tuttavia, si era messo a guardare dalla finestra e a parlare in tono sommesso all'auricolare. Tutti ammutolirono.

«Per il momento teneteli dentro», disse a Shepley.

Lo aiutai a mandarli in cucina, lontano da qualsiasi finestra che desse sulla strada.

«Trenton ha cambiato idea?» domandò perplesso Taylor. Ricontrollò il telefono e lo posò sul banco.

Fuori, il rumore di un'auto divenne più forte e io avvicinai a me Eli e Emerson. «Dovete mantenere la calma, questi sono gli ordini», disse Wren. Guardò Jessica e James. «Stanno arrivando.»

«Cosa diavolo significa?» chiese Shepley.

«Nell'auto ci sono Travis e Liis», rispose il federale, irritato di dover dare altre spiegazioni.

Ci rilassammo tutti attendendo un segnale da lui. Nessuno sapeva cosa aspettarsi, ma ormai eravamo abituati a essere tenuti all'oscuro.

La porta d'ingresso si aprì, Travis, Abby e Liis entrarono, seguiti dall'agente Hyde e da Val. Appena mise piede in cucina, Travis iniziò a scusarsi.

«Per favore ascoltatemi bene. Sarà difficile e all'inizio non capirete, ma dopo sì.»

«Che sta succedendo, Trav...» disse Shepley, e un attimo dopo Thomas spuntò da dietro l'agente Hyde.

Un ansito collettivo risuonò nella stanza.

Jim iniziò immediatamente a singhiozzare, raggiunse zoppicando suo figlio e gli si buttò fra le braccia. I bambini scoppiarono in lacrime, Hollis si precipitò ad abbracciare il nonno e lo zio Thomas. Ellie e Falyn piangevano, sgomente.

«Ci hai mentito?» gridò Shepley, portando conforto ai suoi genitori.

«Perché?» chiese con voce strozzata Tyler.

«Non mi importa perché», rispose Taylor correndo ad abbracciare il fratello. Tyler lo imitò. Un attimo dopo ci accalcammo tutti attorno a Thomas, stringendolo e singhiozzando.

Il soggiorno era silenzioso, tranne per il ronzio sommesso del ventilatore da soffitto e il sibilo dell'irrigatore che proveniva dal giardino. Confortammo i bambini e promettemmo loro che avremmo spiegato tutto più tardi. Esitarono, ma capirono che i grandi dovevano parlare.

Olive si mise in un angolo a cullare Stella, che si era agitata. Falyn le rimase accanto per darle una mano. Noi eravamo seduti sul divano o sulle sedie. Avevamo tutti gli occhi rossi e gonfi per il pianto. Deana stava ancora tirando su con il naso, prendendo fazzoletti dalla scatola.

Thomas si sedette su una sedia vicino a suo papà e gli tenne la mano. Jim stava sorridendo: il suo sollievo permeava l'intera stanza. Lo shock e il sollievo degli altri erano invece svaniti. I fratelli erano confusi e arrabbiati. Thomas sembrava pronto a tutto, e prima ancora che dicesse una parola, capii che soffriva per il dolore che aveva causato.

«Tu lo sapevi?» domandò Shepley a Travis.

«Sì», rispose.

«Chi altro lo sapeva?» chiese Taylor.

«Io», disse Liis.

Le facce dei gemelli si piegarono in una smorfia di rabbia.

Tyler divenne paonazzo. «Tu hai guardato negli occhi mio padre e conoscendo il suo stato di salute gli hai detto che suo figlio era morto?»

Liis annuì.

«Non voleva farlo», intervenne Travis, «ma non abbiamo avuto scelta. C'erano troppe persone che avrebbero potuto commettere un errore ed eravamo sorvegliati. Strettamente.»

«Ci doveva pur essere un altro modo», osservò Ellie.

«No», rispose Thomas stringendo la mano di Jim. «Avrei voluto che ci fosse. Avrei voluto non perdermi il primo mese di vita di Stella, ma sapevamo che, se avessimo inscenato la mia morte e Liis avesse dichiarato che non avrebbe portato avanti il caso, questo, insieme alla scomparsa di Mick, li avrebbe probabilmente fatti desistere.»

«Hai fatto tutto questo per un *probabilmente*?» sbottò Tyler su tutte le furie.

«Dovevamo agire in fretta. I sicari stavano venendo a casa mia. Avevano già buttato fuori strada Travis credendo che fosse Abby. Dovevamo guadagnare tempo. Forse, se avessimo avuto modo di studiare un piano migliore, avremmo potuto escogitare qualcosa di più adatto. Magari trasferirvi tutti in un luogo sicuro. Ma ormai è inutile parlarne: chiunque di noi era un bersaglio. Quando hanno saputo della mia morte, si sono tirati indietro.»

«Perché non avete inscenato la morte di Travis?» domandai.

Abby mi lanciò un'occhiata. «Perché ha ucciso gli uomini che gli davano la caccia e se n'è andato davanti a una marea di gente.»

«Anche tu lo sapevi, vero?» dissi fremente di rabbia. Prima non mi ero mai arrabbiata tanto con Abby.

«Sì», ammise Thomas. «E anche gli agenti che abbiamo mandato per proteggervi e, naturalmente, il direttore. Punto. Nessun altro sapeva.»

Ci guardammo tutti, increduli e incerti se essere felici per il fatto che Thomas era vivo o arrabbiati per aver vissuto quell'inferno.

Wren si toccò l'auricolare e guardò dalla finestra. «Signore», disse. Thomas si alzò e sorrise. «Sono Trent e Cami.» Aiutò Jim ad alzarsi e uscirono ad accoglierli. Noi li seguimmo.

Cami era in piedi vicino al suo Toyota Tacoma, stava tenendo la portiera e cercando di convincere Trenton a uscire. Si bloccò, si voltò e vide tutti noi che la stavamo fissando. Si avvicinò a Thomas e lo abbracciò, chiudendo gli occhi. Lanciai un'occhiata a Liis. Olive era alle sue spalle, ancora con Stella in braccio. Capivo la loro difficile situazione ma, accidenti, mi sarei aspettata un po' più di contegno da parte di Camille.

«Okay», dissi avvicinandomi a loro. Spinsi indietro Thomas, che sembrò sollevato. «Ci dovete una spiegazione migliore. Ci dovete delle scuse. Tutti», aggiunsi riferendomi a Travis, Abby, Liis e agli agenti.

Thomas indicò i colleghi. «Potreste darci un minuto?»

«Signore...» provò a obiettare Wren.

«Per favore», replicò Thomas. Non era una richiesta, e i federali afferrarono all'istante.

Camille si mise i capelli argentei dietro l'orecchio. «Lui... ho impiegato parecchio a convincerlo a venire. L'unica ragione per cui ha acconsentito è vedere papà.»

Thomas annuì e Travis condusse Jim in disparte. Trenton scese dal furgone e si avvicinò, sforzandosi di non guardare nessuno tranne suo padre.

«Stai bene?» gli chiese.

Jim si allungò verso di lui. Quando lo ebbe afferrato saldamente per la camicia, lo attirò a sé per abbracciarlo. «Tu smettila. È tuo fratello. Potrai non capire il perché di ciò che ha fatto, ma non serve. Non è questo che conta.» Lo lasciò andare e guardò la sua famiglia. «Quello che conta è che siamo qui gli uni per gli altri. L'ho detto un'infinità di maledette volte. Insieme, voi ragazzi siete capaci di tutto, quindi non potete lasciare che quei bastardi vi dividano. Hanno cercato di farlo con le armi. Non permettete che ci riescano ora con le bugie.»

Trenton non riuscì a sollevare lo sguardo da terra e Jim gli mise un braccio attorno al collo. «Io sto bene adesso che so che lui è sano e salvo. Ma non smetto di preoccuparmi anche per voi. Abbraccia tuo fratello. Digli che gli vuoi bene.»

Trenton non si mosse.

«Adesso, dannazione», gli ordinò Jim.

Lui batté le palpebre e i suoi occhi si spostarono dal terreno a Thomas.

«Mi dispiace davvero, Trent», fece Tommy con gli occhi lucidi. «Ti assicuro che non ho mai voluto farvi soffrire. Ho dovuto prendermi un proiettile e lasciare mia figlia appena nata per proteggervi tutti, e l'ho fatto. Perché vi voglio bene. Mi dispiace di essere stato coinvolto in tutto questo. Se potessi tornare indietro e cambiare le cose, non esiterei.»

Trenton fissò il fratello per un po' e poi Travis.

«Trent», gli disse allora lui tendendogli le mani. «Scusa. Credici, eravamo con le spalle al muro.»

Trenton fece qualche passo incespicando e li abbracciò. Anche i gemelli si unirono a loro. Sulla guancia di Jim comparve una lacrima, e le mogli dei ragazzi presero a singhiozzare. Un braccio uscì dal mucchio e afferrò Shepley tirando dentro anche lui. Mi coprii la bocca, in parte piangendo e in parte ridendo.

Un attimo dopo, uno dei fratelli grugnì e Thomas schizzò fuori dal gruppo tenendosi lo stomaco. Travis e i gemelli si divisero, e Trenton attaccò Thomas.

«No!» gridò Camille. «Trenton, piantala!»

«Hai avuto la tua occasione», disse Thomas schivando un secondo pugno di Trenton.

I gemelli si guardarono sorridendo, si piazzarono ai lati di Thomas e gli si buttarono contro. Travis intervenne per toglierglieli di dosso, e quella che prima era una mischia pacifica di Maddox si trasformò in una zuffa.

«Oh Signore!» esclamò Deana guardando da un'altra parte.

Shepley sollevò le mani tentando di fermarli e schivando nel contempo qualche pugno.

«Basta!» strillò Ellie.

«Taylor! Piantala!» urlò Falyn.

Lui guardò sua moglie per mezzo secondo, ma tanto bastò perché Travis lo colpisse alla mascella.

Falyn sussultò e Abby scosse sconcertata la testa. «Siete degli idioti», brontolò.

Tyler allora centrò Travis in piena bocca e il suo sangue sporcò Abby dalla fronte alla vita. Lei spiccò un balzo, chiuse gli occhi e alzò le mani.

Travis guardò Tyler. «Hai avuto la tua occasione.» Si leccò il sangue dal labbro, si sbottonò la camicia e la porse alla moglie. Proprio come ai vecchi tempi.

«Ma che schifo», esclamai spazientita.

I fratelli alla fine si fermarono con le mani sui fianchi e il respiro affannoso.

Jim scosse la testa e Abby sorrise, pulendosi il sangue dalla faccia. «Oh, i Maddox...»

24.

THOMAS

Un lembo della camicia mi era uscito dai pantaloni durante la zuffa, perciò lo usai per pulirmi il sangue dalle nocche prima di toccare papà. Gli presi il viso tra le mani e lo guardai negli occhi. Piangeva di gioia da quando avevo messo piede in casa, e adesso eravamo fuori sul prato.

Io e i miei fratelli eravamo sporchi di sangue, terra ed erba, come quando da piccoli giocavamo e ci prendevamo a pugni tra noi o con qualcun altro.

«Mi spiace di avervi fatto passare tutto questo», dissi.

Papà sbuffò. «Non mi devi scuse, figliolo. Hai agito per la famiglia come meglio hai creduto.» Mi mise una mano sulla spalla. «Sono solo contento che tu sia qui.»

Lo abbracciai, sorpreso di quanto fosse dimagrito dall'ultima volta che lo avevo visto. Tossì e mi lasciò per avvicinare la mano alla bocca.

«Maddox», disse Val precipitandosi verso di me. «Ha appena chiamato il quartier generale. Hanno trovato Lena. È morta.»

«Cosa?» strillò Abby. Afferrò Travis. «La nostra Lena?» Lo mollò e fece un passo indietro.

Travis la sostenne. «Lavorava sotto copertura», spiegò con freddezza. «Succede.»

«*Succede?*» ribatté lei furiosa. «È morta, Travis! Cos'è accaduto?» Il suo sguardo guizzò di qua e di là mentre metteva insieme i pezzi. «Il suo nome per esteso è Cocolina», mormorò. Guardò furiosa Travis. «Lena è Coco? Quella che l'altro giorno non riuscivate a rintracciare?»

«Ci servivano informazioni», disse lui digerendo la notizia. Guardò Val. «Se n'è andata in fretta?»

«Trauma da corpo contundente e ferita d'arma da fuoco alla testa», rispose lei. Sbirciò Abby e proseguì rivolgendosi solo a me. «Abbiamo ragione di credere che sia stata Chiara.»

«Chiara è la guardia del corpo della signora Carlisi, giusto? Gi... Giada?» fece Abby. «Perché mandarla dai Carlisi, Travis?»

Lui si afflosciò. «Era il suo nuovo incarico.»

«L'hai fatta sposare con quel mostro?» urlò Abby.

Travis mi guardò, disperato. Annuii e lui allora parlò. «La sua missione era attirare l'attenzione di Angelo Carlisi e infiltrarsi nella famiglia. Così abbiamo saputo che saremmo stati al sicuro, una volta tornato a casa Thomas. Li teneva d'occhio.»

Abby restò a bocca aperta. «Lena sua moglie? Sei impazzito? Quello è un animale!»

«Era», la corressi. «È morto.»

Abby si allontanò di scatto da Travis, lui fece per afferrarla ma lei si scostò di nuovo. Mio fratello sospirò. «Era il suo tipo, Abby. Parlava la sua lingua. Era quella giusta.»

«Be', adesso è morta», gemette Abby. Guardò per terra e poi altrove, incapace di incrociare lo sguardo di suo marito.

«Non mi avete sentito?» esclamò brusca Val. «Giada e Chiara sono state individuate a Eakins. Dovete andare tutti dentro.»

Annuii. «Forza, entriamo...»

Papà socchiuse gli occhi scrutando la strada e si buttò su di me. «Tutti giù!»

Una raffica di proiettili tempestò la facciata della casa e le auto, mandando in pezzi i finestrini. Wren era già fuori, la pistola puntata contro la Lincoln nera che stava passando. Hyde lo affiancò e svuotò il caricatore della sua semiautomatica prima di inginocchiarsi a ricaricarla.

Scrutai il giardino e vidi la mia famiglia a terra. «State tutti bene?» urlai. Guardai papà e lui assentì. Gli diedi una pacca sulla spalla. «Se sei stato un poliziotto...»

«Sempre lo sarai», grugnì lui tirandosi su.

Stella cominciò a piangere e Liis gridò. «Olive?» Estrasse nostra figlia da sotto il corpo della ragazza.

Falyn urlò e la raggiunse di corsa. Si gettò in ginocchio e afferrò Olive inerte. «Olive?»

Un lato della faccia e del corpo di Stella era bagnato del liquido cremisi in cui era rimasta stesa. Toccai il collo di Olive e sentii un polso debole che si affievoliva ogni secondo di più. Tenni mia moglie e mia figlia vicino a me e mi voltai a guardare Val e Wren, in allerta.

«Ew?» fece Trenton avvicinandosi carponi.

«Stella sta bene?» mormorò Olive.

«Certo che sta bene, tesoro, l'hai salvata», disse Trenton. «È quello che fanno i Maddox.»

Lei abbozzò un lieve sorriso e poi il suo volto si rilassò, come se si fosse addormentata.

Falyn la scosse. «Olive?» urlò.

Trenton si mise a sedere toccandosi la fronte. Mi guardò, e quando scossi la testa cadde in avanti, stringendo le caviglie di Olive. «Oddio, no. Ti prego, no. Ti prego, no!»

Camille si avvicinò a lui con le lacrime che le scendevano sul viso. Non sapendo che altro fare gli posò una mano sulla schiena.

«Maledizione, qualcuno chiami un'ambulanza!» strillò Falyn. «Perché ve ne state tutti lì? Fate qualcosa!»

«È morta», disse Liis tirando su con il naso.

Taylor si sedette alle spalle di Falyn, tenendo stretta sua moglie che stava cullando Olive e scostandole i capelli sporchi. A quelle parole mia cognata lanciò quello che era in parte un gemito, in parte un grugnito e in parte un urlo, un verso di pura rabbia e disperazione che solo una madre che aveva perso un figlio avrebbe potuto emettere.

Ellie corse in casa. Tyler la seguì.

Indicai Val. «Controlla i bambini.»

Lei assentì e saltò sul portico senza fare i gradini, spalancando la porta.

«Tutti dentro!» gridò Wren. «Stanno tornando!»

Liis corse in casa con Stella trascinando con sé Abby.

«Travis!» lo chiamò lei, ma lui restò al mio fianco, prese la pistola e si mise in posizione.

«No!» gemette Falyn quando Taylor cercò di tirarla via. «*No!*» Lui tentò allora di prendere sua moglie e il corpo senza vita di Olive per portarle entrambe dentro.

«Lasciala», ordinai.

«Vaffanculo!» sbottò Falyn.

«Io resto», disse Trenton guardando la sua migliore amica.

Camille annuì tenendo per mano lui e Olive. Chiuse gli occhi e nuove lacrime le bagnarono il volto.

Taylor alla fine riuscì a trascinare via Falyn, che si agitava e scalciava per raggiungere la figlia.

La Lincoln arrivò di corsa. Sul sedile del passeggero c'era Chiara con un fucile semiautomatico puntato contro di noi. Al volante vidi Vittoria, una delle vedove Carlisi. Mentre l'auto si avvicinava, feci per prendere la pistola ma non la trovai. In quel momento papà si piazzò davanti a me, sollevò la mia arma e mirò alla Lincoln.

«Papà, buttati giù!» urlai mentre Chiara premeva il grilletto.

I proiettili crivellarono di nuovo il cortile e la casa ma papà continuò ad avanzare e sparò alla Lincoln una, due, tre volte. Centrò una gomma e la macchina sterzò bruscamente. Finì nel canalino di scolo e si cappottò, fracassandosi contro un furgone con una barca al rimorchio, parcheggiato nel giardino dei vicini dall'altra parte della via. Il motore prese fuoco e noi restammo là a guardarlo bruciare.

Papà cadde in ginocchio. Io e Travis gridammo contemporaneamente il suo nome. Mentre l'auto era ormai avvolta dalle fiamme, aiutammo papà a stendersi. Premetti le mani sui cerchi rossi che si stavano allargando oltre i miei palmi sulla sua camicia. Lo avevano raggiunto due volte al petto e una all'addome.

Incrociai lo sguardo di Travis, in preda al panico quanto me.

Gli altri uscirono a poco a poco, la mia famiglia si sparpagliò e osservò incredula il caos. Trenton raggiunse gattoni papà e notai allora che lo avevano ferito al polpaccio. Falyn si buttò di nuovo in ginocchio vicino a Olive e la prese tra le braccia, scossa da un dolore insopportabile: le sue grida squarciavano l'aria. Camille singhiozzava vicino a Trenton, a Travis e a me. Anche i gemelli si erano precipitati fuori.

Val era alla radio, stava riferendo l'accaduto e chiedendo l'invio di ambulanze e dei vigili del fuoco. Hyde corse alla Lincoln ma fu respinta dal calore dell'incendio. Entrò nella casa dei vicini per vedere se ci fossero feriti ma ne uscì subito, agitando le braccia per segnalare che non c'era nessuno.

«L'ambulanza sta arrivando, papà. Resisti», dissi con voce strozzata.

Lui sorrise. «Sono piuttosto stanco. E vorrei proprio rivedere vostra madre.»

Travis espirò con il labbro che gli tremava. Trenton si asciugò gli occhi, e i gemelli, in piedi lì accanto, piangevano sommessamente.

Papà mi toccò la guancia. «Restate uniti. Amatevi. Dico sul serio, maledizione.»

Un angolo della mia bocca si piegò verso l'alto e sentii una lacrima scendermi sulle labbra e sulla mandibola. «Ti vogliamo bene, papà.»

«Ti vogliamo bene», ripeté Travis.

«Ti voglio bene», pianse sommessamente Trenton.

«Ti vogliamo bene», dissero in coro i gemelli.

«Ti voglio bene», fece Camille.

«Grazie per essere stato il nostro papà», mormorò Abby riuscendo a sorridere.

Lui ci guardò a uno a uno e mormorò: «Il mio cuore è pieno di gioia». Nell'angolo dell'occhio gli si formò una lacrima che gli scese sulla tempia e gli cadde nell'orecchio. Poi esalò l'ultimo respiro e il suo sguardo fissò il nulla.

La brezza estiva spinse il pennacchio di fumo nero che si alzava dalla Lincoln dei Carlisi prima nel nostro giardino e poi nel quartiere. Si udì il gemito delle sirene, acuto come le grida di Falyn, ma il ruggito del fuoco li soffocò entrambi. Il calore delle fiamme creava onde nell'aria come il sole nel deserto. Vedendo l'erba assorbire il sangue dei giovani e dei vecchi, mi sembrò di essere in una zona di guerra, più che nella mia casa d'infanzia.

Camille si strappò la camicia e legò un pezzo di stoffa attorno alla gamba di Trenton, ma lui quasi non se ne accorse. Avvicinò la mano di papà alle labbra. «È morto?»

Abbassai lo sguardo soffocando un singhiozzo e i miei fratelli fecero lo stesso. Premetti le dita insanguinate sul polso di papà. L'unica cosa che non sentii nel caos che ci circondava era il suo battito. Era morto.

25.

JIM

«Jim?» chiamò Diane dalla cucina. Stava tenendo la porta del frigorifero, preoccupata e splendida con addosso quella maglia nera e la gonna di pelle scamosciata marrone con i grossi bottoni neri. «Credo... credo che dovremo chiamare un tecnico.»

Non potei fare a meno di sorridere quando vidi approfondirsi le due rughe che aveva sulla fronte. «Perché dici così, amore?»

«Be', non raffredda bene e...» Aprì il latte, lo annusò e fece una smorfia. «Sì. È andato.»

Sogghignai.

«Non è divertente! Abbiamo appena comprato casa. Come facciamo a permetterci un tecnico? E se dirà che dobbiamo prendere un frigorifero nuovo?»

«Allora farò gli straordinari e ne prenderemo uno nuovo.»

Chiuse la porta e sospirò, mettendosi una mano sul fianco. «James», replicò. Mi chiamava così solo quando ce l'aveva con me. «Non puoi fare gli straordinari e comprare un frigorifero nuovo. Ci vogliono almeno duecentocinquanta dollari e...»

«Tesoro», dissi attraversando la cucina per abbracciarla. «Ci penserò io.»

«Bene, perché c'è un'altra cosa.»

Inarcai un sopracciglio.

«Sono incinta.»

La strinsi forte, probabilmente anche troppo, sentendomi gli occhi riempirsi di lacrime di gioia.

«Va bene?» chiese parlando vicino al mio orecchio.

La lasciai andare ridendo e mi asciugai gli occhi. «Se *va bene*? Come se potessimo tornare indietro!»

Sporse il labbro inferiore.

«Signora Maddox», dissi scuotendo lentamente la testa. «Un bambino è molto meglio di un frigorifero rotto.»

Ero seduto nell'ultima fila dell'auditorium a guardare i miei figli prepararsi a dirmi addio. Il giorno prima c'era stato il funerale di Olive e avevano tutti un'aria stanca e distrutta. Non c'era niente che desiderassi di più che abbracciarli e aiutarli a superare il dolore, ma quella era l'unica volta in cui non potevo essere là per loro.

Thomas si fece avanti e, dopo essersi sistemato la cravatta nera, giunse le mani davanti a sé. "Ovviamente lo sa a memoria", pensai sorridendo. Sapevo che, terminata la Eastern, si era trasferito sulla East Coast per entrare in un'agenzia governativa e poi spostarsi in California. Ma solo quando ho conosciuto Liis ho capito che era nell'FBI. Non mi sono mai arrabbiato per questo. Era logico che Thomas volesse proteggere gli altri. Il mio unico rimpianto è stato non aver chiarito che non c'era bisogno che me lo nascondesse, ma a quel tempo volevo che me lo dicesse quando fosse stato pronto, alle sue condizioni.

«Ho conosciuto Jim Maddox quando aveva soltanto ventun anni. Ho ricordi confusi, ma più di una volta mi ha detto che la gioia di averci avuti era seconda solo a quella di aver sposato la mamma. Ho imparato molte cose da mio papà. A essere un buon marito e un buon padre, ma anche che, al di là di tutti gli sbagli, non è mai troppo tardi per ricominciare. Mi ha lasciato credere che fossi io a proteggerlo, in realtà era lui a proteggere me. Potevamo sempre contare su di lui, anche quando ci rompeva le scatole per evitare che diventassimo dei selvaggi. Per lui avevamo il massimo rispetto perché si comportava con rispetto. Lo amavamo perché lui trasmetteva amore. Era un uomo sereno, pacifico, ed era il nostro eroe, lo è stato fino agli ultimi secondi della sua vita, e posso dire con assoluta certezza...»

Qui Thomas si schiarì la voce.

«...che non c'è mai stato un momento in cui non mi sia sentito amato da lui.»

Indietreggiò raggiungendo i fratelli e Shepley. Si raddrizzò, i piedi divaricati, le mani giunte davanti, agente speciale dell'FBI anche quando le lacrime gli rigavano le guance.

Liis, Falyn, Ellie, Camille e Abby erano sedute in prima fila con America, e tra loro c'erano delle sedie vuote. Jack e Deana erano dietro, e dietro ancora c'erano due file di poliziotti con le loro uniformi blu.

Il resto dei posti era occupato da familiari e amici, dai vicini e dai fratelli rimasti della Kappa Sigma. Persone che erano entrate e uscite dalla mia vita per varie ragioni in vari momenti. Tutte però avevano lasciato un segno, e le avrei portate con me nell'eternità.

Diane entrò in soggiorno tenendo per mano Thomas, con i due gemelli nel pancione. Nei suoi occhi ci fu un lampo d'eccitazione. «Lo senti, Tommy?»

«Fa schifo», rispose lui arricciando il naso.

Mi alzai dalla poltrona e attraversai la stanza senza le scarpe chinandomi per prenderlo in braccio. «*Schifo?* Che vuol dire schifo?» dissi con voce fonda facendogli il solletico. Lui inarcò la schiena ridendo e scalciando per scappare. «Papà ha lavorato tutto il fine settimana per dipingere e mettere la moquette!» Alla fine lo lasciai andare. Credevo che sarebbe scappato ed ero pronto a inseguirlo, invece lui si aggrappò alla mia gamba. Gli diedi un colpetto affettuoso sulla schiena mentre Diane faceva un profondo respiro.

Scosse la testa guardando stupefatta il faticoso lavoro che avevo portato a termine. «Sei incredibile, signor Maddox.»

«Frigorifero nuovo, divano nuovo... adesso anche vernice

e moquette nuove. Avremo una casa tutta nuova quando saremo pronti a venderla.»

Diane mi diede scherzosamente una gomitata nel fianco. «Non venderemo mai questa casa.»

Thomas agitò la manina grassoccia davanti al naso. «Perché puzza.»

«No, è meraviglioso. È l'odore della vernice e della moquette nuova, e papà...» – Tacque quando mi allungai al di sopra del suo ventre per darle un bacetto sulle labbra – «...ha persino rimesso a posto i mobili mentre eravamo a fare la spesa.»

«Oh!» esclamai e corsi fuori sul vialetto. Aprii il bagagliaio, mi caricai di sacchetti e li portai in casa. Entrando in cucina, scostai con un soffio i gambi di sedano che spuntavano oltre il bordo e mi solleticavano la faccia. Diane rise vedendo le smorfie che facevo mentre posavo la spesa sul banco. Affondò le mani nei sacchetti e tolse la verdura fresca. «Ce ne sono ancora due», dissi tornando svelto alla macchina. Li presi, chiusi il bagagliaio e rientrai fischiettando. Ero contento di aver finito con la moquette e la vernice, così ci saremmo potuti godere la mia ultima sera libera prima di tornare al lavoro. Avevo appena festeggiato il mio secondo anniversario al dipartimento di polizia di Eakins. Non passavamo molte domeniche sere insieme, e adesso potevamo rilassarci nel soggiorno praticamente nuovo.

Percorsi il corridoio fino in cucina e mi bloccai. Thomas e Diane stavano guardando stupiti la pozza sul linoleum.

Per mezzo secondo pensai che si fosse rotto un contenitore di vetro, poi capii che invece le si erano rotte le acque. Quando aveva partorito Thomas, aveva dovuto rompergliele il medico, perciò restai sorpreso di vederla muovere le dita dei piedi nudi, disgustata dal liquido per terra. Non aveva neanche avuto contrazioni.

Le uscì un suono strozzato e le ginocchia le cedettero. Si aggrappò al frigorifero per reggersi. «Jim?» disse con voce acuta.

«Okay, i bambini stanno per nascere. Niente panico. Vado a prendere la borsa e torno subito qui.» Schizzai su per le scale, e mentre afferravo la borsa la udii gemere. Scesi i gradini tre alla volta rischiando quasi di rompermi una caviglia quando atterrai sul pavimento.

«Oh!» strillò Diane allungando una mano.

Thomas stava asciugando il pavimento con un asciugamano.

«Ottimo lavoro, figliolo. Sei pronto a conoscere le tue nuove sorelline o fratellini?»

Lui fece un ampio sorriso quando lo presi in braccio. Sorressi Diane, tenendola contro il mio fianco con l'altro braccio, e chinai la testa in modo che potesse mettermi il braccio attorno al collo. La condussi alla macchina aiutandola a salire. Thomas restò in piedi nel centro del sedile ad accarezzarle i capelli mentre respirava.

«Accidenti! Le chiavi!»

«Sul tavolo da pranzo», disse lei con voce bassa e controllata. Aveva iniziato a respirare secondo la tecnica Lamaze, perciò feci dietro-front, volai in casa per recuperare le chiavi e tornai all'auto. Mi misi al volante della nostra Chevelle verde del 1970 e inserii la retromarcia. Allungai il braccio sullo schienale, dietro Thomas e Diane, e mi girai a guardare mentre acceleravo.

Diane afferrò Thomas quando fu scagliato in avanti dalla mia frenata, e lui mi guardò con gli occhi sgranati. «Facci arrivare tutti interi, papà», disse.

Annuii un po' imbarazzato. Ero un poliziotto. Per me in teoria il panico non sarebbe dovuto esistere, ma da quattro mesi e mezzo ero nervoso, sapendo che avrebbe partorito due gemelli. Tante cose potevano andare storte con un parto normale, figuriamoci con uno gemellare.

Lei si piegò in avanti e si tenne il ventre con entrambe le mani, gemendo.

Ingranai la marcia avanti e partimmo a razzo per l'ospedale.

Thomas mise il braccio sulle spalle di Trenton mentre Taylor stava dietro il suo gemello, in piedi davanti al podio. Tyler spostò il sottile gambo color argento del microfono e picchiettò sulla copertura di gommapiuma prima di far cenno al fratello che poteva cominciare. Lui gli lanciò un'occhiata come per dirgli che non era quello il loro accordo, ma poi si avvicinò.

«Papà è stato il migliore secondo allenatore dell'associazione. Era impegnato e aveva strani orari, ma non ricordo che abbia mai perso un incontro. Non allenava spesso, portava più che altro le borse con le palle per la mamma ed esultava dalla panchina. Tutti dichiaravano che avevamo i genitori migliori del mondo. Quando la mamma è morta, nessuno più ce lo ha detto, ma per noi erano sempre perfetti. Appena papà ha smesso di sentire così tanto la mancanza della mamma, ha ripreso esattamente dal punto in cui aveva mollato. Ha allenato la nostra squadra. Non vincevamo più come prima...»

Tacque facendo una risatina, e anche l'assemblea rise.

«...ma gli volevamo bene, e dopo ogni partita vinta o persa ci portava fuori a mangiare il gelato. Ci preparava i pranzi, ci portava agli allenamenti e seguiva tutti i nostri incontri. Quando c'era papà, non avevo mai paura, perché sapeva quale fosse la cosa giusta da fare e perché mi sosteneva. Era l'uomo più duro che avessi mai conosciuto, e i miei fratelli non sono affatto teneri. So che, dovendo morire, avrebbe voluto farlo proteggendo la sua famiglia.»

Taylor si toccò il naso con una nocca.

«Non avremmo potuto desiderare un padre migliore, ed è la verità. Lo stesso vale per le nostre mogli. E i miei figli non avrebbero potuto avere un nonno migliore. Sarebbe stato bello vivere più vicini in modo che si potessero conoscere meglio, ma lui ha saputo valorizzare il tempo che ha trascorso con loro. Questo voglio che tutti ricordino di James Maddox: ha saputo dar valore alla sua vita.»

Tyler abbracciò il fratello e spiegò un foglio di carta. Le labbra gli tremarono, guardò la folla e di nuovo il foglio un paio di volte prima di parlare. Si schiarì la voce e fece un profondo respiro. Taylor gli mise una mano sulla spalla e

Thomas fece lo stesso, poi anche Travis e Trenton si strinsero a lui per dargli forza.

Le labbra di Tyler formarono una O e un istante dopo espirò, la voce rotta quando iniziò a leggere.

«Amo mio padre.»

Deglutì e scosse la testa. Thomas gli diede una pacca sulla spalla per incoraggiarlo.

«Ha dovuto dividersi tra cinque figli e sua moglie, però non ho mai provato la sensazione di dover aspettare per avere la sua attenzione. Non eravamo ricchi, ma non ricordo che ci sia mai mancato qualcosa. Ricordo quando la mamma è morta. Mi sono chiesto se papà si sarebbe risposato, perché ripeteva sempre che non ci sarebbe mai stata un'altra donna come la nostra mamma. Quando Travis è andato al college, gli ho chiesto se avesse cambiato idea, immaginando che fino ad allora si fosse concentrato sui figli. Ha risposto che l'unica donna che avesse mai amato lo stava aspettando in cielo. Io... io amo mio papà e sono triste che non ci sia più, però sono contento per loro perché ora sono insieme. Hanno aspettato tanto per riunirsi e mi conforta sapere che ora si trovano da qualche parte, incapaci di star fermi con le mani, impegnati a scandalizzare gli amici e i parenti defunti come facevano qui un tempo.»

La folla sogghignò.

«Da quando si sono conosciuti fino alla morte della mamma non sono mai stati lontani, se non durante i turni di papà. So che lui non aveva mai superato quel dolore. Quindi, papà, sono contento... Sono così felice che adesso tu sia con la mamma. So che ti sta dicendo quant'è fiera che tu ci abbia cresciuti così bene, perché è vero.»

«Vai!» gridò Diane togliendosi il cappellino bianco con la visiera blu e sventolandolo in aria, tracciando un ampio cerchio. «Vai, vai, vai, vai!» urlò saltellando verso la prima base.

Taylor gettò la mazza e partì dal tee alla massima velocità che le gambette corte gli consentivano. Alla fine arrivò al quadrato bianco e prese a saltare sul posto appena si accorse di essere arrivato prima della palla.

Mia moglie esultò con lui e gli diede il cinque. Taylor sorrise come se fosse il giorno più bello della sua vita. Diane si ricompose, batté le mani e tornò di corsa dal battitore seguente. Thomas le gettò un'altra palla dalla panchina e lei la posò sul tee dicendo a Craig Porter di tenere gli occhi sulla palla e di colpirla. Era il nostro ultimo out, il nostro ultimo inning, ed eravamo in svantaggio di due punti. Craig si piegò all'indietro e, quando tirò anche Diane, lo fece evitando per un soffio di prendersi la mazza in faccia. La palla partì dal tee ma non arrivò neanche a metà tra la casa base e il monte di lancio, però lei gli gridò lo stesso di andare.

«Vai! Sì! Vai, Craig! Corri a perdifiato! Taylor, vai!» disse quando si accorse che il figlio non era neanche partito.

Lui scattò, ma l'interbase aveva raccolto la palla e la lanciò alla seconda base. Senza riflettere, Taylor lo superò con un balzo e continuò a correre. Si piazzò sulla base e si calcò il cappellino in testa come se fosse il dio del T-ball.

«Sì! Questi sono i miei ragazzi!» esultò Diane indicando i due sulla base. «Provate un po' a sfidarli!»

Tyler si avvicinò al piatto con un'aria cattiva e minacciosa, anche se c'erano solo lui e il tee.

«Bene, figliolo», approvò Diane piegandosi e afferrandosi le ginocchia. Aveva una grossa gomma in bocca e la masticava come se questa l'avesse fatta arrabbiare. «Ce la puoi fare. Rilassati. Fissa quella palla e colpiscila con tutta la forza che hai.» Batté tre volte le mani e fece alcuni passi indietro. Tyler era il nostro battitore migliore.

Fece un respiro, ruotò le anche e tirò. Colpì il tee e la palla rimbalzò dietro di lui. Si incupì, deluso di sé stesso.

Diane gli diede una pacca affettuosa sul sedere. «Dai, non è niente. Non pensarci. Adesso vedrai che ce la fai.»

Tyler annuì e picchiò la mazza contro i minuscoli tacchetti delle scarpe. Si piegò in avanti, si mise in posizione e tirò mandando la palla oltre il monte del lanciatore. Questa rimbalzò, sfrecciò tra la seconda e la terza base e l'interbase la inseguì.

«Vai, vai, vai!» lo incitò mia moglie sventolando il cappellino. «Vai alla seconda!» Quando Taylor si fermò alla terza, gli indicò di andare da lei. «Alla casa base, amore! Alla casa, casa, casa! Continua, Craig, non fermarti! Vai alla casa, Taylor!»

Lui la raggiunse e si piazzò là. Diane lo afferrò e lo tenne stretto a sé incitando Craig, che superò la casa base qualche secondo dopo. Il difensore della terza base prese la palla dall'interbase e la tirò al ricevitore.

«Segna, Maddox!» abbaiò Diane.

Tyler mise il turbo e raggiunse la casa base. Quando la polvere si diradò, l'arbitro incrociò le braccia al petto e poi le allargò. «Salvo!»

Urlai correndo verso la casa base e la squadra mi seguì. Ci accalcammo attorno a Diane, l'abbracciammo tutti, ridendo ed esultando. I genitori si alzarono applaudendo i suoi Little Dodgers. Diane strillò e cade per terra abbracciando i ragazzini e ridendo quando le si buttarono addosso.

Finiti i festeggiamenti per la vittoria del loro ultimo torneo, dopo che i bambini e i genitori l'ebbero salutata, abbracciai mia moglie. «Sei una vera forza», dissi. «I Mustang di Matt non si sono resi conto di cosa li ha travolti.»

Sorrise maliziosa inarcando un sopracciglio. «Te l'ho detto che mi avrebbero sottovalutata.»

«E lo hanno fatto. Hai gestito un'intera squadra molto bene, coach. È stata una stagione fantastica.»

«Grazie», rispose dandomi un bacetto sul collo. Mi accarezzò i baffetti con le nocche. «Spero che ti piaccia l'idea di me e di una squadra.»

Ridacchiai, confuso. «Che vuoi dire?»

Prese la borsa delle palle e se la gettò sulle spalle. «Sono incinta.»

Rimasi a bocca aperta mentre si incamminava verso la macchina. Guardai i gemelli. «Sul serio?»

«Sul serio!» gridò di rimando. Si cacciò pollice e mignolo in bocca e lanciò un fischio assordante. «In macchina!»

Thomas, Taylor e Tyler si precipitarono dietro la loro mamma.

Espirai, riempii di nuovo le guance ed espirai di nuovo. Annuii. «Okay, allora.» I ragazzi portarono le mazze e i guantoni, io tutto il resto, calcandomi il cappellino dei Little Dodgers sulla testa. «Diamoci da fare.»

Trenton si staccò da Thomas, Travis, Taylor, Tyler e Shepley e raggiunse zoppicando il podio perché era venuto il suo turno. Era il terzo funerale della famiglia in sei settimane. Le sue occhiaie scure e le spalle curve erano la spia di tante notti insonni e di tanto dolore. La carta scricchiolò quando si mise davanti quello che aveva buttato giù pochi giorni dopo che lo avevo lasciato. Il testo era pieno di cancellature, macchie di matita e lacrime secche.

«Papà... Quando mi sono seduto a scrivere questa lettera, ho cercato di ricordare i tanti momenti in cui sei stato un buon padre e tutte le volte che abbiamo riso, ma tutto ciò a cui riesco a pensare... è che sono così triste che tu non ci sia più e quanto mi mancherai. Mi mancheranno i tuoi consigli. Sapevi tutto di tutto e conoscevi sempre le parole giuste da dire, che io stessi soffrendo o cercando di prendere una decisione. Anche quando mi vedevi prendere quella sbagliata. Tu non ci hai mai...»

Scosse la testa e strinse le labbra sforzandosi di non piangere.

«...giudicato. Ci hai accettato e amato per quello che eravamo, anche quando quello che eravamo era difficile da amare. Olive... ti chiamava nonno, e diceva sul serio. Sono contento di sapere che ovunque vi troviate, siete insieme. Mi mancheranno le storie che mi raccontavi sulla mamma. Nonostante il passare degli anni mi sentivo vicino a lei perché tu me ne parlavi come se fosse ancora qui. Sono contento che tu possa finalmente ritrovarla. Mi mancheranno tante cose di te, papà. Non riesco neanche a elencarle tutte. Ma siamo fortunati di averti avuto con noi per tutto questo tempo. Tutti quelli che hanno incrociato il tuo cammino sono migliorati, cambiati per sempre. E ora cambieremo per sempre perché tu non ci sei più.»

«State lontani dalla strada», disse Thomas ai fratelli più piccoli, somigliantissimi a lui.

Le autopompe giocattolo dei gemelli stavano volando a un metro dal marciapiede, a due isolati da casa nostra, scontrandosi ogni tanto. Tenevo la manina di Trenton nella mia mentre camminava al mio fianco con il pannolino che scricchiolava sotto i pantaloni di velluto e la calzamaglia. Era infagottato come un eschimese, il naso e le guance rossi per il vento gelido. Thomas spinse di nuovo i gemelli al centro del marciapiede abbassando il berretto fatto a maglia fin sulle orecchie di Taylor.

Mi chiusi la cerniera lampo della giacca tremando nonostante i tre strati di vestiti, chiedendomi come facesse Diane a essere così contenta di trascinarmi per mano con addosso soltanto un maglione sformato e un paio di jeans premaman scoloriti. Aveva il naso gonfio e rosso, ma sosteneva che stava quasi sudando.

«È la strada seguente!» disse incoraggiando i bambini a proseguire davanti a noi.

«Trenton, non ti vedo se mi stai sotto, perciò, se ti fermi davanti alla mamma, cadremo tutti e due», disse invitandolo ad allontanarsi. «Eccolo!» esclamò indicando un vialetto lungo. «Tremilasettecento! Roba da non credere!»

Un furgone riconvertito praticamente nuovo aveva il cartello VENDESI dietro il parabrezza, la vernice rossa a malapena visibile sotto un metro di neve.

Restai senza parole. Quello che avevamo e che conteneva a stento la nostra famiglia di sei persone non era ancora stato pagato del tutto. «Sembra nuovo. Sei sicura che il prezzo sia quello?»

Batté le mani. «Sì! È come se ci fosse apparso davanti il paradiso!»

Mi scioglievo ogni volta davanti al suo sorriso perfetto e alla profonda fossetta nella guancia sinistra. Era impossibile dirle di no. «Be', prendiamo il numero, così potremo fissare un appuntamento per provarlo», dissi.

Diane accostò le mani al petto. «Davvero?»

Scossi la testa. «Se è quello che vuoi.»

Fece un salto e si tenne il pancione guardando in basso. «Vedi? Non te l'avevo detto? Andrà tutto bene, piccolo T.»

«Mamma», esclamò Trenton tirandola per i jeans.

Diane fece una lenta manovra per inginocchiarsi, sempre attenta a mettersi ad altezza d'occhi del figlio che desiderava la sua attenzione. Trenton le stava tenendo l'indice e lei se lo portò alla bocca baciandogli la manina grassoccia. «Sì, signore?»

«Mi piace la macchina.»

«Ti piace la macchina?» fece lei e mi guardò. «Hai sentito, papà? Trenton vuole la macchina.»

«Allora dovremo prenderla», dissi scrollando le spalle.

Trenton e Diane sfoderarono un sorriso identico e un'identica fossetta.

«Hai sentito?» gridò mia moglie. «Papà ti prenderà la macchina! Ottima scelta, Trenton!»

Il piccolo gettò le braccia al collo della sua mamma e la strinse. «Ti voglio bene, mamma.»

«E io ne voglio a te.» Diane gli stampò un bacio sulla guancia da cherubino e lui si pulì la saliva, benché fosse più che contento di ricevere un bacio da lei. Agli occhi dei nostri figli era una dea, capace di tutto. Passavo gran parte dei giorni a cercare di fare del mio meglio per meritarmela.

L'aiutai a rialzarsi e la vidi sbilanciarsi un po'.

«Con calma.» Le presi delicatamente il mento tra pollice e indice. «Non so cosa farei senza di te.»

Mi strizzò l'occhio. «Continua a dire di sì e non dovrai mai scoprirlo.»

I ragazzi si abbracciarono, e dopo una breve discussione Travis si fece avanti. Si aggrappò al podio guardando per terra. Impiegò parecchio a parlare. Anche da dietro vidi Abby coprirsi la bocca, stava male per entrambi. Il mio figlio minore strinse i denti e scrutò la folla.

«Ho pensato a quello che avrei detto. Davvero... non so cosa dire perché non ci sono parole. Neanche una. Thomas ha ragione. Ci hai fatti sentire amati, papà, sempre. Anche quando non eravamo degni d'esserlo. Taylor e Tyler hanno ragione. Tu eri il più forte di noi. Ci hai sempre fatti sentire protetti. E, come ha detto Trent, parlavi della mamma così spesso che non posso fare a meno di essere felice che alla fine tu sia di nuovo con lei. Lo desideravi più di qualsiasi cosa, ma ci hai voluto bene tanto da restare qui il più a lungo possibile, e ti sono molto grato per questo. Qualcuno pensava che eri pazzo a restare legato a una persona che non sarebbe più tornata, ma a te non importava. Sapevi che saresti stato tu a tornare da lei. Io... I miei fratelli mi raccontavano che altri bambini avrebbero voluto avere i nostri genitori. Se potessi tornare indietro e scegliere, sceglierei te. E lei. Così da poter stare di nuovo con te come ho fatto.»

Gli cadde una lacrima e tirò su con il naso.

«Farei così, e non ci sono parole per dirti quanto questo significhi per me. Per dirti quanto sia stato bello il tuo amore e che effetto ha avuto sui tuoi figli ben dopo la morte della mamma. L'amore che ci hai dimostrato resterà con noi a lungo dopo questo giorno.»

Aggrottai la fronte e mi agitai, a disagio, sulla sedia che avevamo comprato lo stesso giorno in cui avevamo chiamato l'hospice. Diane era a letto e stava tenendo Travis fra le braccia, con i tubi che le uscivano dalla mano. Lo stava abbracciando per l'ultima volta. Trattenne le lacrime finché Thomas non lo portò fuori in corridoio.

Si mise una mano sulla bocca e i suoi occhi stanchi, infossati, mi guardarono in cerca di risposte che non avevo. «Non si ricorderà di me», mormorò con voce rotta. Il suo corpo era stato devastato dalla chemio e dalla radioterapia, e una sciarpa le copriva la testa calva. Aveva combattuto duramente il più a lungo possibile dicendo basta solo quando i medici l'avevano informata che le restavano solo pochi giorni ancora con i bambini.

«Si ricorderà di te. Non permetterò che ti dimentichi.»

Il labbro le tremò e si coprì gli occhi annuendo. «Mi dispiace tanto.»

Le presi la mano e premetti le labbra sulle sue nocche ossute.

«Non hai niente di cui dispiacerti, amore mio. Hai fatto tutto il possibile.»

Chiuse gli occhi. «Ho paura.»

«Puoi avere paura. Ti terrò stretta finché non sarà finita.»

«Non voglio che finisca.»

«Lo so», dissi. Mi stesi al suo fianco e lasciai che mi appoggiasse la testa sul petto, mettendosi comoda. Mi ci volle tutto il coraggio che avevo per essere forte per lei. Lei lo era stata per i bambini e per me in tutti quegli anni. Glielo dovevo.

Diane annuì, le lacrime che le scendevano sul viso.

«Ti amo, Diane. Ti amo. Ti amo. Ti amo.» La tenni finché il suo respiro non divenne più calmo, poi, quando il ritmo si fece più lento, avvicinai la guancia alla sua fronte. «Ti amo», mormorai. «Ti amo. Ti amo. Ti amo.»

Quando inspirò per l'ultima volta, guardai l'infermiera, Becky, controllarle il polso e usare lo stetoscopio. Quando se lo tolse dalle orecchie mi rivolse un sorriso mortificato. «Se n'è andata, Jim.»

Feci un brusco respiro e lanciai un gemito. Sapevo che i miei figli erano al di là della porta ma non avevo mai provato tanto dolore in vita mia e non ero abbastanza forte da controllarlo. Tenni il volto di Diane tra le mani, delicatamente, e la baciai sulla guancia. «Ti amo.» La baciai di nuovo e le mie lacrime le bagnarono la faccia. «Ti amo. Ti amo. Ti amo.» Sprofondai il volto nel suo collo e singhiozzai.

Travis si allontanò dal podio e i ragazzi si abbracciarono prima di scendere dal palco in fila, con Thomas in testa. Mentre si sedevano accanto alle loro mogli, la canzone che io e Diane ballammo al nostro matrimonio si diffuse nella sala. Trenton si piegò in avanti, scosso dai tremiti. Camille e

Taylor gli misero una mano sulla schiena. Lei gli bisbigliò all'orecchio e lui le appoggiò la testa contro il mento.

Una parte di me avrebbe voluto restare, vegliare su di loro, guidarli, ma qualcosa di troppo forte perché potessi ignorarlo mi stava trattenendo, qualcosa che non ero riuscito a ignorare in tanti anni. Una mano delicata mi toccò sulla spalla e io mi girai vedendo il volto della mia adorata moglie. Si sedette accanto a me e prese le mie mani tra le sue.

Mi si velarono gli occhi. «Ti stavo aspettando.»

Guardò il pastore parlare per qualche istante, poi si voltò verso di me con un sorriso sereno e gli occhi lucidi. «Anch'io.»

«Ho fatto del mio meglio.»

Intrecciai le dita con le sue e lei mi strinse la mano. «Sei stato perfetto. Sapevo che potevi farcela.»

Avvicinai la sua mano alle labbra e chiusi gli occhi. Fui pervaso da un senso di pace che non provavo da prima che morisse. Si alzò guidandomi verso la porta in fondo all'auditorium.

«Ti amo. Ti amo. Ti amo», disse allungando la mano dietro di lei. Spinse la porta sfoderando quel sorriso che mi aveva fatto innamorare e camminò all'indietro. Era come prima che si ammalasse: la donna splendida, felice, dura come l'acciaio che ricordavo. Non riuscivo a toglierle gli occhi di dosso, adesso come allora. Avevo una voglia spudorata di guardarla, però lanciai un'ultima occhiata ai miei figli.

Diane si aggrappò al mio braccio e mi appoggiò la testa sulla spalla. «Se la caveranno.»

«Lo so.»

La baciai sulla tempia e proseguimmo al di là della porta. Il nostro passato era ora e ora era già passato. Proprio come aveva promesso, eravamo di nuovo insieme, in una dimensione senza malattia né dolore, fatta solo d'amore. E quando l'amore era vero, era per sempre.

L'ultimo disastro è probabilmente il libro più difficile che abbia scritto. Non solo per ragioni emotive, ma perché si è trattato di mantenere un filo narrativo coerente intrecciando i vari eventi e le vicende di tutti i membri della famiglia, nonché di descriverne la carriera e la personalità. Molte persone mi hanno aiutato a far sì che questo romanzo sia quello che è.

Jessica Landers è l'amministratrice del MacPack, un mio fan group su Facebook. Non solo lo segue in modo che sia sempre interessante, positivo e divertente, ma mi ha anche aiutato a effettuare le ricerche per ogni personaggio e a rispettare la sequenza temporale degli eventi. Inoltre si è fatta avanti quando ho avuto temporaneamente bisogno di un assistente. Grazie per tutto quello che fai, Jess, ma soprattutto per essere un'amica fidata da più di due anni. Le persone vanno e vengono, ma tu sei rimasta, amica carissima.

Grazie a Michelle Chu, beta-reader della primissima versione di *L'ultimo disastro,* per aver sollevato quelle domande a cui tutti i fan accaniti desiderano avere risposta.

Grazie a Nina Moore per aver realizzato progetti grafici e teaser straordinari per la campagna di marketing. Lavori in modo eccezionale e ti sono davvero grata!

Il packaging di un libro è a mio avviso molto importante, e sapevo che la copertina doveva essere straordinariamente bella per controbilanciare l'angoscia trasmessa dal titolo originale. Hang Le mi ha saputo dare quella «tacita bellezza» che chiedevo. Grazie, Hang, per aver realizzato, per l'edizione americana, una copertina fantastica che ha lasciato tutti a bocca aperta quanto il titolo: obiettivo, questo, davvero difficile da raggiungere.

Grazie a Ben Creech e Fiona Lorne per avermi aiutato con le informazioni sulle tecniche per combattere gli incendi, e a Giorgia Cates per la consulenza in campo ostetrico e sui bambini prematuri.

Un grazie immenso a Fiona Lorne, Jenny Sims e Pam Huff per aver risposto al mio grido di aiuto e per essersi precipitate a rivedere il romanzo quando ho avuto problemi di tempo. Grazie a Jovana Shirley per l'editing immediato e la formattazione.

Grazie alla mia agente Kevan Lyon per essere rimasta con me durante un primo anno particolarmente burrascoso, quando ero tornata all'autopubblicazione. Il lato positivo è che le nostre numerose conversazioni sono state in sostanza un modo seppur sbrigativo di conoscerci. Sei una delle donne più professionali e pazienti del settore! Grazie anche alla mia agente per l'estero Taryn Fagerness per tutto il duro lavoro che ha svolto quest'anno.

Grazie a mio marito e ai miei figli, che mi perdonano sempre quando lavoro troppo o fino a tardi e dormo troppo il mattino.

Grazie all'autrice Andrea Joan per avermi aiutato a mantenere l'equilibrio mentre scrivevo questo romanzo, per essere un'amica leale e fidata, una saggia consigliera, una confidente e una comica. Non so quando sia accaduto, ma sei una delle mie migliori amiche, e ti considero preziosa.

Un grazie speciale alla mia assistente personale Deanna Pyles e alla sua famiglia. Non solo Deanna è stata una cheerleader e una beta-reader di questo romanzo nelle sue svariate forme, ma mi ha mantenuta idratata e nutrita mentre lo rivedevo. Si è inoltre trasferita con la sua famiglia a sedici ore di distanza dal luogo in cui erano nati e cresciuti per aiutare me e mio marito a far crescere la nostra attività. Questo è amore, e io ti voglio bene perché sei così coraggiosa e fiduciosa.

JAMIE MCGUIRE
I ROMANZI DEI MADDOX

TRAVIS E ABBY

Uno splendido disastro
Il mio disastro sei tu
Un disastro è per sempre

I FRATELLI DI TRAVIS

Uno splendido sbaglio
Un indimenticabile disastro
Un disastro perfetto
Il disastro siamo noi

IL CUGINO SHEP

L'amore è un disastro

LA FAMIGLIA MADDOX

Jim Maddox + Diane

sono fratelli — Jack Maddox + Deana

sono sorelle — Diane, Deana

Jack Maddox + Deana

Shepley Maddox + America Mason

Jim Maddox + Diane

Thomas Maddox + Liis Lindy

Trenton Maddox + Camille Renee Camlin

Travis Maddox + Abby Abernathy

Taylor Maddox + Falyn Fairchild

Tyler Maddox + Ellie Edson

JAMIE MCGUIRE
I ROMANZI DI ERIN E WESTON

Una irresistibile trilogia:

Una meravigliosa bugia
Un magnifico equivoco
Un'incredibile follia

Finito di stampare nel mese di maggio 2019
da Grafica Veneta s.p.a., Trebaseleghe (PD)